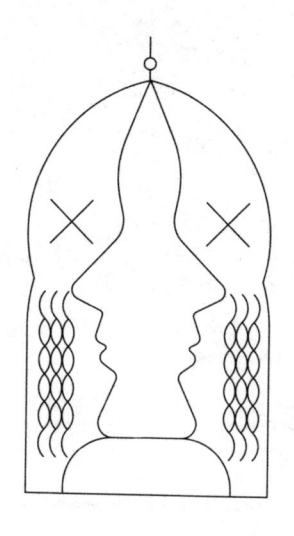

TANGERINE

危险闺密

[美] 克里斯蒂娜·曼根 —— 著
苑欣芳 —— 译

中信出版集团|北京

图书在版编目（CIP）数据

危险闺密 /（美）克里斯蒂娜·曼根著；苑欣芳译
. -- 北京：中信出版社，2019.10
书名原文：Tangerine
ISBN 978-7-5217-0665-9

Ⅰ.①危… Ⅱ.①克…②苑… Ⅲ.①长篇小说—美国—现代 Ⅳ.① I712.45

中国版本图书馆 CIP 数据核字（2019）第 108211 号

Copyright © 2018 by Christine Mangan
Published by arrangement with The Book Group,
through The Grayhawk Agency.
ALL RIGHTS RESERVED
Simplified Chinese translation copyright © 2019 by CITIC Press Corporation

本书仅限中国大陆地区发行销售

危险闺密

著　　者：[美] 克里斯蒂娜·曼根
译　　者：苑欣芳
出版发行：中信出版集团股份有限公司
　　　　　（北京市朝阳区惠新东街甲 4 号富盛大厦 2 座　邮编 100029）
承　印　者：北京通州皇家印刷厂

开　　本：880mm×1230mm　1/32　　印　张：10　字　数：197 千字
版　　次：2019 年 10 月第 1 版　　　　印　次：2019 年 10 月第 1 次印刷
京权图字：01-2019-3183　　　　　　　广告经营许可证：京朝工商广字第 8087 号
书　　号：ISBN 978-7-5217-0665-9
定　　价：48.00 元

版权所有·侵权必究
如有印刷、装订问题，本公司负责调换。
服务热线：400-600-8099
投稿邮箱：author@citicpub.com

献给我的父母，他们一直对此抱有信心。
还要献给 R.K.，永远。

序言

西班牙

他们三个人一起用力,才把那具尸体从水里拉了上来。

那是一个男人——除此之外,他们一无所知。当时,有几只鸟在他的身边转悠,可能是被他领带上的银饰吸引过去的吧。但那只是几只喜鹊而已,他们这样提醒着自己。其中一个男人对另外两个人说,"他一定看见了三只"——他想试着幽默一把,因为他记得有首古老的童谣里有这样一句话:三只喜鹊要出殡。他们抬起那具尸体,讶异于一个人怎么可以这么重。"死人是不是更重啊?"另一个人说出了内心的疑惑。这三个人在等警察来,他们努力不去往下看,以免看到尸体那对空洞的眼眶。这三个人原本互不相识,但现在他们却被一种比血缘还要深的东西紧密地联系在了一起。

当然,只有开始的那一部分是真实的——剩下的都是我的想象。我现在有些闲暇,便坐下来,凝视着远方:我的视线穿过了这个房间，直达窗外。景色在变化，其余无他。我想有些人会说这叫观察，但我会说它们一点儿都不一样——就好像做白日梦和思考，两者是迥然不同的。

今天很暖和，夏季正大步流星地朝我们走来。太阳越来越黯淡，天空中出现了一种罕见的黄色阴影，提醒人们注意即将来临的风暴。空气是如此厚重、闷热、咄咄逼人，在这样的时刻，我闭上双眼，深吸一口气，再一次嗅到丹吉尔的气味。那是一种炉窑的味道，是一种温暖的味道，但不是燃烧的味道，似乎是棉花糖，但又没有那么甜；有点儿像香料，一部分是略微熟悉的味道，像是肉桂、丁香甚至是小豆蔻，还有一部分是我完全不熟悉的。这是一种予人宽慰的气味，像是童年的回忆，幸福的你被包裹在襁褓中，以为结局一定是快乐的，就像童话里那样。当然，这不可能。因为在这气味之中，在这宽慰之后，是苍蝇在嗡嗡飞舞，是蟑螂在东爬西窜，是饥饿的猫在用刻薄的目光监视着你的一举一动。

大多数时候，这座城市都好似一个狂热的梦境，就像一座海市蜃楼。我只能勉强说服自己，我曾经去过那里，回忆中的人和地点都是真实存在的，不是我幻想出来的半透明幽灵。我发现，这石火般的光阴先是将那些人和地点沉淀成历史，然后再把它们变成故事。对我来说，记住它们的不同越来越困难了，现在我的理智也常常捉弄我。在最坏的时刻——在最好的时刻——我忘记了关于她的事情。我忘记了发生的一切。这是一种奇怪的感觉，因为她一直在我心里，只是暂时躲藏起来了，似乎马上就会冲出来。但是，有好几次，我甚至连她的名字也想不起来，于是不得不找来一张小纸片，把那个名字写在上面。夜里，在护士离开以后，我低声地念着这个名字，就好像小孩在学习教义问答一样，仿佛不断重复就可以帮我记住它，让我不再忘记——因为我绝不能忘记，我提醒着自己。

有人敲门，一个年轻的红发女孩走进房间，她手里捧着一盘食物。我注意到，她的手臂上长了很多棕色的小雀斑，实在是太多了，雀斑下苍白的肌肤几乎都要被淹没了。

我想知道她有没有数过自己究竟长了多少雀斑。

我低头看了看，发现床头柜上放着一张纸片，纸上潦草地写着一个名字。这让我十分苦恼，虽然这并不是我自己的名字，但我觉得它很重要，似乎是我应该努力记住的一个名字。我让自己放松下来。我发现这一招很管用：努力不去想一个问题，同时暗自拼命思考这个问题，答案也许就会显现。

可是没有用。

"可以吃早餐了吗？"

我抬起头，困惑地发现一个深红色头发的陌生女孩正站在我的面前。她看上去不到30岁，那么我们之间应该也差不了几岁。红发象征着坏运气，我这么想着。他们不是说，在准备出海的时候要避开红头发的人吗？而我觉得自己很可能马上就要出海了——去丹吉尔。我现在感到很焦虑，迫切地希望这个红头发的扫把星赶快离开我的房间。"你是从哪里来的？"我生气地问道，她居然连门都不敲。

她没有回答我的问题。"您今天不饿吗？"她的手中是一勺灰色的东西——我努力回忆这种东西叫什么，无果。我现在很生气，一把将她的勺子推开，指着床边那张纸，对她说："把它丢到垃圾桶里去。不知道是谁给我留了张字条，上面只有些废话。"

我回到床上坐好，把被子拽到下巴边。

我知道，已经是夏天了，但是我的房间却突然如凛冬般寒冷。

I 丹吉尔 1956

1. 爱丽丝

星期二是赶集的日子。

这话不是针对我自己说的,而是针对整座城市说的。里夫山上的女人们浩浩荡荡地下来,宣告着集市的开始。她们的篮子和车被水果蔬菜堆得满满当当,驴子围在她们身边。于是,丹吉尔变得生机勃勃;人们纷纷涌出家门,街上男男女女人头攒动。无论是外国人还是本地人都在摊前挑挑拣拣,他们叫嚷着,有的以物易物,有的忙着换点儿硬币买买东西。在这样的日子里,太阳看起来都耀眼了一些,也更滚烫了一些,生生地炙烤着我的后脖颈。

我现在站在窗前,俯视着那一大片人群,默默地许了一个愿,希望现在还是星期一。但是,我知道,这是一个不会实现的愿望,它并不能缓解我的痛苦,星期二无论如何都会来,然后我就要十分不情愿地站在下面这一团混乱之中,我要被迫站在这一群令人过目不忘的里夫山女人面前。她们衣着鲜艳,十分引人注目,她们会打量我这身不起眼、不讲究的黄褐色连衣裙,然后充满忧虑——她们担心我会出价过高而不自知,担心我给错钱,担心我说错话,担心我出丑,然后她们就会嘲笑我,而这也证明了我来这里是一个多么大的错误。

摩洛哥。这个名字总让人想起一片辽阔的荒漠和一轮灼眼的红日。约翰第一次向我提起它时,我被他递给我的酒水呛住了。在莫德姑妈的坚持下,我们在皮卡迪利大街的丽兹酒店见了面。在从本宁顿学院回来之后的那几周里,我感觉到,这种麻烦事我永远都无法逃脱。我回到英格兰只有几个月的时间,了解约翰的时间比这更短,但是在那个时刻,我确信自己可以感受到他的热情和活力洋溢在我们周围,在温暖的夏日空气中流动。我往前靠了靠,迫切地希望自己可以抓住它,可以让自己获得其中的一部分活力。于是,我让这个主意在我们之间生了根。非洲。摩洛哥。几周之前,我可能会犹豫,也许一周以后我只会觉得这很可笑——但是就在那一天,在那一刻,我听着约翰的话、他的承诺、他的梦想,它们听起来是那么真实,那么近在咫尺。从佛蒙特州回来之后,这是我第一次发现自己有所渴望——我不知道自己渴望的东西究竟是什么,我怀疑在那个时刻我所渴望的甚至都不是坐在我面前的这个男人,但我的确是在渴望着什么,并无分别。我抿了一小口他给我点的鸡尾酒,香槟已经变暖,也不再起泡,我感受着舌尖和胃里的那一抹酸涩。在我改变主意之前,我已经伸出手,和他十指相扣。

虽然约翰·麦卡利斯特显然不是我的理想型——他说话从来不知道轻声细语,喜欢和一大群人混在一起,而且急躁冒失,做事经常粗心大意——但是我发现,自己很享受有他在的时光:因为可以遗忘,可以将过去的事情抛在脑后。

可以不用时时刻刻去想曾经在寒冷的佛蒙特州格林山脉发生的事情。

已经过去一年时间了,而这一切仍然笼罩在迷雾中,似乎无论我在这迷宫中走多久,都无法走出来。我把我如雾一般迷蒙的回忆告诉了姑妈,我说我不记得有关那个可怕的夜晚的细节,也不记得那之后几天发生了什么。姑妈听后说道:"那样更好。"她劝我,就让它过去吧,就好像我的记忆是物件,可以装进箱子里,只要箱子够结实,里面的秘密就不会跑出来。

在某种程度上,我已经对过去置若罔闻——我的眼睛里看到的是约翰,是丹吉尔,是摩洛哥的骄阳。我看到的是他承诺过的冒险——他用一枚差不多的戒指向我求了婚,不过我们并没有举行真正的仪式,只签了一份文件而已。

"但我们不能这样。"我一开始还在抗拒,"我们彼此都不怎么了解。"

"我们当然可以这样。"他试图说服我,"有什么不可以的,我们两家的关系实在是太近了。我们两个人简直知根知底。"他露出了狡黠的笑容。

名字不能变——我在这一点上坚持到底。不知为何,在发生了那些事情以后,我觉得保留一部分属于自己和家庭的东西很重要。还有一些别的什么理由,我很难去解释,连对自己也是如此。虽然在我结婚后,姑妈对我的监护从严格意义上来说会逐渐削弱,但在我 21 岁之前,她仍然会在经济方面对我进行控制,等我过了 21 岁,我父母的财产才会最终划归到我的名下。被双重掩护似乎让人有些不悦,当我伸手去拿护照时,我看到名字那一栏写的还是爱丽丝·希普利。

起初,我告诉自己,丹吉尔不会太糟糕。我想象着在摩洛哥似火的骄阳下打网球的画面:一群仆人无微不至地服侍着我们,我们是这座城市里的所有私人俱乐部的会员。我知道,生活是不会如此美好的。但另一方面,约翰想体验真正的摩洛哥,真正的丹吉尔。因此,当他的其他同伴雇用了廉价的摩洛哥劳动力,当他们的妻子在泳池或聚会上消磨时光的时候,约翰却远离了这一切。相反,他和他的朋友查理在城市里到处闲逛,把时间花在澡堂和市场。他们在咖啡馆的角落里抽大麻,总是尝试着让自己亲近当地人,而不是与同事和同胞打成一片。查理是最先说服约翰来到丹吉尔的人,他给他的朋友们讲述这个国家的故事:它的美丽和人们的目无法纪,直到后来约翰几乎爱上了这样一个他从未亲眼见到的地方。我一开始竭尽全力——和他一起去跳蚤市场买家具,去集市吃晚餐。在咖啡馆里,我坐在他旁边,啜饮着欧蕾咖啡，想在这个又热又脏的城市里重新书写我们的未来。这座城市让他一见钟情，但却一直没有走进我的心里。

然后，在跳蚤市场发生了一件事。

小贩与货摊疯狂碰撞，古董和垃圾杂乱地堆放在一起，一层又一层，我转过身去，却发现约翰已经走了。当我站在那里的时候，陌生人与我擦肩而过，他们从各个方向朝我涌来，一种熟悉的焦虑感油然而生。我的掌心越来越湿冷，视线边缘也出现了重重黑影——医生曾小声说过，那些缥缈的奇异幻影只是临床上的一种表现，但我却觉得它们真实存在且触手可及，它们似乎在不断扩张，直到我眼中所见只有它们漆黑的形体。在那一刻，我突然意识到自己离家究竟有多远，离我曾经为自己设想的生活有多远。

在那之后，约翰笑了，他坚持说自己只不过离开了一分钟而已，后来他再叫我出去的时候，我摇了摇头，再下一次的时候，我又找了个借口。然后，我会花好几小时——漫长、孤独、无聊的时光——在舒适的公寓里探索丹吉尔。一周后，我知道了从公寓一端走到另一端需要多少步——45步，有时更多，这取决于我的步子迈得有多大。

终于，我开始感觉到，约翰对于我们的这段感情有些后悔，而且这种情绪在不断膨胀。我们的交流内容仅限于实际生活方面，比如财务——我的生活费是我们主要的资金来源。约翰在钱这方面不大在行，他曾经嬉皮笑脸地跟我说过这一点，当时我笑了，我以为他的意思是他不在乎金钱，也不关注金钱。不过，我很快就发现这句话到底是什么意思——他家里的积蓄几乎所剩无几，剩下的钱只够让他打扮得光鲜亮丽，以便继续假装自己还很富有，似乎他出生时的万贯家财还是他的资产。我很快就意识到，这是一种幻觉。因此，每个星期我都交出了我的生活费，我不是很在乎这个，也不是很想知道那些钱最后是在哪里消失的。

每个月，约翰都会继续消失在他的神秘之城中，他对这座城的热爱是我无法理解的。他独自探索着丹吉尔的秘密，而我，只是在公寓里待着——我是自己的俘虏。

我瞥了一眼时钟，皱起了眉头。我上一次看钟的时候还是八点半，而现在就快到中午了。我咒骂了一句，迅速朝床边走去，早上我在那里放了一套衣服，在那之后，我的时间就这么荒废了。今天，我已经答应约翰去市场；今天，我向自己保证要去试一试。于是我看了看自己的这身行头，的确是一个准备去为下周进行采购的普通主妇的模样：长袜、鞋和一条在搬来丹吉尔之前在英格兰买的连衣裙。

我把头套进连衣裙里，突然发现前面有一道小小的裂口，就在花边与领子那里。我皱起眉头，把脸凑过去检查，试着不去因为这个而发抖，我告诉自己，这不是什么不吉利的征兆，没有任何象征意义。

房间里实在太暖和了，我走到阳台上，在那一时刻，我需要逃离公寓的四壁。我闭上双眼，渴望得到清风的润泽，我等待着，但是，除了丹吉尔的燥热，我什么都没有感受到，我被这股热浪压得无法喘息。

时间一分一秒地过去，我静静地听着自己的呼吸声。突然，我产生了一种奇怪的感觉，仿佛有人在注视我。我睁开眼睛，匆匆向下面的街道瞥了一眼。没有什么奇怪的人，只有少数当地人在往集市那边走，离收摊的时间越来越近了，他们行色匆匆。"振作起来。"我喃喃自语，然后转身回到公寓的庇护下。虽然说了这句话，但我还是把身后的窗户关得严严实实，我的心怦怦直跳。我看了一眼时钟，现在已经一点半了。我对自己说，集市之行还可以再等等。

我知道，它必须得等等了，我用颤抖的手把窗帘紧紧拉上，现在，即便是最细微的光线，也无法照射进来。

2. 露西

我倚着栏杆,阳光倾泻而下。脚下的摇摆越来越强烈,在渡轮发动和停下时,我的胃里都猛地翻腾了一下,这条船正在笨拙地向最终目的地摩洛哥挪动。过去几个月来,我一直梦想着看到那些壮观的摩尔式建筑、热闹的露天市场、迂回曲折的小径、五彩斑斓的马赛克和色彩明快的小巷。我匆匆抓起行李箱,人们已经开始排队了,我站在队尾,焦躁地伸长脖子——这是我第一次真正看到非洲大陆。我已经感到她的气息从岸边传来,像是在对我致意——这是一种来自未知世界的承诺,那未知的一切比我在寒冷的纽约街头经历过的任何事情都要有意义、有意思得多。

而爱丽丝,她也在这里,她就在这座城市跳动的脉搏中。

走下船,我在人群中找寻她的面庞。在离岸后的几小时内,我已经成功地让自己相信,即使在发生那些事情之后,她还是可能会来迎接我。但是她并没有来。没有一张脸是我熟悉的,只有几十个当地人——年轻的男孩，还有年纪大的男人——在找我和其他刚下船的游客搭讪，指望着可以拉到生意。"我不是导游，我是本地人，大家都认识我。我带你去那些导游都不知道的地方看看吧。"如果这话不起作用，他们就会拿出商品给我们看："女士，需要钱包吗？"然后对我身后的人说："先生，要皮带吗？"他们从大衣内侧口袋里掏出其他物件，伸到每一位低调的造访者眼前。珠宝、小木雕、奇奇怪怪的乐器、充满异域风情的小玩意儿。我和其他人一样不耐烦地挥挥手，将眼前的东西赶走。

几乎没有一本旅游指南是关于丹吉尔的，但是我把能找到的文章和书都看了，关于这座城市的每一句话我都细细读过，这里马上就是我的家了，不管它是不是临时的。我读了沃顿和吐温的作品，还有一次我甚至看了好几页汉斯·克里斯蒂安·安徒生写的故事。令我十分惊讶的是，是他让我对这些一拥而上的导游有了心理准备，他们像蝗虫过境一般涌向抵达的船只，准备为天真又没有经验的旅行者提供服务。当然，我可能是个没有经验的人，但我绝不天真。我胸有成竹，毕竟我已经阅读过相关文字和研究报告，对这种混乱的场景有所免疫。我清楚地知道，在离开渡轮的安全与相对平静之后会面对什么。然而，我却没有准备好应对这个。沃顿、吐温甚至安徒生——他们的文字最终都没有化作我的剑与盾。

我试图离小贩远一点，我的手上牢牢地抓着一张地图——仿佛这样可以证明我的决心。先是摇摇头，然后用法语嘟囔两句，

non（不了），merci（谢谢）；接着是西班牙语，no（不了），gracias（谢谢）；再然后，出于无奈，说两句旅行前刚学的阿拉伯语，la（不了），choukran（谢谢）。然而这样做并没有什么用。我继续往前挤，决心走出港口，进入丹吉尔老城。大多数小贩都退到了一边，不过有几个人还在坚持着，他们跟着我从岸边走到通往老城的山路。"你迷路了吗？你需要帮助吗？"最后，只有一个人还没有离开。他一开始并不引人注目，只是一直在慢慢地跟着我，他放缓脚步，和我的步伐保持一致。他的英语说得比其他人好，而且对英语的运用十分灵活，他一直在说可以带我去哪些地方——会带我去其他旅客从未踏足的地方。

我试着不去理他，试着摆脱那股让我的脸颊变得通红滚烫的热浪，试着不去看那一群群的苍蝇——它们潜伏在通往城区的迷宫中，藏身各个角隅。但就在几分钟后，他走到了我的面前，我没法继续前进，于是困惑地停住了脚步，并抓紧了我唯一的背包。我尝试着从他身边挤过去，但他却一动不动。

"是啊。"他微笑着，"我知道，我就像只蚊子。"他靠了过来，湿热的气息呼到了我的脸上。"女士，听着。你的身边最好有一只蚊子，你知道这是为什么吗？"他顿了顿，好像在等我回答，"有这只蚊子在，其他蚊子就不会来烦你啦。"他先是微微一笑，然后仰头大笑，那尖锐的声音有些出乎我的意料，在我们四周的墙壁间回响着。我转身就跑，却被绊倒了，包重重地跌在一旁，我的膝盖磕在硬邦邦、脏兮兮的小路上。

我发出一声尖叫,下意识地去摸磕到的地方,却碰到了"蚊子"伸过来的手,我吓得赶紧把手拿开。那双崭新的灰褐色长袜完蛋了,为了买这双长袜我花了足足 1.5 美元,因为店员说她们的商品是最好的。膝盖上方的那部分袜子被撕烂了,一道口子向下延伸着,我郁闷地发现腿上还有一块看起来穷凶极恶的红色伤口,血马上就要流出来了。"真倒霉。"我小声地嘀咕着。

那只蚊子似乎觉察到了我的郁闷,但还是在往我这边靠。"你好像迷路了。"他的声音突然变得很低沉,语气也强硬了起来。仿佛我现在的状况就需要这种戏剧效果一般。"小姐,你知道自己在找什么吗?"

听完他说的话,我沉思了一会儿——只有一小会儿——我在思考自己在这个陌生国度里究竟要做什么。我以前经常梦到这里,每一次,它都以一种闪亮而不真实的模样出现在我的脑海里。所以,即使现在我真的来了,它也还是那么不真实。我有些窒息,不过就在那时,她模糊的样子浮现在我的面前。

突然间,我回过神来。

"是的。"我对那只蚊子说。我的声音现在铿锵有力,笃定而明晰。我站了起来,猛地从他的身边挤了过去,我们的肩膀撞到了一起,他感受到了这种冲击,感受到了我身体的力量。我看见他的脸上出现了惊讶的表情:"是的,我当然知道我要找什么。"

那只蚊子耸了耸肩,终于慢悠悠地走开了。

"共鸣。"在本宁顿学院的第一年,我在字典里查了这个词的意思。本宁顿学院是坐落在佛蒙特州格林山脉中心地带的一小群奇怪且隐蔽的建筑,或者至少看起来是这样。"对某一事物存在的一种自发的或自然而然的喜爱或同情。由特质的相似性引发的一种关系。"我开始搜索其他类似的词。"相似。""倾向。"我把它们都写在我的笔记本上,在图书馆和教室之间穿梭时,我会随身带着这个本子。我把那磨损的蓝色皮革封面紧紧地贴在胸前,小心翼翼地守护着它,我要记住里面的内容,这样它们就永远不会被遗落在我的宝库之外了。这个宝库里全都是我珍爱的辞藻。在早晨上课前或是在夜里睡觉前,我都会读一读它们。我低声读给自己听,就好像马上会有人测试我是否能记住这些词语,就好像它们是我所接受的教育的一部分,关系到我能不能从大学毕业。

我是无意中发现这个词的——共鸣——那是在我第一次见到爱丽丝的几个星期之后。发现它时,我产生了一种正中要害的感觉——这个词可以用来描述我还不知道自己想要描述的东西。爱丽丝和我在短短几周后形成的关系,还有我们对彼此的偏爱——这种情感已经无法用常理来解释了。我决定,共鸣是一个相当不错的开端。

我们在开学第一天就认识了。爱丽丝站在我们那栋公寓的走廊里——每栋公寓楼都有两层,每层楼有十几个房间,一楼的公共区域还设了一个壁炉——她在寻找我们的房间,她抱着一摞书，似乎除了消失以外别无所求，她就快成功了。她的脸和上身几乎全部埋在了书山后面，这座山对她来说明显是一个重负。我已经知道她就是我的室友了——我们之前已经见过一次，在来学校前我们也通过几次信，信里附上了各自的照片，方便我们在学校认出对方——然而，我还是情不自禁地期待着，总是想象着见面的那一刻。现在，我还不想上前帮她一把，我还不想去做个自我介绍——还没到时候。

我等待着，观察着。

她的脚踝和手腕是我见过的最为娇嫩的事物。那时还是夏天，她那芭蕾风格的短裙浮在小腿上，短袖衫将身材展现得淋漓尽致。她的金发飘逸，那些波浪看起来不像是天生的，简直像是烫出来的。她的指甲被涂成了裸粉色，妆容也十分自然。有一瞬间我甚至在思考她究竟有没有化妆，但是我感觉她的确是化了，只是效果近乎素颜。她的衣着打扮低调而精致，没有哪个细节会引人注目抑或哗众取宠，但她就是这么让人想多看两眼——这并不奇怪。

就这样，我发现她已经习惯了人们的注目礼，习惯了把自己展现给别人。而这也是她选择的方式，她从来不需要为了租金东拼西凑，从不用担心橱柜里的食物够吃一个礼拜还是一两天。以前我讨厌过一些女孩，但我并不讨厌她。她不是那种娇生惯养、自以为是的女生，也不存在什么优越感。大学里的其他女孩总是非常热衷于攀比，她们不停谈论假期过得怎么样，嘴里时不时蹦出一些会让别人心生敬畏的名字。但我很快就知道,爱丽丝并不是那样的人。其他女孩瞧不起"金娃"——她们私下里这么称呼那些拿奖学金的女生,而爱丽丝从不居高临下地看我——一个来自邻镇的"金娃"。那一天,在我们互相问候之前,我看着她,觉得她看起来很善良,甚至有些孤独。

然后,我回到了房间,假装在看光秃秃的白墙,我屏住呼吸,等待着她的到来。在那一瞬间,我突然有点害怕,如果我就这么静默地等下去,她会不会去找别人呢?终于,她出现在了门口,我笑了:"我是露西·梅森。"我向她走去,伸出了手,似乎想要对她说的千言万语都沉淀在这个小动作中——今后种种就此拉开帷幕。虽然可能只是那么一瞬,但对我来说,那仿佛是一段无限漫长的时光,我想知道她会不会和我握手,想知道我们今后会成为怎样的朋友。

她把那摞书歪向了一边,脸上立刻漾出了笑容。"我还担心你忘了我。"她的脸红扑扑的,一口优美清晰的英国口音。"我是爱丽丝,爱丽丝·希普利。"

她的手很温暖。"很高兴见到你,爱丽丝·希普利。"

第二天早上,我精心打扮了一番。

我在旅馆里收拾好我的所有行李,希望把这次旅行作为一个改变自己的契机,我不想穿着破烂的袜子披头散发地出现在爱丽丝的门口。我在房间里一遍又一遍地检查,直到确定什么都没有落下,才关上了身后的门。

我在原住居民区的一个摊前排队买早餐——一个根本看不出是辫子面包的辫子面包,上面撒着芝麻,里面还填着枣味的馅料。我靠墙站着,那团面包已经不新鲜了,我的舌尖和两颊之间回荡着一种奇怪的口感,我还要了一杯欧蕾咖啡,在咀嚼间隙喝上一小口。我的视线在街上来回游移着。

我看见游客们在咖啡馆里啜饮薄荷茶,看见一群当地人,将货物从驴身上搬下来再运到店里,然后,我和他的视线相遇了。

他离我有好几米远,广场上咖啡馆众多,他坐在其中一家。他很高,皮肤黝黑,不算特别英俊,我猜他是本地人,但我也不是很确定。他戴着一顶软毡帽,帽檐拉得很低,帽子底部围着一圈活泼的紫色丝带。我站了一会儿,感觉他在看我,我想知道他看到了什么,是什么吸引了他。没错,那天早上我是稍微打扮了一下,我穿了我在漂洋过海之前买的那条看起来还算可以的连衣裙,它花光了我少得可怜的积蓄。我用左手整了整裙子,然后喝完咖啡,离开了原住居民区,离开了那个男人好奇的视线。

我来来回回走了将近一小时,对服务生的假笑视而不见。尽管天气如此炎热,他们还是穿得很正式,打着小领结。我路过同一家餐厅一遍、两遍、三遍,一度愚蠢地相信所有道路实际上都通向小广场。穿过原住居民区,在旧城区西边,就是爱丽丝的公寓,她的公寓坐落在我最开始踏入的那一片喧嚣和混乱之外。我的旅行指南告诉我,那里叫玛尚区。四周的环境确实不一样,在此之前,我早已感觉到一种微妙的变化。绿树多了一些,它们种在街道两旁,不过数量仍然稀少,而且在我看来非常陌生。这里有一种轻松的感觉,就好像压在我肩头的所有重担、堆积在我肩胛之间的所有负荷都开始瓦解溃散,我越走越觉得如释重负。可能只是因为我离她越来越近,想到这里,我放下包,深吸了一口气。

那栋建筑并不起眼,它很轻易地便与周遭的世界混为一体:我觉得它在巴黎也不会显得格格不入,浅色的石砌块上装饰着锻铁阳台和宽大的窗户。当然,这种似曾相识是意料之中的,但我还是感到些许失望。我费尽千辛万苦才来到这里——我做了几个月的规划,攒了几个月的钱,坐了数小时的船、火车,然后又漂洋过海。为了探索这片新的土地,我的衣服上满是尘土,我的心疲惫不堪。我以为可以在这段漫长的旅程最后发现一些不一样的东西——一扇闪闪发光的大门,一座富丽堂皇的宫殿,然后会有一个戏剧性的声音对我说:"这是对你的奖赏,你终于来到了这里。"

我按响了门铃。等了一会儿,无人应答。我感觉自己的心跳加快——也许她回欧洲了?或者我把地址搞错了?我看了看夹在指间的那张纸片,那张纸被我折叠打开了无数次,上面的墨迹已经有些模糊了。我想象着自己最后不得不转身回到港口的样子。我已经看到自己买船票的画面了,那些船工都在嘲笑我,我是不会理他们的——他们才刚刚把我送到海的这一边,我就又要回去,而且还如此狼狈。我摇了摇头。这不可能。我想起了纽约,布满阴霾的冬日,我租的那些散落在城市各处的狭窄的公寓房,那些女人的声音,她们的高跟鞋在走廊里来来回回发出声响。还有那种味道。虽然此刻温度很高,但我想到这里还是打了个哆嗦。她们每一个人的身上好像都散发着一种奇怪、浓烈的香水味,尤其是在公共厕所里,那味道简直刺鼻。那种熏人的气味里总有一种过于甜腻的质感,就好像有什么东西快要腐烂了一样。我露出了痛苦的表情。不。不管发生什么,我都不会回去的。

"谁啊?"

还没有看见她的身影,我先听到了她的声音。我仰了仰头,但是阳光迷住了我的双眼。我抬起手,努力遮住一部分光线,这才看到她向我走来,她的轮廓被亮白色的细条割裂了。

"爱丽丝。"我没有抬高声音,那一瞬间我十分激动,我叫着她的名字。"是我啊。"

她离我有一定的距离,我不是很确定,但是我觉得自己听到她急促地吸了一口气,我努力抑制着自己的喜悦之情,开心地发现自己给了她一个惊喜。"怎么啦?"我终于问道,提高了一点声调,"我要翻墙进去吗?"

她的脸上绽出了一个略带不安的微笑。"不,不,当然不用。"她站在一根铁栏杆后面,栏杆的纹饰和弧度看起来像是某种常春藤,蔓延到她腰部以下的位置便不见了。她的手捂着喉咙——她紧张的时候总会这样做。"稍微等一下。我马上就下去。"

在等她的时候，我才发现自己的耳朵有些颤抖。小时候，我有严重的耳痛病，之后，我总会在一个季节感到同样的疼痛，然后我就要赶紧去看医生。但是无论我去得多么频繁，他们总是笑着摇摇头，跟我保证没有任何问题，然后把我送到门口。有一位医师花了很长时间指导我如何把手指置于耳垂之上，然后轻轻拉。他说："如果你现在觉得疼了，就说明有感染。否则的话，只是……"他故意没有说完这句话。后来，他说他在一群特殊的病人身上见过这种症状，这种在紧张时出现的反应似乎只会在较为聪明的病人身上才会出现。不过我怀疑他这么说只是为了奉承他自己，而不是为了帮我。我站在那里，一边等爱丽丝下楼，一边重复着这个动作——检查疼痛源，看看有没有感染的迹象。并没有。不过，颤抖还在继续。

爱丽丝出现在门口的时候有些上气不接下气，她的脸颊上呈现出两朵红晕，脖子下面出现了热疹。她只要一焦虑就会摩擦锁骨之间的那个地方。我很好奇她在我到达前后是不是也这样做了，还是说，那块皮肤呈粉色只是因为午间的高温而已。

她还是我记忆中的样子。没错，只过了一年而已，但是自从分别后，我们的生活仿佛发生了翻天覆地的变化。她还是很娇小——我知道她不喜欢这个词——但是除此之外我不知道该如何形容她。娇小而白净，她的身材还是少女的样子，爱丽丝一度对这个事实十分失望。她的锁骨上方挂着一串珍珠项链，我觉得那串项链看起来很不对劲，与我们周围的景致很不协调。我想伸手从她脖子上拽下那串珍珠，看它们哗啦啦掉在地上，然后滚进街边的缝隙，然而我克制住了这股冲动。

"你看起来很不错呀。"我一边说着，一边靠近她亲了亲她的双颊，"好久不见了。"

"是啊。"她喃喃地说。她的眼神很明亮，但是也很淡漠。"是啊，没错。"

我的手挨着她，可以轻易地感觉到她骨骼的凹凸。她退回门槛后面，她的动作暴露出一种焦虑的情绪，我猜她并不想让我有所察觉。爱丽丝让我跟着她，她带我走上一段狭窄的楼梯，警告我要格外小心哪几节台阶，然后立马为这栋房子的老旧道歉。她紧张的时候总是喜欢这样说一大通："房子当然很不错，不过必须要好好修修了。我跟约翰说了好多遍了，但他好像都不往心里去。我想也许他就是喜欢这样的风格吧。他说艺术家都住在这样的房子里。好像是作家吧。那些人的名字他跟我说了无数遍，不过我都记不住。我猜你应该会挺感兴趣的。他下班回来以后我们得好好问问他。"

约翰。爱丽丝在离开本宁顿后遇到的男人。我最近才知道，这个男人就是爱丽丝搬来摩洛哥的原因。

我问道："他在家吗？"

"谁？"爱丽丝皱了皱眉，"哦，约翰啊。不，他不在家。他在工作。"

"他怎么样?"我问道,就仿佛我们都是老朋友,不过我的问候听起来有些空洞。我赶忙又说了句:"你呢,你怎么样?"

"很好。我们俩都很好。"她说得很急促,"你呢?"

"我很开心能来丹吉尔。"我笑了。和你在一起。

最后这五个字我没有说出来,不过我可以感觉到它们击打着我的胸口。实际上,我有一点儿相信她也听到了这五个字——或者即便没有听到,也可以感觉到。

我意识到,现在我们已经置身于她的公寓内了,我们站在厅里,木地板上盖着一块设计繁复的小地毯,我的手提箱还沉甸甸地挂在手上。我觉得很奇怪,她居然不接过去,带我去客房,然后我们可以坐下来放松一下,聊聊最近都发生了什么,就像我们以前那样。可能这已经是一种奢望了,可能真的回不到从前了,回不到那个糟糕的夜晚之前的样子了。不过,我还是控制不住自己。希望还在,它残存在我被挖空的心房里。可是,她的姿态,她走路的样子就仿佛是一只受惊的笼中鸟,这让我感到疑惑,问题究竟出在我们两人之间的那个秘密上,还是另有其因。

我曾对爱丽丝搬来丹吉尔吃惊不已,我想起在本宁顿的那张挂在我床头的旧地图。许多年以前,我们用那张地图玩游戏,墙上的石灰很软,我们把图钉摁到地图上,代表我们毕业后要去的地方。那些是属于我们两个人的旅程。爱丽丝想去巴黎,或者,当她某天变得很勇敢以后,可以去布达佩斯。但永远不会是丹吉尔。我的图钉则放在了更远一些的地方：开罗、伊斯坦布尔、雅典。这些地方当时看来是如此遥不可及，但是没关系，有爱丽丝陪着我，就没有到不了的地方。

"毕业以后，我要带你去巴黎。"一天晚上，她这么对我说，那时距离我们第一次见面并没有多久。我们坐下来，藏在"世界尽头"的后面——那是康芒斯草坪末端的一块地方，世界仿佛在那里突然中断了，不过如果你往下看，就会发现下面只不过是一片绵延起伏的小丘。夜幕渐渐降临，草叶上的湿气浸润到我们的毯子上，不过我们丝毫没有受到影响，还是那么开心地坐在那里。

我捏了捏她的手掌，这是我对她的回应。那时候，我就已经知道她名下有多少财产，知道她每个月会收到多少生活费。支票收款人那一栏填着她的全名：爱丽丝·伊丽莎白·希普利，那字迹相当拘谨守旧，支票会在每个月月初送到她的信箱里，从无差错。不过，她居然提出这样的建议，去邀请一个刚认识几周的女孩一起去巴黎，这使我感到意外。我的心蜷成一团，似乎不愿意相信别人身上真的会存在这种慷慨与善意，因为我过去的经历告诉我，这是不可能的。我出生于佛蒙特州的一个小镇，那个镇子离这里只有几英里远，我一直觉得别人只会途经那里，他们的目的地一定会是个更好的地方。奖学金给了我机会，让我可以逃离车库上方不通透的狭小公寓，来到这个距离我原来生活的地方仅仅几公里的地方，但是这里俨然是另外一个世界。

不过，关于巴黎的承诺一直没有兑现。事实是，爱丽丝来到了丹吉尔，她从来没在地图上标过这个地方。而且，她来到这里，身边的人也不是我。

"露西，你来丹吉尔做什么呢？"爱丽丝的话把我拉回了现实。

我眨了眨眼，她的话把我吓了一跳。"我来这里当然是为了见你啦。"我微笑着，用声音掩饰着这句话后面的复杂情绪。

我第一次看向爱丽丝——真正意义上地看向她。我之前就注意到了，她比我们上次见面时又瘦了一些，整个人也更苍白了，考虑到这里的气候，她有这样的变化还蛮奇怪的。爱丽丝的眼睛下面挂着黑眼圈，我觉得她看起来像是很长时间都没有睡好觉了。她的手指一直在摩擦喉咙下的那一块皮肤，现在那里的皮肤颜色比一开始红得更明显了。已经是这个时候了，她却还是穿着一件黄色的家居袍，那袍子几乎拖到了脚踝，她的腰间系了一根简单的腰带。她一点儿妆也没有化，她的头发——她那一头曾经闪耀着光泽的浓密金色卷发——现在也剪短了一些，软趴趴地披在她的肩头，颜色有些浑浊，看起来需要好好洗一下了。

"爱丽丝，一切都顺利吗？"我朝她靠近了一些，把手提箱放到了脚边。

"当然，当然顺利。"她还是说得那么匆忙。

"你会告诉我的吧，对吗？如果发生了什么事情，如果你和约翰……"

她缩了一下身子。"不，没什么。一切都很好。真的。你突然到来吓了我一跳，仅此而已。"她挤出一个微笑，声音中有那么一丝尖锐。

但是，她的肩膀似乎突然放松下来，微笑也不那么僵硬了，而且，她好像终于开始注意到我：从我抹了大量发胶打造的时髦蓬松发型——虽然我郁闷地发现它在高温下已经要撑不住了——到我身上那件花了一个月租金才买来的深色系带衬衣式连衣裙。我知道，这一切与我们上学的时候太不一样了，但是想到这是我一年多来第一次见到爱丽丝，我就有一股冲动，我想让爱丽丝知道在那之后我过得有多好——不是给她看我有多时髦，这是某些女孩的癖好，她们在别人面前炫耀自己的成功，只为让他们眼红。不，我希望让爱丽丝看看，我们在大学里一起度过的那些日夜究竟意味着什么，我们对未来的畅想并不是在消磨时光。我是认真的，我说的每一个字都不是玩笑话。我想让她知道这些，知道我从来都没有夸夸其谈，尽管我们之间发生了那些事。

"露西，你看起来很好。"她看着我说道。但我觉得这句话听上去更像是一种让步与无奈，似乎有些消极。

"你也是啊。"我急切地收下她的赞美，不管这句赞美是不是轻易说出口的。不过我猜我们都知道，她说这话只是出于礼貌。

她又笑了，那微笑多么熟悉，在刚上大学的时候我常常看到她这样笑，那时她还非常害羞，还不那么游刃有余。在我们相处四年的最后，她几乎发生了蜕变，然而在这里，那些曾被她摆脱的特性一个接一个地再次出现了。"我给你倒茶。"她说道，似乎想要掩饰这令人尴尬的沉默。"不过我猜约翰又忘记买燃气了。在他带回一罐新燃气之前，我都没办法烧水。我带你去客厅吧，我们可以喝点儿别的。"她建议道，一只手伸过来要拿我的手提箱。

我没让她拎，坚持自己提箱子，我担心她根本拎不动。她转身后，我看着她的肩膀，薄薄的长袍根本掩藏不住下面凹凸的骨骼。我注意到她凹陷的脸颊和瘦削的手肘，还有她握手的样子，有些事情难以察觉，但是一直存在。

"我简直无法相信已经过去那么久了。"我说着，跟随她来到走廊。我注意到这栋公寓里几乎所有地方都塞满了东西，走路的时候很难不被椅子腿或者垫子绊到。我很快就发觉，就连墙壁也不那么安全，因为墙上也摆着很多小玩意儿。我注意到他们似乎对盘子特别痴迷。银的、铜的、瓷的，有的漆了色，有的没有，上面的纹样看得我云里雾里的，这一排排盘子服帖地陈列在色彩明快的墙上。

"我明白。"她终于回答了，"本宁顿感觉就像是上辈子的事了。"

我们来到客厅，我把箱子放到脚边的地毯上。几秒钟过去了，我们俩都在环顾房间，仿佛在这间屋子的某个缝隙里藏着什么方法可以让我们彼此重新联结起来，可以让我们一如往昔。

"我去拿点儿喝的。"她一边说着，一边果断地向这个房间的另一头走去。

"谢谢你，爱丽丝。"我伸出手想去摸摸她的手。她好像有点逃避，不小心碰到了我。"爱丽丝，你确定什么事都没发生吗？"我几乎是在低语。

起初，她不看我，不过渐渐地，她抬起了瘦削、凹陷的脸庞，她的眼睛还是那么明亮。"当然了，露西。"她闪身走开，向走廊那边走去，"一切都很好。"

过了一会儿，我想起一个事实——她没有提到那起事故。

不过，我也没提。

我在浴室里待了片刻，往脸上敷了一块毛巾，希望脸颊上的颜色可以褪下去。我从浴室出来时，头发还混着汗水黏在脸上，我发现门前摆着一叠僵硬的粉色毛巾，毛巾上放着一些扇形的香皂，爱丽丝的歌声从厨房传来。

我放下毛巾，听着那些歌词，从心底里展露微笑，我在走廊上走着，把头发往回捋。她唱的歌我在广播里听过。在我最近居住的公寓里，几个姑娘带来一台奶油色和金色混搭的银音牌收音机。起初她们轮流保管这台收音机，更多的是为了炫耀吧，最后这台收音机就被放到楼下落灰了，沦为公共区域的一台固定摆设。

我哼着那段旋律。"看来你的唱歌水平没有提高啊。"我逗她说。我升了一两个调，这样她更容易听见我的声音。

厨房里传来笑声，我发现这笑声不再那么迟疑："去坐下吧。

我马上就来。"

我回到客厅,第一次认真观察这个房间。这里与其他房间相似,装饰元素也主要是黑色的木头和皮革——一种令人恶心的甜腻气味在几近黄昏的热浪中显得十分强势。房间里散落着几十本书。我瞥向其中一本,查尔斯·狄更斯。我又瞥了瞥另外一本,那本书的作者是一个我从没听说过的俄国人。我知道爱丽丝并不是很喜爱读书。我曾试着在同为室友的四年里鼓励她阅读,我尝试了各种办法,但是收效甚微。"这些书都太严肃了。"她抱怨说。如果是别人说出这种话,我一定会很厌恶,但是这话从爱丽丝嘴里说出来,竟让我觉得有些不可思议的契合。她就不应该困在一摞笨重的书后面——她是轻盈的、灵动的,如空气一般,她自己活得多姿多彩,根本不需要翻阅别人的经历。我曾跟她提起过这个,她大笑,然后朝我摆摆手。但这是真的,是爱丽丝每天一大早把我唤醒,外面的天还是黑的,她就拽着我去康芒斯草坪的阿第伦达克椅[1]那里。她会从胳膊下抽出毯子,铺到带着露水的草地上,她希望我们是最早看到日出的人。我看着自己呼出的白气随风飘散,在这样的静谧时分,我总是觉得讶异,原来我和爱丽丝已经这么了解彼此了。爱丽丝的母亲是个美国人,她后来去了大西洋彼岸生活,嫁给了一个英国人,她就毕业于我们这所小小的学院,而这也正是爱丽丝来这里的原因——到妈妈的母校

---

[1] 一种户外椅,靠背可调整角度,通常由宽的长木条制成。——译者注

上学。爱丽丝总能挂着略带犹豫的微笑,把我从图书馆拉出来,把我从一片死寂拽到活生生的现实中。我把毯子拉紧了一些,向她温暖的身体再靠近一点,希望这种时刻可以凝固为永恒,不过我知道这不可能。

我快速地翻了几本书,奇怪地发现很多页都还是连在一起的。爱丽丝丈夫的形象开始在我的脑中浮现。

"看到我站在你家门口的时候,你惊讶吗?"我倚在皮沙发上大声说。我的身子一挨到沙发表面就开始出汗了。

然而厨房那边只有沉默。

"爱丽丝?"我皱皱眉,又叫了一遍她的名字。我从一边歪到另一边,试图让皮革上的皮肤透透气,希望新裙子上不要留下汗渍。我已经发现,丹吉尔没什么风,即使有也很快就会停。丹吉尔的空气似乎是凝滞的——厚重而潮湿。"萎靡不振。"用这个词来形容最完美不过了,就是它了。

"哦,是的。"她说,她的声音有些含糊,仿佛她并不在旁边的房间,而是在很远的地方跟我说话一样。"是的,非常惊讶。"

在问出下一个问题之前,我听见大厅门把手发出旋转的声音。"爱丽丝?"不知为何,那声音比我想象的要低沉一些。"你在家吗?"接着,那声音变小了,"我猜你今天也没去成集市。"

我回头去看了看他,我很确信,在那一瞬间,我的心跳停止了。

当然,我的心跳时常停止。至少,医生说这没什么可担心的。他们向我保证，这并不会产生什么实际影响，只不过有些时候——很长时间才会有这么一次——我的心脏拒绝按节奏跳动而已。当它出毛病的时候——我猜，也许它是想发泄一下，它就会很急促地暂停一会儿，可能连那么一会儿都没有，但是那时间已经够长了。然后，下一次心跳就会"砰"的一声响彻我的胸腔，就仿佛是什么东西在蔑视我，践踏我一样。当然，已经过去这么多年了，当时的场面可能已经被我二次创作了——最终发生的事情使我的记忆发生了改变——但是我几乎可以确定，我的心在那一刻没有跳动。它也许是受到了警告，也许是感知到了危险。我无法知道真正的原因，但我相信我的心在试着告诉我什么：它在警告我，让我警惕那个正在慢慢从走廊朝我坐着的房间走过来的男人。

有时候我会想，如果当时我没有让这个警告就这么溜走，又会发生什么呢？

一个男人走进了我的视线。

我看见一张黝黑的脸，一些雀斑，金色的头发，波浪形。在我看来，这就是处在我们这个年龄的男人最典型的样子：活泼开朗，一腔热情还没有被日复一日的单调乏味消磨殆尽。他很英俊，这一点我可以确定。我有些怀疑他的容貌是否符合传统审美，他的一些特征比较强势，你没办法长时间盯着看。从他的外貌中，我还可以看出一些别的东西——一些更加硬朗、具体的特质。不过我立刻抛弃了这个想法,之所以这么想大概是因为他的西服很笔挺吧。虽然我完全不懂男性的时尚,但我也知道他的衣服一定很昂贵。他穿着三件套的西装,布料上的花纹看起来与丹吉尔一点儿也不搭,他还戴着一顶棕褐色的窄檐软呢帽。我略带嫉妒地发现,他在摩洛哥刻薄的高温下穿了这么多,却似乎一点儿也不觉得难受。

"来了一位客人。"爱丽丝大声说道,她的声音有些奇怪,"露西来了。""假声"这个词合适吗?我也不知道。

"露西?"约翰重复了一遍。他站在房间入口处,皱了皱眉。

"对,亲爱的,露西来了。她是我在学院里的朋友。"爱丽丝挤出了一个有些虚伪的笑容,"我跟你说过很多关于她的事情呀。"

没有,她肯定没有。从约翰听到我名字时露出的困惑表情我就知道了。看他的样子,应该是从来都没有听说过我吧。

"爱丽丝,你做晚饭了吗?我饿死了。"约翰边说边开始解领带,他的声音里透露着疲惫。就在那时,他看见了我,一个坐在他沙发上的陌生人。他的脸上闪过一丝厌恶,之后,他似乎接受了这个穿着得体、还算有些魅力的客人,他的表情放松下来,变得有些惊喜和愉悦。"你一定就是那位露西吧,久仰了!"他微笑着,整了整手中的领带,然后伸出一只手,"太好了,终于见到你了。"

我也伸出手,不过一伸手我就后悔了,因为我的手上出了不少汗。"很高兴认识你。"

他把头歪向一边,他的微笑变得有点虚伪,不过我猜他可能觉得这样很有魅力。我能感觉到他在估量现在的情况,他在试图搞清楚自己究竟知不知道我这个人,或者,应不应该知道我。他在等我说点儿什么好给他提示。可我还是沉默着。几秒钟后,他问道:"你口渴吗?"

这时,爱丽丝从厨房出来了。她两手端着一个银盘子,我半起身,准备从她手中接过,不过她已经把盘子放到房间角落的一个木制吧台上。

她换下了早先的那件家居服,穿上了一条白天穿的真丝连衣裙,尽管夜幕即将来临。裙子的包臀款式有些过时,不过在上学的时候我并没有见过她穿这件。其实发生变化的又何止她的衣着,她整个人似乎都不是刚才那个样子了。她变得有些轻浮:几小时前那张郁郁寡欢的脸已经不见了,有了丈夫的陪伴,她简直变了一个人。丈夫——这个词仍然卡在我的喉咙里。我看着爱丽丝把杯子满上,她的动作很敏捷,又很不真实,似乎这个人会突然一下变得无比脆弱,我居然在想象她会不会在我们面前猛地破裂,变成一百万块碎片。

"你是不是说学院里的老朋友来看你?"约翰对爱丽丝说,"真是一个惊喜啊。"他伸手从爱丽丝手上接过杯子,那杯子太凉,凝结在表面的水珠已经在往下滚了。"我都不知道我那位梦游仙境的爱丽丝还有朋友。"他开玩笑地说。

"我当然有朋友啦。"爱丽丝笑道,不过我能看出约翰的话伤到了她。

"冰块。"他扬起眉毛,"现在我知道这是一个特殊的场合。露西,我们从来没有准备过冰马提尼酒。"他说道,后面这句话听起来像是在控诉。我从爱丽丝手里接过我的那杯酒。"我觉得沾了你的光。"他大笑着,然后喝了一大口,"既然说到了你的造访,我想问问,你是独自一人来丹吉尔旅行的吗?"我点了点头。他笑着问:"从哪里过来的呢?"

"纽约。"我看着爱丽丝说道。

他皱了皱眉:"你的朋友们不在意吗?我是说,他们会不会觉得你一个人来不好?"

我的脸上洋溢出笑容:"恐怕我没什么值得挂念的朋友。"

我轻描淡写地说着,爱丽丝看向了别处,而约翰则向前倾了倾身子,似乎准备抓住这个突破口:"没有吗?一个都没有?"

我叹了口气:"恐怕是这样的。"

"一个都不剩吗?该不是战争把他们全都干掉了吧——还是说他们都惧怕你?"他又哈哈大笑起来。

我看见爱丽丝缩了缩身子。"约翰,别太过分。"她喃喃地说。

"我只是想要弄清楚真相而已。"他挠了挠下巴,"在纽约孤身一人,想一想吧,这是不可能的。而且,你看看她。"他往我这边指了指,"我只是不信她说的。"他往前探了探身子,"可能你太吹毛求疵了吧,是不是?还是有什么别的原因。"他接着说,声音中带有一丝嘲弄,"你们本宁顿女孩的故事我可听了不少。"

爱丽丝的脸涨得通红:"噢,别说了,约翰。"

"好吧,好吧。"约翰的声音听起来十分轻松,不过我发现,他的眼里可没有笑意。"现在你来了。也许我们可以在丹吉尔给你找一位有趣的求婚者。上帝知道,这种人可多了。不过,当然了……"他摇了摇头,"我估计他们现在也没这个心情。你选这个时候来摩洛哥可真有意思。"

我皱了皱眉:"什么意思?"

"你没听说吗?"他轻蔑地一笑,挤了挤眉毛,似乎想要营造一种诙谐的氛围,"亲爱的,本地人现在可有些不安分呢。"

"哎,别像那样谈论这件事。"爱丽丝说,她又缩了缩肩膀,仿佛这样就可以逃避这场对话。

"像哪样?"约翰用嘲弄的语气说。

"像那样。"她重复了一遍,这次她严肃地看了他一眼,"就好像这件事无关紧要一样。"

他转向我,轻促地笑了几声。"有时候我觉得,爱丽丝以为自己比我们所有人都要了解当地人的困境。"他的语气里充满讽刺,"虽然她几乎连家门都不出,也从来不与除我以外的人有什么交流。"

"这不是真的。"她抗议道。

"不完全是真的。"他让了一步,"不过你还是对整件事过于敏感了。"

我注意到爱丽丝的表情有些紧张。"不安分？为什么呢？"我问道，尽管我已经差不多明白原因是什么了，过去两周以来，报纸上的各色报道已经让我对此有所了解。

"为了独立。"约翰回答说。他眯了眯眼睛，说："他们受够了附属于别人的生活，我一点儿都没有责怪他们的意思。不过这意味着，这些日子，无论哪里都有法国人。他们将捍卫自己的利益，直到一切都平息下去。两年前他们废黜了穆罕默德，随后出现动荡，而他们的部队越来越壮大。当然，这里是丹吉尔，所以情况有一些不同。或者至少本应如此。如果你仔细观察的话，就会发现他们还在这里。他们好像认准了事态还能像以前一样对他们有利，他们的小间谍到处都是。"

"间谍？"我问。

"哎，别说了。"爱丽丝小口喝着杯中的酒。我发现她的手有些轻微颤抖。"我觉得约翰有时候喜欢假装他是间谍小说里的人。他总是相信有人在监视他，可能是法国人，也可能是别的国家的人。请你千万别理他。露西，你在这里非常安全。"她顿了顿，"我想，你和其他在摩洛哥的人一样安全。"

我的脑海里突然浮现出一些画面：约翰潜伏在漆黑的走廊里，爱丽丝被自己的丈夫监视、跟踪，就像那些身处困境的年轻女子一样，约翰扮演的是电影里的反派角色。我努力不让自己打寒战。

"她不是法国人,她会没事的。"约翰说,他不屑地摆了摆手,打破了那个咒语。"我觉得她没必要担心藏在长袍下的武器。反正那些武器是为法国人准备的。"

我觉得自己脸红了,愤怒和憎恶如针一般扎向我滚烫的皮肤。

"然而,这的确是一个敏感的话题啊。"我针对的是约翰此前对爱丽丝的蔑视。我还没来得及仔细思考,便脱口而出:"我们谈论的是压迫者和受压迫者,不是吗?还有什么话题比这个更敏感?"

听了我的这番话,他锐利的眼神中闪过了一丝不友好的光芒,我想知道他会说什么来回击我。不过很快,那光芒就消失了,而我甚至都不能确定自己一开始究竟有没有看到它。"啊,"他说,"我现在知道了。你就是那种女人。"

我故意保持着冷静的表情:"那种女人?"

"对,那种女人。"他喝了口酒,发出很大的声音,"不下厨房的女人,那样的女人。"

"约翰,别这样。"爱丽丝说,她看起来很痛苦。她的声音很紧张,她的脸又苍白了一些。

"别哪样?"他笑了,"我只是在观察,仅此而已。"

"嗯,好吧。"我停下来喝了一杯,"我想你的观察是正确的。我就是那种女人——不下厨房的女人,那样的女人。"我微笑着,我才不投降。

"啊！"约翰叫了出来，猛拍一下大腿，"你看吧！"他转向爱丽丝，"我是对的。"

"嗯。"她回应道，但没有直视他的眼睛。

我身子前倾。"那么，看来真的发生了？"我害怕那个话题被遗忘，"我是说，独立。"

约翰点了点头，他明显很满意这个话题可以继续，或者至少看起来是很满意的。"嗯，是的。其实已经都同意了，整件事已经开始运作了。法国人已经逐渐放弃对摩洛哥的控制，这就说明西班牙人也快了。丹吉尔最有可能是下一个。就像我之前说的那样，这是件好事。独立总是好的，但我怀疑我们在这里的时间不多了。嘀嗒，嘀嗒。"他又喝了一口酒，"对我们这种决定留下来的人来说，形势会有所变化。"

我皱了皱眉："怎么个变化法？"

他顿了顿，看着我，就仿佛他没听懂这个问题。然后，他又拍了一下膝盖，大叫道："嗯，这就是问题所在，是不是？"

我吃了一惊，点点头说："没错，我觉得是。"

然后，我们陷入了沉思，我们三个人盯着杯中的液体，我想知道，这样的一个男人是怎么把爱丽丝的心偷走的。我想到了过去，想到我们的所有计划，我不禁奇怪那一切怎么会被改变，怎么会被他改变，不过我知道，事情当然不会这么简单。

约翰突然大声说："那么，露西要在这里待多久呢？"他的声音把我们拉回了现实。

我回答道:"我还没有想好。"

他点了点头:"你为什么不去别的地方,要来丹吉尔呢?"

"当然是来旅游的。"爱丽丝赶忙回答。我不禁有点多心,她回答得也太快了。"也许你可以给露西推荐一些地方。"她对约翰说。她转身看向我,这不禁让我想起了网球比赛,那令人眼花缭乱、来回反复的动作使我头疼。"如果你想看看丹吉尔之外的景色的话。"

我点点头,没有说话。我发现自己心里全都是她之前提过的那个主意——有没有可能去别的城市——只是为了让我离开这栋公寓,离开她和约翰。不过我不确定目的地是哪里。

"我自己很喜欢丹吉尔。"约翰说,不过更让他感兴趣的似乎是手里的酒——他之前的那杯已经喝完了,而爱丽丝和我还在喝第一杯。"大多数人会说,你应该去马拉喀什[1]转转。不过,我真的不大愿意自己一个人去这个地方过三四个夜晚。而且你也无法忍受,对吗?"他没有转身,不过这个问题显然是问爱丽丝的。"我觉得舍夫沙万[2]倒是值得玩上几天,卡萨布兰卡[3]也不错。我知道有些人觉得非斯[4]是最好的。当然,路障有一点烦人,但是只要你给他们看你的证件,就不会有任何问题了。"约翰顿了顿,

---

1 摩洛哥西南部城市。——译者注
2 摩洛哥西北部城市。——译者注
3 摩洛哥西部城市。——译者注
4 摩洛哥北部城市。——译者注

用一种奇怪的表情看着我。"你对这些地方真的有兴趣吗？"

"当然。"我回答说。虽然我并不感兴趣，一点儿都不。我并不想这么快就离开丹吉尔。我的视线在他们两个人之间游离，我觉察出这里面一定有问题——我可以感觉到，这种诡谲的气氛充溢在整个屋子，蠢蠢欲动，它迫切地想要被人注意到。我用余光看着她，她看起来像是被什么附体了一样。我知道这样说比较奇怪，但这个词用来形容她再合适不过了。她被自己曾经的灵魂附体了。"我会记住你说的。"我回应道，"但是我想，目前我还是会把重点放在丹吉尔。"

"明智之选。"他点了点头，"那么，在这段假期里你打算住哪里呢？"

那一刻，我感觉爱丽丝在盯着我："我还不大确定。"

"好吧，那你得和我们住在一起了。我们不能让爱丽丝的朋友住到不靠谱的旅店里去，毕竟我们这里还有一个房间。"他轻轻碰了碰爱丽丝，"对吧，亲爱的？"

爱丽丝眨了眨眼，好像受到了惊吓，她仿佛没在听我们说什么，只是在放空，她的心已经飘向了远方，距离我们三人现在坐着的房间十万八千里。"对。"她终于说话了，不过声音小得几乎快听不见了。她微微动了动身子，声音变得稍微坚定了一些："对，当然。"她转向我，不过她的眼神似乎有些回避我，好像在看我肩膀上方的某个点。"露西，你得和我们待在一起。不然可就有些犯傻了。"

"对。"约翰点点头,"毕竟,那房间空着也是空着。它马上就要变成储藏室了,现在里面放的都是我工作上的文件之类的东西。"他望向爱丽丝,说:"不过这其实并不是我们的本意。"爱丽丝的脸开始发红。

我当然能猜到他是什么意思——我想这就是他说这一通话的目的,为了让我明白,为了让她难堪——而且我发现这种想法让我的胃难以名状地翻腾起来。爱丽丝一定也有类似的感受吧,她的脸之所以会红成这样并不仅仅是因为觉得尴尬,还有其他情绪的混合,尽管她并没有说话,但她内心的混乱暴露无遗。

"你们俩真好。"我的声音比我预计的大了一些,也许是为了缓和这个房间里的紧张气氛,它扩散到房间的每个角落,无所不在。

"那就这么定了。"约翰说道,他搅动着杯子里的冰块。"嗯,如果你真的很愿意待在丹吉尔的话,我们可以约个时间出去听点儿爵士乐什么的。也许这周末吧。我们可以去迪安那里先听一场。"爱丽丝说了点儿什么来回应他,不过她很快就恢复了沉默,因为约翰听完她的话之后迅速摇了摇头。"哦,不行,亲爱的。你的朋友都来到这座城市了,怎么能不去迪安那儿呢?你知道那样会遭天谴的。"

我尝试着想象爱丽丝出现在丹吉尔某家爵士俱乐部甚至是酒吧的画面,但是我失败了。她从来都不喜欢这些喧哗吵闹、烟雾缭绕、洞穴一般的地方,而我们的同学们却很喜欢去,无论是在校内的还是校外的场所都可以看见她们的身影。一开始，我拽着她去了几家，我以为自己至少可以找到一家适合她的俱乐部或者酒吧，不过最后我不得不认输。于是，我们在柜子里藏了好几瓶喝的，我们喝着自己调的饮料，听着唱片，在狭小的房间里跳舞，我们踩在编织地毯上，然后眉飞色舞，笑成一团。每当想起这些，我就会止不住笑意。"如果爱丽丝愿意去的话，我会很乐意去看看的。"我朝她的方向点点头。

我的话似乎使爱丽丝有些慌张："我想可以。就像约翰说的，每个人都得去那里看看的。"

突然，在酒精的作用下，我开始口无遮拦。爱丽丝还是像我记忆中那样，喜欢在饮料里放很多杜松子酒，酒精开始让我觉得越来越放松，于是那些一般不会说的话也在努力挣脱着束缚。"但是你想怎么样呢，爱丽丝？"我紧接着问道，我不想承认她脸上出现不安的表情是因为我。

"爱丽丝不喜欢做决定。"约翰插嘴说。他说话的时候脸上带着笑意，但他的话里却藏着一把刀。那种语调不仅仅是一种责备，我之前并没有注意到。

我感觉耳朵又和之前一样在颤抖，但我没有管它，只是轻微地摇了摇头，好像这样就可以把这种奇怪而强烈的感觉赶走。有那么短暂的一瞬，我在想是不是有什么沙漠里的虫子爬进了我的耳朵里——我读过这种故事，如果真的发生这种事，必须往那个人的一只耳朵里倒水，其他人屏住呼吸，等着证据慢慢浮起来，从耳孔中出现，然后暴露在日光下。我想象着我自己以同样的姿势趴下，约翰站在我的身上，嘲笑着我的场景。

至于爱丽丝，她似乎决定忽略那些话。她已经从沙发上起身，坚持要再倒一杯。我听话地把我的杯子递给她，在内心深处，我都不记得上一次吃这么多东西是何时了。今天上午吃的那个奇怪的面包，还有在乘渡轮之前吃的那些饼干，我的胃没法再容纳别的了。

"不是这样的。"她再次坐到我的身边。约翰话音落下已经有好几分钟的时间了，他对爱丽丝的话感到困惑。她突然用肩膀挤了挤他。"不是这样的。"她又说了一遍，这一次声音更大。"不然我们今晚就去迪安那里吧。"爱丽丝微笑道，不过她的声音有些颤抖，"去给露西好好接个风。"

她突然很开心，我再次注意到她情绪中的奇怪变化，之前她还出奇地寡言少语，冷若冰霜。这种怪异几乎是有些狂乱的，好像随时都会朝着荒谬错误的方向发展。爱丽丝笑着，那笑声如此空洞，她在房间里走来走去，把杯子满上，然后匆忙地填补我们对话中的空白。这一切与我当初认识的爱丽丝完全不一样。不过，在本宁顿的最后一年至少教会我没有什么事情是绝对的。万物皆变，迟早而已。时间不受拘束地向前行进，无论是谁，无论多么努力地想要暂停、转变、改写它，都无济于事。

很简单，没有什么可以阻止它的步伐，绝对没有。

3. 爱丽丝

我错了：关于过去，关于那个密封的匣子。

毫无疑问。

我们朝着那家酒吧走去——夜幕飞速降临，我的眼睛找寻着地面上没有障碍的地方——我的心脏在胸口怦怦直跳，斥责我说话不经大脑。我就不应该理睬约翰的讥讽，因为我知道这就是他逗弄我的目的，他说那些话就是为了伤害我。我就应该像一直以来那样保持沉默。但是，他又提到了那个空房间。他提到我们不再进行的尝试——这是我的决定，我的错。然后，她在那里，用好奇的目光盯着我，她总是这样，曾经这眼神是那么熟悉，而现在不知怎的竟如此陌生，我们两个上次见面之后的这一年，我们两人之间出现裂痕之后发生的那些事……我有些喘不过气来了。

露西·梅森。当我第一次看见她的时候，我一度不相信自己的眼睛和内心。但那就是她，她来丹吉尔了。露西站在我的公寓门口，她脸上的表情是那么熟悉，把我们之间的距离拉得很近很近，驱散了那一夜的黑暗。迷雾渐渐退去，于是我再一次想起自己以前有多了解她，曾经我们有多熟悉，有时候我们甚至就是一体，就是同一个人。但是，但是每当回到事实和真相，我总有一种奇怪的感觉，我觉得自己对她知之甚少。

我想到了看过的为数不多的莎士比亚的作品，有一句对白经常在我的脑袋里回响——凡是过去，皆为序章。

然后，她来了：我的过去变得触手可及，我确信她会用各种华丽的辞藻来修饰这份曾经。露西·梅森。我要出发了，我抓起那件刚脱下的旧家居袍向门口走去，今天本来打算做的事情已经被我抛在脑后。此时，我一直想的竟然是那天的那个衣领，那道愚蠢、讨厌的烂口子，它是不是说明了什么问题，或者预示着什么呢？有没有什么更好的词来形容这一切呢？在我前室友严肃地注视下，我努力回想着。不，前室友这个词不能准确描述我这位曾经的朋友、这位一度与我关系最为亲密的朋友，虽然后来，一切都毁了。

我们一起站在前厅，在沉默的时候，我记起了在那个晚上我对她说的最后几个字。我对她说……不，我是叫嚷出来的——我记得那是我第一次提高音量对她说话——我大声说了一些很糟糕的话，一些会令人难受的话，我说我希望她消失，希望这辈子都不要再见到她。在那之后发生的事情、我的想法、我的话……我也都记得，不过那些话已经不是对露西说的了，在我恢复理智时，她已经消失很久了。

我感觉自己的脸有些发烫，感觉她在看我——我确信，在那个瞬间，她一定知道我在想什么。

她与我记忆中的样子不同了，虽然起初我并不确定究竟是哪里发生了变化。我打量着她，希望找到答案。我想知道，在我们之间发生那些事之后，她为什么还会来到这里。她比以前瘦了一些，面部轮廓更分明了。我发现她比我记忆中更漂亮一些，不过她还是会那样直勾勾地盯着我，让我红着脸看向别处，让我突然既爱她又恨她。

我清了清嗓子。"露西。"我下意识地叫出了她的名字，这两个字承载着太多的意义，同时也什么都不是。在发生那些事之后，我从没有想过还能再见到她，无论是在佛蒙特州的格林山脉还是在摩洛哥尘土飞扬的小巷，我以为我们应该都不会再见面了。在我说了那些话，在我对她的举动和我自己想象的事物有了质疑之后，我就没有想过还能和她重逢，其实现在那些质疑依然存在。我的心开始怦怦直跳。

有那么一个疯狂的瞬间，我盯着她的脸，想知道是不是我以某种方式把她从大西洋对岸召唤过来。尽管我的怀疑还在，我的愤怒还在，不过她感知到了我的苦恼和绝望，于是就这样出现在了我的面前，也许这是我在不情不愿中召唤出来的一个精灵。当时，我看着她，丹吉尔上午的高温开始席卷着我们，如同她一样，谨慎而危险。我的骑士身披闪亮的盔甲，一如既往。这个事实重重地击打着我的心窝。

我从入口处挤进迪安的酒吧。这就是丹吉尔，一进去我就产生了这样的感觉。酒吧里什么人都有，所有人都在。当地人、外国人——法国人、摩洛哥人等——有的人穿套装打领带，有些人的穿着则稍微休闲一些。仿佛所有人都涌到这个昏暗的小酒吧里来了，无论什么身份，无论从哪里来。这里很嘈杂，噪声震耳欲聋，人们大笑的声音十分刺耳，甚至让人有些害怕。我看到一个男人倒在地上，他喝了很多酒，笑个不停，脸涨得通红。他的女伴穿着面料光滑的黑色连衣裙，戴着又大又闪的钻石耳环，她把头用力向后仰，发出一种怪声，我觉得那简直像狗叫，不过后来我很快意识到那应该是笑声才对。我们继续往里走，我感觉到脚下的地面黏糊糊的，都是别人洒出来的饮料。

"我去拿点儿喝的来。"约翰大叫道，他向吧台走去，也不先问问我们想喝什么。

已经很晚了，空凳子不多，至少挨在一起的空凳子不多了，寻找了几分钟，我们在角落里找到了一个隐蔽的地方。不一会儿，约翰拿着饮料过来，他低头看了看，皱皱眉头。我问道："你想去别的地方坐吗？"我怀疑，不，不是怀疑，是确信约翰想要坐在更靠近中心的位置。和他一起在丹吉尔生活到现在，我已经知道他永远需要处于聚光灯下，让周围的人都注意到他的存在。不，或者也不是需要，也许这样说太残忍、太刻薄了。只是事实如此而已。无论约翰去哪里,人们都会扭头看他。这就是万物的自然规律,于是他开始觉得理所当然,于是就连我都觉得这是日常生活的一部分。而且我也曾经感受过他的那种神奇的引力,正是那种引力使我来到丹吉尔,来到迪安的酒吧,来到此时此刻。我抿了一口微温的杜松子酒,承受着往昔与当下对我的两面夹击。

在那一刻,我想要反抗。我想要惩罚他,因为很明显,他正在想办法惩罚我。约翰对我决定出门很不满——我怀疑他不满只是因为这个决定不是他做的而已——他嘟嘟囔囔地抱怨着,他说他白天已经工作很长时间了。"而且,她到底是谁啊?"他开始步步进逼,他透过浴室的镜子盯着我的双眼。"我很确定,在今天之前我从来没有听你提起过她的名字。"他快速收拾了一下,用乳膏仔细地打理好头发——那刺激的气味简直令我反胃——最后我们离开了公寓,他的心情发生了变化,酒精让他沉闷暴躁,不过他还是试着龇牙挤出笑容来进行掩饰。

自始至终,我都可以感觉到她。露西,她坐在我的身边,目光穿过那片黑暗落在约翰身上,看着眼前的一切,她总是这样。她在我身边只待了几小时,但我已经产生了一直以来的那种感觉:她使我有了底气,有了胆量,她就像是一副铠甲,我自己可能永远无法获得这股力量。

约翰抓起其中一只凳子。"没事。"他的声音比以前还要冷一些。他大口喝着杯中琥珀色的酒,那酒闻起来像烟,像尘,像某种古老的东西。"那么,你觉得怎么样?"他问露西,一只手还在不停比画,"人不算特别多,不过这里的确吸引了不少人。"

露西点了点头,不过没有说话。我尽量保持着微笑,我的舌头边缘感觉到了一种酸味。沉默,一种紧张的气氛在挤压着我们,它就像摩洛哥的空气一样凝重。

"那么,从美国来的露西·梅森,"约翰笑了,"你究竟是做什么的呢?我是说,在那边的真实世界,你是干什么的?"

"我给一家出版公司打手稿。"她回答说。

他点了点头,尽管他的表情有些迟钝,仿佛他并没有在听,所以我怀疑他之所以发问,只是为了让露西也问他同样的问题罢了。有一阵子,约翰从不和别人开诚布公地谈自己的工作,甚至连我都不说,他似乎很享受营造出一种神神秘秘的氛围,只是暗示说政府让他在这个时候来丹吉尔是为了给他一个机会,让他向上级证明自己的能力。机会,他曾在不止一个场合这么跟我说过,还有别的什么东西,不过他从来都懒得具体说明那到底是个什么机会,而我也懒得问。

可以看出来,他现在正在等着露西问他,他在等一个展开独白的机会,不过露西只是笑了笑,然后接着说:"是的,不过这不是我唯一的工作。"她将杯里的饮料一饮而尽,"我还是一个作家。"

他惊讶地抬起了眉毛,这一次,他是真的感兴趣了。"真的吗?"

"勉强算是吧。"她回答道。

约翰好奇地看着她。"一个作家,勉强算是吧。"他重复了一遍,"这到底是什么意思?"

她犹豫了,我想知道她说那话的本意有没有现在看来这么有气魄,我既希望是这样,又害怕如此。我知道这是不妥的,这样只会让我显得小家子气,但我一想到她可能真的履行了我们曾经对彼此许下的承诺,我就觉得悲哀,甚至有一些愤恨,而我呢——什么?——我却成了与预期相反的样子。

"我给一家当地报纸写讣告。"她回答道。约翰的眼神闪烁了一下,这说明他有点失望,而作为回应,露西变得强硬了一些。她用坚定的语气接着说道:"实际上这份工作需要我做大量的调查工作。我要采访很多人,要调查背景信息,获取可以引用的评价。这与报纸上的其他报道没有任何区别。"从她的语气中,我听出她在捍卫自己,约翰也注意到了。露西看着我,笑着说:"你呢,爱丽丝,你还在摄影吗?"

约翰皱皱眉头:"摄影?"

我感觉自己的脸红了。我没有跟约翰说过太多关于本宁顿的事情,也没怎么提起过那次事件,只说了些报纸上能看到的内容。我已经彻底切断了与过去生活的联系,包括露西在内。那台相机曾经被我视为最珍贵的东西,而现在,它只是静静地躺在那里,许久不用了,快门开关估计都生锈了。不过,它还是和其他几样东西一起被我带到了丹吉尔。在我的心底,总有一个"如果"在蠢蠢欲动。相机现在还在衣柜后面的箱底,我有时候经过那里,仿佛能感受到它的存在,然后我便会加快步伐,不止一次如此。

"是的。"露西说,"爱丽丝在本宁顿的时候可是个摄影师呢。你居然不知道。"

他扬起眉毛。"真的吗?"他温柔地笑了笑,"好吧。我的爱丽丝今晚真是让我惊喜连连。"

他的声音有些尖锐。我知道他要开始让人不舒服了,大概是因为出现了新的信息吧,因为他的妻子,他的爱丽丝正在被一个完全陌生的人一点一点地展示给他看。我感觉,在得知此事后,他的反应形成了一股压力,正从各个角度折磨着我。这时候,我十分渴望和他把事情讲明白——也许是正面对抗,随便——我想解决从今晚一开始就出现的矛盾,他笑话我没有朋友,笑话我生不了孩子,关于这件事的争论似乎越来越明显。我们刚来丹吉尔的那几个月,这个问题开始变得严重,到了现在,我们之间似乎只剩这些事了。我觉得我需要、我想要说出这些。我擦了擦额头上的汗,试着让自己凉快一些。酒吧的温度突然升高了,令人窒息:每当我深呼吸时,我的肺仿佛都要突然停滞,失去控制,不让我最后再舒爽地呼吸一口空气。我感觉到自己的脸颊开始变烫,希望他们看不出来。

"那么,为什么一定要去本宁顿这样的地方呢?"约翰回到关于露西的话题,他的语气很轻松,轻松得很虚伪,"你肯定不需要为了写几篇小文章去那里。那个学校费用不低,你从哪儿来的钱呢?"

"我有奖学金。"露西回答道。

她说出这几个字时,我意识到这就是约翰一直想打听的内容,他一开始就想知道这个。他既问露西的职业,又问她的恋爱情况,关于这个他从未听说过的美国女孩,他问东问西。我意识到,他一直想知道的其实是露西·梅森究竟是不是一个值得结交的人。

而现在,他似乎已经有答案了。

他耸了耸肩:"即使有那点儿钱,也没什么必要。"

露西用一个微笑回应他。"实际上,我一直很喜欢文学。这就是我决定去本宁顿的理由。"她一口喝光了剩下的杜松子酒,俯身看向约翰,"约翰,你读过勃朗特姐妹的书吗?"

我抬眼瞥了一眼,发生变化的不只有她的语气,她的脸上也满满都是这种转变。我快速看了一眼约翰,他还没注意到这种变化,不过,他也不像我这么了解露西。他不知道这就是她,这就是我记忆中的露西。她不是坐在沙发上开玩笑喝鸡尾酒的那个礼貌完美的来客。现在的露西想要表达自我,她知道自己想要什么,也会得到自己想要的东西。

约翰还是没有意识到,他摇了摇头。不过我能看出来他对这个问题有些迟疑,他没有想到对话会发生这种转折。"没有,我没读过。"

她假装很惊讶的样子："什么，从来都没有读过吗？"

他露出了一个尴尬的微笑："从来没有。"

这时，我开始意识到我的沉默，我发现一个事实，那就是他们之间的这段对话似乎完全把我排除在外。不过我也不想掺和。我只是坐在那里，看着他们俩：眼神不那么柔和了，头歪向一边，他们之间已经产生了一种怀疑，不，是彻底的不信任。我觉得我可以听出这种不信任。在我的心中，他们正在兜着圈子，慢慢地试探两人之间的边界。

"连《简·爱》也一点都没有读过吗？"露西笑了，虽然那笑声有些刺耳。"希斯克利夫和凯茜，我可以理解。他们对那些最为忠实的欣赏者来说都有些复杂。可能这就是埃米莉只出版一本小说的原因吧。"她喝光了杜松子酒，"你知道吗，我有位中学老师特别不喜欢《呼啸山庄》，说这是英国文学史上最烂的一本书。所以我明白这种厌恶，这种犹豫。但是简，她那么亲切，自幼没了父母。你真的一点都没有看过这个故事吗？一句话都没看过？"

他的嘴咧得更大了，撑着他整张脸，仿佛戴了副奇形怪状的面具："一个该死的字我都没看过。"

我当下反应过来，她知道关于那些书的事情了。她用她自己的方法知道那些书就是摆设，是约翰精心塑造的形象，仅此而已。我觉得当时自己应该生气，她引这个我承诺会一生厮守的男人上钩，随心所欲地踏入我的生活，就仿佛佛蒙特州以及那里发生的一切完全不重要似的,这些都是让我恨她的理由。我感觉到了这股怒气——它悬停在我们周围,厉声诘问,苛求回答,它本应是发自于我内心的怒火,但我却无法触碰到它,无法说这是属于我的愤怒。我的关注点只放在约翰和露西身上,他们是那么不顾一切。我知道,如果他们在兜圈子,是没有回头路的。我倾身向前,渴望公寓的舒适感和安全感。我焦虑地说:"约翰没有那么热爱阅读。"

我很快就意识到,我不该说这句话。

"你们两个说得我好像是个文盲。"约翰皱起了眉头,"就因为我没有说什么好话夸那几个姓波浪特的人。"他把人家的姓氏都说错了。

"勃朗特。"我想也没想就张嘴纠正了他。

约翰没有说话,他将剩下的酒一饮而尽,把杯子往桌上一掼,其实完全没有必要用那么大的力气。我被吓了一跳,不过我注意到露西还是很平静。"我看到查理也在这个酒吧。"他突然说,"我很快就回来。"我还没来得及回答,他便抓起他的空杯子,消失了。

然后是几分钟的沉默。"他在学校的时候很努力。"我打破了沉默。

露西点了点头,她靠近我说:"我去一下洗手间。"她离开了座位,"马上就回来。"

她笑着,那一瞬仿佛要来触碰我。不过她很快就止住了,没有与我进行眼神接触,她转身离开,消失在人山人海之中。

他们俩都走了,我就像一艘拔锚之船,一匹脱缰之马,我的双手紧紧地抓住那张木桌,迫切地想要找到属于自己的船锚。突然,我感觉到有什么东西蹭到了我的腿,我跳了起来,不过我发现那不过是这座城市街头一只再平凡不过的流浪狗而已。刚来丹吉尔的那几天,约翰提醒我,不能害怕,不能向可怜、可鄙的野兽展现出我的恐惧,这只会进一步刺激它们。我记得有一天清晨我与他一起走在港口,我们经过了一只又一只狗,它们就躺在滚烫的人行道上,伸着四肢。听见我们的脚步声后,它们抬起头,撑起身子,我退到了约翰的身后,没有理会他的指责,我怕一只狗会冲出来咬我,害我得狂犬病。那一刻,我被吓得不知所措,就那么呆呆地定在那里,不过约翰只是把我推走,小声地说这是为了我好。

现在,那只狗趴了下去,舒舒服服地靠着我的腿。我没有赶它走,感谢它让我不再孤单。

我在本宁顿的第一天就见到了露西·梅森。

她站在我们的房间,唯一的手提箱已经放在了靠近窗户的那张床的床尾,她望着光秃秃的白墙。我在门口停下,静静地观察着这个接下来要和我住一年的女生。应该是女生吧,我站在那里看着她,她让我觉得有哪里不对。她从夹克口袋里掏出一盒烟和一个打火机。我从来没有抽过烟,一次都没有,我看着她,被她吸引，羽状的烟雾包裹着她，整个房间烟雾弥漫，似乎想要宣示每个角落都已经被占领。

虽然我们都是 17 岁，不过我眼前的这个陌生人身上有些地方明显比我老成——她看起来更精明。就连我们的衣着打扮也很不一样。我低头看了看自己的裙子，突然觉得这身幼稚的连衣裙很令我尴尬，连衣裙上是花朵和常春藤的图案，芭蕾舞裙一般的裁剪，裙摆向下四散。而我的新室友穿的是一件腰部有波形褶皱装饰的墨绿色夹克，一条贴身黑色半身裙，突出了她玲珑有致、令人艳羡的身材。虽然夹克和裙子看起来都不怎么新了——我觉得它们的主人应该在相当长一段时间里经常穿它们——她却散发出一种我之前只能在杂志模特身上看到的成熟老练的气质。

我缓缓走进房间，轻轻敲了敲门。她抬起头，用一种谨慎的目光审视着我，那眼神我看不透，却使我不由自主地避让，我的脸红了。

"你好。"我羞怯地笑着，讷讷地说。

她看着我，眼中闪耀着光。

"我是爱丽丝。"我说，这才反应过来这样仿佛是我在等待她请我进门。我赶紧拉近我们两人之间的距离。"恐怕你已经忘了。"我一边说，一边伸出手。

她握住我的手，头微微歪向一边："我是露西。"

我注意到她的手上没戴手套，于是我暗暗自责选了姑妈为我入学买的这款带花边的手套。它们看起来与周围的一切不大匹配——空无一物的房间,还有我那低调的室友。她没有化妆,而我涂着粉色口红、画着眼妆,实在是太蠢了,就像是一个小女孩穿妈妈的衣服被发现一样。

露西瞥了一眼我身后的门:"你的父母也来了吗?"

我看向地面。"没有,他们没来。"我深吸一口气。夏天的时候,我站在姑妈家卫生间的镜子前排练了无数遍这句话。我知道这个问题无论如何会被问起,我需要让回答尽可能显得自然随意一些。我已经受够了对方的反应:皱起鼻子和眉头,一脸遗憾;还有一些别的情感——恐惧。就好像我父母的死是有传染性的,我作为唯一活下来的人会威胁到他们一样。我见过这种情况,也直接体验过这种情况。在学校里,同学们先是挤在我周围,表达遗憾和悲伤之情,然后紧紧地拥抱我,跟我说一切都会好起来的,跟我说我们会一起渡过难关。但是一周过去了,两周过去了,一个女孩离我而去,接着又一个女孩也走了。很快,她们对我的亲密变成了走廊上迎面相遇时拘谨的微笑,或者是在操场另一头对我敷衍地挥手。到了下课的时候,她们的一举一动都表明她们舒了一口气。来电和来访越来越少的时候,我并不惊讶。在我为上大学打包行李时,她们没有一个人在我身边。于是,我又说了这些话,心中做了最坏的打算。我想象着可能出现的反应——嘴角下拉,简短而尴尬的拥抱,然后我的室友会继续去那些数不清的女孩中找一个还没有被悲剧污染、侵蚀、折磨的人当朋友。

但是,她只是抬着沉重的眼皮说:"我的父母也去世了。"

我震惊地眨了眨眼，她的反应令我猝不及防。虽然我觉得这件事应该会让我觉得难过，但是在那个时刻，我居然只觉得欣慰。一种全然而彻底的宽慰席卷了我的全身，我不知所措，只知道保持脸上的笑容。后来，我把这些告诉了她，那时我们只认识了几小时，已经觉得对方是可靠的朋友了。她拿出一瓶偷来的雪利酒——"我的姑妈不会发现的"，她这么跟我保证，她指的是那年夏天和她一起住的亲戚——我们一起在学校里探索着，一边走一边来回传递着那瓶味道奇怪的酒。我们踩在落叶和树枝上，脚下发出嘎吱嘎吱的声音，那声音似乎可以传送到两边的树丛里。已经是9月中旬了。本宁顿的开学时间比其他大多数学校都晚，我们穿过学校的时候，夜幕悄然降临，一阵冷风吹过，我们不禁靠近了一些，仿佛我们已经是一对密友一般。我有点儿饿了，我知道其他大多数女生现在都在吃晚饭，但我无所谓，我和露西之间的新友谊比一顿热饭更重要。我父母的死在我的心头竖起无法逾越的高墙，终于，伴随着酒精的作用和露西的出现，这面墙开始松动了。

"你那时候多大？"我试探着问道，我不确定她父母是不是最近才过世的，不知道她的伤口是不是和我的一样隐隐作痛，或者她究竟想不想谈论这个问题。

"五岁。"她回答说，语气还是那么冷漠。我希望有一天自己也可以用这种语气来回答这个问题，我希望到了那一天，我的声音可以不再颤抖，不再挣扎许久才能说出来，费好半天的劲儿才能组成一句完整的话,才能说清楚我的父母是什么样的人,失去他们我有多痛苦。"我其实不太记得我的父亲了,他只剩下一个模糊的印象,真的。"她继续小声说道,"我知道他在一家汽车修理厂工作,除此之外,我对他基本没什么印象。不过我的妈妈,有时候我觉得自己可以记起关于她的所有事,即便是芝麻大的小事,比如一管蜜色唇膏,或是一小瓶用来保持虚荣心的香水——棕色瓶子,透明盖子。总而言之,我努力试着不去想她。"

她停住脚步,我感觉到她的卷发,拂在我的脸上。

"成功了吗?"我问道。

"有时候可以。"她耸了耸肩,"早上要难一些。"

我知道她的意思。"有时候我会忘记。"我说,"早上起床时,我的内心仿佛完全清零。然后我就会突然想起来,然后重新经历一遍。"

她点了点头,但我发现她的注意力被什么东西吸引住了。

"看。"她小声说。

是詹宁斯家宅,坐落在主校区另一边的建筑展现在我们眼前。关于这座学院的哥特式故事原来是真的。经常有传言说这里有神秘的脚步声、鬼叫声和各种不知从何而起的响声,还有传言说在这座建筑被捐给学校之后的这些年里发生了各种闹鬼的事件。也许是雪利酒在发挥作用,我当时为这个想法之荒谬感到震惊。建筑的外面几乎完全被常春藤覆盖,到了这个季节,叶子的颜色已经转红,在落日余晖中更加耀眼。太美了,在森林中漫步可比眼前这座建筑恐怖多了。

所以，当露西朝着入口处歪歪头，向我发出沉默的邀约时，我迅速地深吸一口气，跟在了她的身后。

"这里是不是跟你在英格兰的家很像？"我们往里走着，她突然转身问道，脸上露出令人不舒服的表情。

我皱了皱眉头，好奇露西在和我通了那么多封信之后，心中究竟描绘出了一幅怎样的画面。没错，莫德姑妈很有钱，但在我父母过世之前，她一直自己一个人住——几年前，他们可能还会叫她老处女——她没想到自己的侄女有一天会搬来一起住，因此她没有任何理由改变事物原本的样子。"不。"我轻轻摇了摇头，"只有我们两个人。"我环顾四周，门厅如此空旷。这里没有什么家具，我们在大理石砖上走着，说话的声音在四周回荡。"家里要是有这么大的话，我们简直要不知所措了。"

我觉得露西对我的话有些失望。我还在等她说她长大的地方是什么样的，但她没有继续说下去。

"看这个。"她叫道。她弯着腰蹲在那里，整个身体靠前脚掌支撑着平衡，距离那个令她兴奋的东西只有几厘米远：两只并排坐在壁炉中的石狮子，壁炉很大，显然没有用过。她把手放在石狮子的头上。

在这栋静谧的房子里，我觉得有些不安，我觉得我们不应该在这里，而是应该与其他女生一起吃晚餐。

"别这样，露西。"我恳求她。我环顾四周，仿佛期待着什么人突然出现,责备我们不遵守纪律。"我们不应该在这里。"

她抬起头,嘴角往上翘了翘。"放轻松,爱丽丝。不会有事的。"但她的手还放在狮子身上,我相信,她的这个饱含蔑视且莫名其妙的小动作是故意做给我看的——为了证明她不会乖乖听话,证明她无所畏惧。

我打了一个寒战,赶紧抓住身上的开襟毛衣紧紧裹住自己的身体。没有阳光温暖的烘烤,我后背上刚刚流下的汗水变得越来越冷,我的皮肤上起了不少鸡皮疙瘩。

露西站住了。"你应该跟我说你很冷。"她把我拉近了一些,拥住了我。

我的姑妈莫德不是一个擅长表达感情的人,和她一起住的时候,我的生活变得有些冷清。一开始,我很想念那些可以表达亲密关系的小动作,所以就连一个陌生人从我身边经过,不小心蹭到我,我都会觉得很满足。在接下来的一天中我都会感觉到因为这种触碰,我的内心被点亮。但是现在,我尽量放松下来,露西走开后,我能感觉到她留下来的气息。

她低头看着那两只狮子。"奇怪,它们让我想起了小时候养过的一只宠物。一只名叫蒂皮的狗。"她的脸上突然没了笑容,"它真是一个惊喜,如果你知道我妈妈是个怎样的人,就更明白我的意思了。我妈妈讨厌动物。她以前绝对不会考虑养一只宠物。不过突然有一天,蒂皮来了。我猜是邻居的狗生宝宝了。蒂皮是最小的一只,邻居没把它卖出去,于是就送人了。它很小,毛色是白褐相间的。那时候它已经不算是一只幼崽了，他们已经想把它送掉很久了。"她顿了顿，深吸一口气。她仍然盯着雕像，没有看我。"我记得以前我把它抱在怀里，我说要好好照顾它。我妈妈只是在角落里看着。"露西发出一声轻笑。"你真应该看看她的脸。"

"它是什么时候死的？"我问道，我的声音只比耳语大一丁点儿。

"它来我们家以后没多久就死了。"

远处有什么东西掉下来了，我吓了一跳。我看着露西，即便她听见了那个响声，她也只是不露声色。她一动不动地盯着空炉箅里的狮子。"出了什么事？"我问道。

"它被车撞了。"她答道，"没人知道它是怎么出去的，但是突然间它就离开了家，向大马路上跑去。"她顿了一下，"那辆车本来会立刻置它于死地，但是它当时却没有马上断气。"

我打了个哆嗦，想象着那只受伤的小狗的样子，一只奄奄一息的小狗，它一定很疼吧。"你没有把它带到哪里去吗？我是说，没有试试去求助吗？"我知道，我的声音带着恳求的意味，冷飕飕的风从我身边刮过，我突然觉得自己很迫切地需要露西告诉我那只小狗被救活了，它还活着，一切都好。

当然，我知道，她不会这么说的。

"我妈妈不会开车。"她说。

"邻居呢？你们当时没有让别人帮忙吗？"我有些激动，简直想摇掉她那一身的冷漠与防备。我已经开始怀疑她身边的每一个人。我希望她跟我说，她已经尽了最大的努力去救助那只注定不属于她的小狗——我希望她告诉我，她非常爱它。

终于，她把脸转了过来，黑色的双瞳在找寻着什么。她微笑着，一种令人不安的表情让我心悸，甚至让我想要离她、离这个地方远一点。她说："邻居不在。"

我缓缓地呼了一口气："那你们怎么办？"

"我们坐着等它死去。"她停了下来，似乎在斟酌接下来该怎么说。"最后，它死了。整个过程很漫长。它很痛苦。于是我妈妈去花园里找来一块石头。她说，这样会痛快点，也仁慈一些。因为它是我的狗，所以这是我的责任，不是别人的。"她摇了摇头，把脸转向一边。"爱丽丝，那场面很可怕。"她的语气如钢铁般坚硬。

我没法相信她的话。我捂着嘴——震惊，怀疑，我不知道——我不禁觉得她的这个故事离我异常遥远，好像完全是发生在另一个人身上的一样。她说得很慢、很谨慎，她不需要停下来歇口气，也不用擦去眼中的泪水。仿佛这个故事已经使她麻木、与她无关，所以当她说很可怕的时候我是不相信的，关于这一切，我都不相信。

我想到她说起自己父母的样子，想到那种超然的态度。那一刻，我不再那么羡慕了。

我往后退了几步："露西，我们走吧。"

听到自己的名字，她的眼睛似乎闪烁了一下。她好像记起了自己在哪里，和谁在一起。就好像之前的那些话都是她在恍惚的状态下说出来的，现在她才回过神来。"还不能走。"她抓住我的手，"我还要给你看一样东西。"她不顾我的反对，带我来到楼梯前，她走得很快，我不得不加快步伐才能跟上她。"快点儿。"她好像能看透我在想什么。

我们继续用最快的速度往上走，我上气不接下气，我的肺像是在燃烧。"露西……"我气喘吁吁，我知道很快我就要跟不上她了。

"马上就到了。"她头也不回地跟我保证，仍然紧紧地抓着我的手。

她猛地停了下来——太突然了，我差一点儿撞上她——站在一扇半圆形的大窗户前。从这个全新的视角可以看出，她已经带我来到这栋房子的顶层。露西的脸靠近窗户，她把手紧紧地贴在玻璃上。

"其他女生说这里闹鬼。她们说这里死过一家人。"她小声说。

我皱了皱眉："哪一家人？"

"詹宁斯一家，也就是这栋房子最开始的主人。她们说女主人自杀了，她从这里跳了下去。然后男主人因为悲伤过度就找了一棵树上吊自杀了。"

"这听起来不像是真的。"我小声嘀咕道，"我听说这家人把这栋房子捐赠给学校了。"

露西没有理我。"几年前有个学生也出事了。她也是从窗户这里跳下去的，和詹宁斯夫人一样。"

我转身看向窗外，看着她印在玻璃上的指纹。我想起了那些故事，想起那些可能在这里终结生命的女性，一代人，又一代人。突然，我感觉有什么东西在注视着我，就在这栋房子黑暗深处的某个地方。四下望去，我觉得自己隐隐约约看到了什么。一开始我觉得可能是露西，但我突然意识到她已经走了。我一个人孤零零地站在窗前，两边是空荡荡的走廊，每条走廊上有六七个门。我想起那些影子，它们一定躲在什么地方，等待着，我迫切地想要打开每一扇门，来确定门后没有异样，一切正常。

然后我记起露西刚刚跟我说的话：她的父母是如何在她五岁的时候过世的。我皱起眉头，也许她的故事是可信的。也许她真的记得在年幼时发生的可怕故事。我问自己，是什么让我感到如此烦恼？我再一次想起她淡定的样子，她就像是在背诵一个从别人那里听来的故事。我摇了摇头，又是一股冷风吹来，我觉得这是一股穿堂风。她没有理由撒谎呀！

远处又传来了动静，我的心开始怦怦直跳。这是一种从指尖开始扩散的熟悉的感觉。医生说，这是一种紧张的反应，极有可能是我父母的去世引发的。这是一种压力，它似乎扼住了我的喉咙，疯魔一般，肆无忌惮。我发现自己有时候会天真地以为离开英格兰就等于离开在那里发生的一切。只要离得足够远，就可以驱逐过去的心魔。我觉得自己是个傻瓜，我为自己的愚昧而感到恼怒。它会一直跟着我的，无论我去哪儿，无论我走得多远，它都会躲在我的身后。

突然，我看见露西站在下方的楼梯上。她看着我，目光冷峻，却又带有一丝好奇。然后，她笑着说："没什么可怕的，爱丽丝。"

她的语气很笃定。

露西向我伸出手："来，我们去吃晚饭。"

突然，我觉得刚刚威胁着我的那股黑暗开始退散，我不再是什么哥特故事里的女主角了，我不再被困在闹鬼的城堡中无法逃脱。我只是爱丽丝，她是露西，再也没有什么令我畏惧。她摸索着我的手，我们十指相扣，离开了这栋黑漆漆的建筑，离开了这里面所有真真假假的幽魂。

酒吧外面发生了骚动，然后又响起了更喧闹的声音：各种各样的爆炸声把我带回了现实。一开始我以为那些是炮火的声音，我的皮肤上感受到了一股灼热。我想起了那些暴动，想到了在整个摩洛哥蔓延的暴力事件，丹吉尔也不能幸免，最近这里也发生了骚乱。约翰提起过这件事，不过只是简单带过。听他说后，我还觉得当地人走上街头用瓶子砸外国人开的商店很有趣呢。后来警察不得不开枪，他们又拿出各种能用的东西来保护自己。新闻报道说，在冲突中有数人死亡且死者几乎都是当地人。约翰听了以后只是耸耸肩,他跟我说这没什么大不了的,这些不成气候的反抗最后终究会被镇压。他十分笃定。似乎就连口口声声说自己热爱丹吉尔的他也没有预见丹吉尔人民对独立的渴望和收回丹吉尔的决心,就连他也拒绝承认这对他们的生死存亡至关重要。

我扭过头,看见一道闪光划破了酒吧的喧嚣。没有人叫喊,没有人逃跑,只有笑声和庆祝的声音。是烟花。当地人在庆祝他们即将争取到的独立。这个想法刺痛了我心底的某个地方。我打翻了面前的玻璃杯,它掉落到地板上,碎成几乎看不见的玻璃碴,杜松子酒打湿了我的裙子。

我发出一声尖叫,猛地站起来,我的动作太过突然,让桌子下的那条狗惊慌得一通乱吠,仓皇爬起——它被我吓到了,牙齿陷入了我的腿中。我低头看到一条血迹正在顺着那条已经被撕烂的袜子向下滑。这场面使我晕眩。"它不是故意的。"我一边喃喃自语,一边看着那只狗走出酒吧。去捡碎玻璃的时候,我仍然觉得头晕。酒吧的侍者现在正朝着我打碎的那一堆玻璃走来。我感觉自己尴尬得脸都红了。然后,我想起了约翰和他晚上拉下脸的样子,我想起了露西和她敏锐的目光,她仿佛总是在寻找着什么并不存在的东西,我很忧虑。再然后,我觉得我看到了他——约翰——他在酒吧里,不过并不是一个人,也不是像他说的那样和查理在一起。露西就在他身后,盯着,盯着,盯着。

然后,我碰到了酒吧硬邦邦、黏糊糊的地板,我晕倒了。我倒下的速度起初很慢,然后越来越快,根本没人来得及抓住我。

4. 露西

　　这里的露天市场很有意思。市场里的小路如迷宫般幽暗曲折，小贩们有的站在摊位后，有的坐在地上，装满商品的袋子和桶在他们面前排开。起初，我几乎是被快速移动的人流推着向前，后来，我逐渐放慢脚步，开始缓缓步行。我在这个摊位停下，又到另一个摊子前看一看，在这里买一些新鲜的橄榄，又在那里买了一叠热气腾腾的摩洛哥薄饼。我仔细观察着挂在那里的死鸡，大多数游客都被那股气味熏走了，而我没有，我在思考，在讨价还价，好像我真的打算买上一只一样。我在衣着鲜艳的里夫山女人面前停了下来，挑了一把蚕豆，然后又买了一块圆形的白奶酪。我见过当地人吃这种奶酪，奶酪两边都裹着编好的绿色草叶。

　　我不再穿那些连衣裙了。虽然好像还是有很多外国女人很喜欢穿这种连衣裙，但我认为在高温中穿那种紧身上衣太难受了，而且裙子很容易被这座城市粗糙的边边角角勾住。我从手提箱里拿出了几条紧身裤，这些裤子我还没有勇气穿回家，我又拿出几件单色的女式衬衫，它们似乎更适合这种天气。

我想说服爱丽丝一起来，但她拒绝了。她摇着头，在乱糟糟的公寓里挥舞着双手，跟我说她要在约翰到家之前完成哪些事情，那些家务似乎永远也没个头。她说："去吧，享受你的假期。"我皱起眉头，恳求她跟我一起走，但没过多久我就发现，她并不打算让步。我提议的时候，她的头摇得像个拨浪鼓，她抿着发白的嘴唇，给人一种不是很愿意带朋友在这座城市走走的感觉，她似乎更愿意洗洗衣服。

我一边走，一边想着她——爱丽丝，她的皮肤是那么苍白，显然有一段时间没有出去见阳光了，大概一直待在他们的公寓里吧。我想起前一天晚上她脸色惨白的样子，那只讨厌的小狗咬了她，她昏倒了。在那之后的几小时里，我们想尽各种方法找医生，疯狂地寻找疫苗，检查她会不会出现脑震荡，而她却变得越来越安静。在随后发生的混乱中，我强迫自己不去想在爱丽丝被咬之前我所看到的一切。

那是在约翰离开之后没多久发生的事情。

我的视线离开了爱丽丝，离开了我的酒杯，我看着面前那堵墙上的镜子。我看见他站在酒吧里，镜子里的他有些扭曲。不过，他并不是一个人，也不是和什么查理在一起。他的旁边站着一个女人，她的脸被黑色的长发半掩，我看不清她的样子。是个当地人吧。我看见他的手撩开那个女人的裙子，顺着她的大腿慢慢往上滑。

我瞥了一眼爱丽丝，她似乎并没有注意到发生了什么，我赶紧看了看镜子的角度，推测着如果爱丽丝抬头能不能看到他们。我有一点希望她能看到镜子里发生的事情，想让她看看就这样无耻地摊在我们面前的真相。但是有什么东西制止了我。我仿佛听见一个声音说，现在还不是时候，我应该等一等再把这个消息透露给我曾经认识的那个女孩，透露给我自己，还有现在正以一种我不能理解的奇怪表情看着我的人。

我穿过原住居民区，来到广场，我很喜欢这里。眼前一片绿色，上面还点缀着花朵、情侣、一群群男人，还有游客在下午的高温中漫步。几米外，矗立着一座比周围建筑都要高大壮观的建筑物，牌子上写着：里夫电影院。从外观看，这座电影院有些昏暗，疏于管理。曾经鲜艳的色彩已经褪去，取而代之的是一层厚厚的灰尘。电影院里有一家小咖啡馆，椅子摆得到处都是，门朝着太阳照射的方向打开，一些桌椅放在了外面的人行道上。

我快速找了个座位坐下：一张适合两人使用的小圆桌。桌子靠着这栋建筑粗糙的墙壁摆放着，墙上贴着一张法国电影的海报，这部电影我以前从没听说过，海报上一个年轻的男孩站在红气球下。过了一会儿，服务员来了——一个矮胖的女人，脸上布满皱纹。她会说法语，我舒了一口气，虽然我只会说几个词，但是足够点单。没过几分钟她就回来了，手中多了一大杯热气腾腾的摩洛哥薄荷茶。她把这杯茶放到我的面前，严肃的脸上露出了微笑。

"谢谢。"我用法语小声说道。我碰了碰杯子，手立刻被烫得弹开，我发出了咝咝的声音。我看了一眼手指，指尖已经被烫成了粉红色。

"小心！"那个女人笑着用法语说，"很烫。"

我脸红了。"好的，谢谢。"所有旅行指南上都说在摩洛哥喝薄荷茶是一件很美妙的事，但它们没有说这样做会很危险。我习惯了新英格兰餐馆里用的厚瓷器，没有料想到这里的人会用这种可以把人手指烫化的薄玻璃杯。杯子没有可以握的把儿，我想知道究竟怎样才能喝到杯子里的东西。

"慢一点，小姐。"

我转过头，想看看是谁在说话。

"慢一点。你要耐心一点。"他就站在咖啡馆的门口，既不算门外，也不算门里，那个人的手里没有食物和饮料，他满怀信心地斜靠着墙。我立刻就知道这是之前的那个男人，在原住居民区看着我的那个男人。

我笑了笑便转过头来，我不是很想和他说话。

他站的地方左边有一位擦鞋匠正在忙碌着，他在迅速地来回擦着顾客的两只鞋。不过，我注意到，他自己的鞋似乎是前后反穿的。我看了好一会儿，才发现这个人似乎失去了双腿，他把鞋这样穿在假肢上，只是为了保持平衡。我继续看他工作，他给鞋上了鞋油，然后从腰间抽出一块布，卖力擦了起来。他一直保持着这个力度，一只鞋擦好了，又去擦另外一只。

我喝了一小口已经没那么烫的薄荷茶，然后感受到了糖浆的甜味在舌头上弥漫开来。

那个男人还在看向这边。他的眼神令我厌烦，他在那里审视着这边的一切。突然，气氛变了，似乎有一些危险，有一些新鲜，我也不知道究竟是什么。我在等待着，甚至有些期待地屏住呼吸，我很好奇，如果他安静地离开了，我是会觉得庆幸还是失望。

"我是约瑟夫。"他下定决心，向我这边走来，伸出了手。他没有穿传统的摩洛哥长袍，不过他极有可能是个摩洛哥人。他穿着一条炭灰色的长裤，一件浅色的衬衫，袖子卷到了手肘处。他的脖子上围了一条很薄的围巾，头上戴着一顶棕褐色软呢帽，帽子微微向左偏——上面还围了一条紫色的丝带，在这么热的天气中，帽子一定会沾上汗渍吧。他的衣着简单而整洁。也许是因为他的穿衣风格比较活泼，所以与其他摩洛哥男人相比，他有一种格格不入的时髦，而其他人似乎就严肃死板一些。

在他做完自我介绍之后，我迟疑了一秒，然后一个名字自然而然地从我的嘴里滑出来，就好像我本来就叫这个名字一样。"我是爱丽丝。"

"小姐，欢迎你来到丹吉尔。"他顿了顿说，"爱丽丝，你这段假期住在哪里呢？"他在念这个名字时把重音放在了后面，听起来怪怪的。问完这个问题后,他的眼神便游离到了原住居民区那边。他的语气很随意——是故意装作很随意的样子,就好像他在问出这个问题之前已经排练过很多遍了。

"住在朋友家。"我回答道,努力让自己的声音听起来很轻松——我假装已经习惯回答陌生人这种问题了,假装一直在不停奔波,从巴黎到开罗,再到东方国家。我肯定了这个设想,这是爱丽丝和我多年以前就萌生的想法,但是到现在还是没有实现,它似乎正在等待爆发的那一刻。我时常可以感觉到它的存在——如此迫切,如此渴望,想去看金字塔的夕阳,想去品尝阿拉伯的咸鸡蛋和甜豆蔻面条。想去任何地方看看,想去所有地方走走,但是公寓里那与人共享的小卧室是如此令人压抑……我知道这只是一个不可能实现的梦想。

"你自己探索这座城市,不害怕吗?"他问道。

我抬头盯着他,想知道他究竟有什么企图。

"我应该感到害怕吗?"我问道。

他夸张地耸了耸肩:"就在去年,我们这里就有一个疯子手拿一把屠刀满城跑。"

我看了看面前的街道:"有人受伤吗?"

"当然有。"他回答得很无所谓,"那个疯子杀了五个人,还砍伤了六七个。"他一定是看到了我脸上僵硬的表情,突然不再那么严肃,而是露出了一个大大的微笑。我觉得这个表情比他之前严肃的样子更令人不安。"放轻松。"他一边劝我,一边拿起一支烟叼在嘴里,"我只是在开玩笑,爱丽丝小姐。"

不经意间,我舒了一口气,琢磨着他的言外之意:"所以呢?这不是真的?"

他的笑容消失了:"哦不,这件事千真万确地发生了。不过那个人在被带到玛拉巴塔监狱之前被子弹击中了腹部。你在这里很安全,爱丽丝小姐,没什么可担心的。你是从哪里来的?"

"芝加哥。"我撒了个谎。

"芝加哥!"他皱着眉头大声叫道,"那是一个很危险的地方。我有一个表兄弟去过芝加哥,他说那里很乱,凶杀案太多了。在这里你就不用担心了。"他顿了顿,"但是如果你想找一个特别好的地方,我必须警告你,你会失望的。"他微微一笑,"毕竟这里是非洲。"他笑得露出了牙齿,那笑容荡漾在他那张被晒成褐色的枯瘦的脸上。"很多人忘了这一点,他们觉得我们在别处。这么说可能是对的吧,但也是错的。丹吉尔还是在非洲。你只要看看地图就会知道是这样的。"他转过来,直勾勾地盯着我的双眼。"你的朋友住在哪里呢?"

"住在公寓里。"我回答道。

他轻笑了一下:"是啊,公寓在哪里呢?"

我思考着应该怎么回答他,我不确定自己是否想要告诉他这种信息。他似乎没什么歹意,可能只是一只可以轻松弹走的蚊子吧,不过,我还是无法回答他。我不是怕他,也不是担心我自己的安全。我知道,像他这样的男人没什么可怕的。我只是不确定我能给他什么,他又能给我什么,我们彼此之间有没有可以互相利用的地方。"在原住居民区外边的一个地方。"我终于开口了,"我可能没法给出更具体的地址。我刚刚才到丹吉尔,对这里还不太熟悉。"

我们都知道,这是谎话。他眼神闪烁,嘴唇微抿,他明白我是什么意思。唯一的问题是,他要做出如何反应。他歪了歪头,似乎在思考我的回答,我的背叛。"这很好。住公寓比住酒店好。除非你只是待几天,那样的话酒店就是比较好的选择。"他看着我,等我接话。

"我应该会在这里待上一段时间,但愿如此吧。"

他点了点头,明显十分高兴:"看来你是个游客了?"

我点了点头:"是的,我想我是。"

"不是旅人?"他笑了。

游客、旅人——我努力揣摩着这两个词的区别。我其实没有去过很多地方,也没有见过多少世面,所以我感觉自己更应该是一个游客,而不是旅人。但是他说这两个词的时候又有些不寻常,说"游客"时,他有一点鄙夷,说明他更想让我当一个"旅人",无论这是不是真的。茶喝完了,我把硬币放到桌上。"这两个词有什么区别吗?"

"是的,当然有。"

我立刻就反应过来自己说了错话——他就盼着我这样问呢。这样他就可以一边摇头,一边嘲笑面前的这个年轻的美国女人太过天真。他就可以贴过来，露出若有所思的笑容，让我靠近一些，再靠近一些。

"我明白了，你没怎么看过鲍尔斯的书吧。如果你想对这里有更好的了解，就一定要读读他的作品。"他说。

"他是摩洛哥人吗？"我问道，我对这个名字一点都不熟悉。

他笑了："他不是摩洛哥人，不是的，但是他在摩洛哥待了很长时间。我们经常碰到，还互相打招呼。他是我熟悉的朋友，是我的邻居。不仅仅是一位著名的作家。"

鲍尔斯。我在心中记下了这个名字，打算回公寓后看看约翰那堆没读过的书里有没有他的作品。有一段时间，我觉得自己在古典文学方面是个行家——尤其是英国文学——我承认自己对现代的作品不是那么了解，它们一直都没有那么吸引我。英国的荒野沼泽，维多利亚时代伦敦多沙的城市街道，这些都让我觉得有归属感。至于最近突然风靡全国的那些作者，我的确知之甚少。

也许这个男人给我介绍的作品是一本指南，能在这个国度为我指明方向，在这个被爱丽丝称作"家"的地方，无论她有多么不情愿。我觉得也许真的很有必要去找找他的书。

"我保证会读一读他的作品，只要有机会。"我说。

"很好。然后你就会知道游客和旅人的区别了。到时候我们来看看你到底属于哪一种。"他凑了过来，递给我一支烟。"给。"

我犹豫了一下——爱丽丝不抽烟。似乎很有必要保持我们之间的这种不同,于是我故作娴静地摇了摇头。他耸耸肩,露出一个表情,就好像在说这是我的损失。而我的确后悔做出这样的决定——几乎立刻就后悔了。那醇香的烟草味简直沁人心脾,我深吸了一口。应该是法国烟。高卢烟。我发现,这种烟在丹吉尔可不多。我想知道现在还能不能改变心意,不过我突然意识到,在这个我还不知道能不能相信的陌生人面前,这样做会将一部分的自己暴露出去。还是在这假象后面再藏久一些吧。

"我在海边有一个工作室,我在那里画画。"他沉思了几分钟,说道,"你一定得去看看。"

"在海边?"我重复道。我已经在丹吉尔待了几天,虽然这是一个港口城市,但我却很少见到水。我觉得这很奇怪,这座城市居然可以如此彻底地将你吞没。

"是的,就在哈发咖啡馆。你知道那里吗?"

我摇了摇头。

"啊!"他大声说,"你一定得去这家店看看。所有艺术家都会去那里。他们也有最好的薄荷茶。"他指了指我的空杯子,"而且那里的景色也比这里好得多。只有海,一望无际的海。"

"听起来很美啊!"

"的确如此。"约瑟夫笑着点点头。他凝视着我,眼神穿过这片烟雾。"那么,爱丽丝小姐,告诉我,你想不想看看真正的丹吉尔?"

我犹豫了,我知道他是想给我当导游,同时我也在想这个主意是不是恰当——消失在一座我知之甚少的城市里,而且旁边还有一个完全陌生的男人。但是,就在那一刻,我突然想到了爱丽丝,她被恐惧困在黑漆漆的公寓里,日复一日,等待着约翰下班。等待,我们两个人,总是在等待。我摇了摇头,似乎想把这个词摇出我的脑海,好像这样就可以把这个词从我的词汇表中删去。活到今天,我已经等待太久。太久了。我点点头——接受了他的提议。

"摩洛哥就是你的家。"他盯着我的脸,缓缓地说,"是的,这里是你的家了。现在,你是一个橘子[1]了。"

他想说丹吉尔人,却说成了橘子。我笑了,就这样吧,摩洛哥是我的家了。我觉得这样也挺合理的。不然我要去哪里呢?回纽约和别人合住某个潮湿的房间吗?永无休止地打别人写的手稿吗?在这里,我总算可以写一点属于自己的东西,用钢笔在纸上写下所见所思,就像大学时期梦想的那样,就像爱丽丝和我一起梦想的那样。如果这意味着要把摩洛哥当成自己的家的话,那么我准备好了。

毕竟,我现在是一个丹吉尔人了。

---

[1] 原文为 Tangerine,多义词,该词重音在前时可译为橘子,重音在后则指丹吉尔人、丹吉尔(人)的。——译者注

5. 爱丽丝

我没问她这一天都去了哪里，和谁在一起。我也没问她在丹吉尔做什么，为什么来这里，有什么目的——我很怕她的回答会令我不知所措。于是，我一直保持微笑，保持着一种奇怪而不自然的姿态，我让她坐下，跟她说我还会调饮料——一切已经变得和本宁顿的那些夜晚越来越像。

我很吃惊，我们这么快就回到了自己的角色，一切都是那么自然而然、轻而易举。我恨这样，这种感觉如此强烈，我努力掩饰着，直到我只能想到她如此小心地回到我的生活中，只字不提过去我们之间发生的事情，那个悲伤的故事。我不知道想听她说什么，不过没有一个词，没有一瞥，没有任何迹象表明她还记得我们最后在一起的那几周里发生了什么，还有我们之间的那种紧张的气氛。

我觉得自己愈加愤怒，我强迫自己把注意力放到手边的工作上。我处理着两周前在市场买来的柠檬，柠檬皮已经干了，皱皱巴巴的。

我在厨房里说："恐怕今晚要跟往常一样了。约翰总是忙着应酬。"

"你呢？你跟他一起去吗？"她说。

"不，现在不去了。"我想起刚来几个月时，他介绍我认识了一些人，他们世故、冷漠。"一开始我会去，不过后来我发现，丹吉尔似乎更吸引某类人，我恐怕并不属于这一类人。"

她靠在窗边，凝视着窗外。我走进厨房，她转过身来，皱着眉。"爱丽丝，你喜欢这样吗？我是说，你喜欢丹吉尔吗？"

我的脸变得滚烫通红："哦，我不知道。我猜我其实一直没有给它一个机会，或者，至少约翰总是这么说。"

我忍住没说，其实我一直怀疑约翰嘴里到底有没有真话，我觉得实际上丹吉尔和我根本就不搭，无论我找出多少机会，丹吉尔都不会适合我，我也永远都不适合丹吉尔。以我有限的经验来看，我已经认识到在这里生活有多么不易。这里不会让你来了就产生归属感——不，在我的想象中，这是一个过程，一场试验，只有最勇敢的人才能活下去。这个地方会刺激人们造反，也需要人们造反。每个人都必须不断适应这个地方，挣扎着索取他们想要的东西。我抬眼看了看站在我面前的她。这个地方适合露西这样的人。

"我今天认识了一位朋友。"露西的声音把我拽回现实。"一个摩洛哥男人。我觉得他有点奇怪，不过他人很好。当时我正坐在里夫电影院外面。你知道那里吗？"我点了点头，她接着说，"我正在喝茶，正巧他看到我一个人坐在那里。他说想带我逛逛丹吉尔。他提到了一些关于艺术家的事情。我想他是一位画家吧。"

她的话使我的内心有些起伏，我感觉血液在我的全身奔涌。我的粉色连衣裙在夜晚的高温中依然笔挺。露西说的话让我有些心绪不宁，她在这里居然已经有了朋友，我突然觉得有一团嫉妒的火苗在我的胃里翻腾。我的额头上沁出了汗珠。"给你。"我把手中的饮料递给她。我向沙发走去，希望她能跟我一起过来，忘记刚刚讨论的事情。"尝尝这个。"我对她说。我担心她在坐下来后会感觉到我升高的体温。

"这是什么？"她往我这边靠了靠，说。

"我自己调的饮料。"我有些紧张地笑了笑，把杯子举到唇边，"可以消磨时光。"

她十分小心地喝了一口，我知道她尝到的味道是什么——樱桃一般的甜味。"是石榴汁。"我说，"有一种法国牌子的石榴汁我特别喜欢。约翰每次去欧洲我都会让他给我带一两瓶回来。"

"你呢？你经常回家吗？"她问道。她的视线越过那杯饮料。

"回英格兰？"我摇摇头，努力不去想这件事，不去想伦敦的气味，一股浓郁而充满年代感的芳香。我努力将这种感觉挤出脑海，房间里一片寂静，我又想到了一些别的什么。"听你说的，应该是优素福。"我说。

她皱皱眉头:"什么?"

"你刚刚说的那个男人。我在想他有可能是优素福。"

"你是说约瑟夫吗?"

我摇摇头:"不,是优素福。他经常打那些天真游客的主意,这里好多人都知道一些关于他的事情。"

"也许是别人呢。"她心怀一丝希望,声音比刚刚尖了一些。

看来我说的话让她有些失落,她本来的想法似乎变成了一团泡沫。毕竟,这是我对自己的预期——我总是轻信别人,我知道这一点。然后,这种糟糕的感觉又来了,这种被浸染成淡绿色的感觉在我的胃里翻滚,一种诡异的快乐油然而生,看到露西也做了错事,我很高兴,露西也被别人的好言好语欺骗了。我发现自己已经无法停下了。"戴着一顶围着紫色丝带的软呢帽吗?"

她皱着眉点点头。

"那就是他了。约翰说他经常引诱来旅行的人去他家,然后以各种各样的名目要钱,让他们买各种没用的玩意儿。我记得有一次他还让一个女孩假装他的女儿。"我耸耸肩,"本地人从来不会对来旅行的人说实话。实际上,他们恐怕觉得这样做很有趣吧。"

我还没来得及说别的,大门便突然打开了,约翰的声音在公寓里响起:"我还是出门的好。在离开之前,我需要拿一些东西。别理我。"

我把手掌捂在脸颊上，希望用冰凉的手给脸降降温，让那股热潮褪去，露西的过失似乎给了我勇气。"我只是在告诉露西关于优素福的事。"我大声说道。我又想起那个晚上，约翰出的洋相，还有让我们出的洋相，我希望他能向她展示我眼中的那个约翰，证明他并不是如此糟糕的一个人；在那个夏日的雨天，在那个狭小的登记处，我同意与他结婚，我希望他给露西看看，在那之后，我的生活并没有变得一团糟。

约翰嘟囔着什么，但是谁也不知道他这是什么意思，是表明他已经听见了，还是觉得有兴趣想让我继续说呢？不知道。我短暂地停了一下，放下了手中的事情，一个微笑凝固在我的脸上。"你知道的吧，那个帽子上有紫色丝带的男人？"我继续说道。

说到这里，约翰出现了，他的脸上有汗，闪闪发光。他走到吧台，往酒杯里倒了一大杯杜松子酒，然后是一点儿补剂。我注意到，他连帽子都没有摘下来。

"我跟她说了，要小心，他可是个贪污犯[1]。"我继续说道。

"是欺诈犯，亲爱的。"

"嗯，欺诈犯。"我的脸更红了。"我总是把词搞混。"我转过身去对露西解释道，"约翰总是要纠正我。估计我什么都说不好了。"

露西笑了，虽然有些勉强，我发现，约翰出现后，她的举止

---

[1] 英语中贪污犯与欺诈犯的拼写相近——译者注。

就变了。我立刻转过身。"告诉她吧。"我恳求他,我觉得自己就像是有求于父母的孩子,或者向主人谄媚的小狗。"跟她说说你工作时从朋友那里听来的故事。"

约翰点了点头,回到吧台。他又倒了一杯,这次什么都没掺,然后他开始讲故事。"你会发现,这种事情在丹吉尔经常发生。办公室里有一个家伙认识一对美国年轻夫妇,他们假期来这里玩,正好也遇到了优素福。他们聊啊聊,两个人觉得优素福完全没有恶意。其实,他们甚至觉得他值得信赖,而且消息灵通。他们觉得应该跟他走,见识见识丹吉尔的夜景。"他停顿了一下,好像在营造一种戏剧效果。"然后,优素福就把他们带到了他的地盘——位于老城另一边的一个十分偏僻的地方。这对夫妇完全不知道自己在哪里,他们走了很久,已经分不清东西南北了。他们这才发现自己正站在一个垃圾堆前。四周一片漆黑,除了优素福之外没有别人。"

约翰接着说:"当然,他找他们要钱了,否则就不带他们回酒店。那两个美国人十分愤怒。他们拒绝给钱。这对夫妇开始四处走动,试图找到回老城的路,回到原住居民区去,但他们失败了。天太晚了,妻子开始担心,总之最终他们还是屈服了,优素福拿到钱,把他们带了回去,但是并没有带到酒店门口,只是带到了他们认识的某条路上。那对美国人说:'好了,谢谢你,别管我们了。'终于可以回去了,他们很开心。两个人开始走啊走,然后——"

"这是最精彩的部分。"我笑着插了一句。

约翰停了下来。"爱丽丝,你是不是想自己说完?"他短促地干笑两声,似乎想要让自己的语气听起来轻松一些,不过他的话还是干巴巴的,"我就不明白了,你为什么要让我过来呢,你看起来并不需要我帮忙啊。"

"不,不。"我似乎让他生气了,虽然我并不是故意的。我重重地坐在沙发上。"你说。你说得总是比我说得好。"

约翰夸张地叹了一口气,好像在进一步证明他愚蠢的妻子是多么不可理喻。我已经想象到他朝露西摇摇头、然后翻个白眼的样子,接着再对爱丽丝令人恼怒的地方表示怜悯。不过,他没有看向我们任何一个人,只是继续说着故事,好像它没有中断过一样。"于是,他们开始走,大概过了15分钟吧,居然又有人出现了,那人不是别人,正是优素福。他回来要更多的钱——你们永远都猜不到这次是为了什么。"

此时的静默意味着露西和我作为被牢牢吸引的观众应该进行互动。"为什么呢?"我问道。露西没说话。

"他说他们应该再给他一些钱,因为他答应让他们自己走回去。"约翰往后一靠,笑了起来,杯子里的酒危险地起伏着,"你们能相信吗?他太厉害了。真有主意。"

"是啊,我也觉得。"露西应和着,她眯了眯眼。

"不过,为什么你对优素福这么好奇呢?"约翰朝我这边看了一眼,脸上有了笑意。"怎么了?难道她也中了他的计吗?"

他嘲笑道。

"不，不是这样的。"我紧张地看了一眼露西。

"我碰巧提起了今天遇到他这件事。"我知道，她正在努力驱赶声音中的冰冷。"他看起来很友善。"

"友善？"约翰又笑了。

"是的，呃，有什么问题吗？"约翰傲慢的态度让我有些尴尬。我只是希望让露西改变心意，让她知道约翰没那么糟，他也可以很幽默。可惜，这一切又朝着错误的方向发展了——约翰让人难堪，露西感到被冒犯。现在，我觉得自己无能为力，他们两个人无论如何也不会相信我说的什么彼此值得深入了解之类的话。不过，当然了，这一点儿也没有出乎我的意料。露西和我总是待在一起，但我们彼此是独立的、迥异的。

"亲爱的。"约翰摇摇头说，"友善是一种欺骗。"

露西怒视着约翰，而约翰也鄙夷地看着露西，我无能为力，彻底无能为力。

在本宁顿学院的第三年，一切都变了。

放假的时候，我的姑妈来东海岸玩，我去见她——我们每次都会在她住的酒店里吃一顿正式的晚餐——虽然她说要雇一个司机送我回本宁顿，但我还是坚持坐巴士回去。那天晚些时候，在回去的路上，我就已经开始期待回到房间，期待见到露西，那个房间已经成了我的家。几小时之后，巴士在一个车站停下，我的心往下一沉。原来我们还在马萨诸塞州，还没有跨越州界，而我还需要换乘另一辆巴士去佛蒙特。我看向窗外，鼻尖抵着冰冷的玻璃，长途汽车站已经一片漆黑。

我问司机怎么办，司机向我保证，那辆巴士会来的。我紧张地看了看那一团漆黑，说："但是车站看起来不像是还在营业啊。"

"六点关门。"他回答道，"你要在外面等了。"

我看了看巴士外面黑森森的一片。温度在零摄氏度左右徘徊，当晚还预报有雪。

"但他们没有说啊。"我说。

"我也无能为力，小姐。"他说，"我还得去接别人，不能在这里等了。"其他乘客已经下车了，他指了指台阶，那意思是，我最好也像他们一样。

我点点头，呆愣愣地面对这一切。

"小心点。"他说道。我身后的车门关上了。

然后，我站在已经关门的车站前，手上拎着箱子，我不是很想把它放到被冰雪覆盖的潮湿地面上。一盏路灯点亮了我周围的地方，所以基本上只有我所在的区域有光亮，几步以外就只剩漆黑一片。我努力保持冷静，我呼出的气体形成巨浪般汹涌的白雾，湿气附在我的围巾上。

"嘿，你。"一个声音响起。

我凝视着那一团黑，不确定那个低沉的声音是不是朝我这边发出的。地上的雪花在灯光下闪烁,除此之外,我什么都看不见。

"是的,你。"那声音又响起了。

一个人走近我那小小的光圈。他很年轻——肯定不比我大多少——他很高,也很健壮,裹着一件军绿夹克,手肘那里钉着皮革补丁。他的手上拎着一个旅行箱。

"你要搭车吗?"

"我在等巴士。"我回答道。他四处张望了一下,好像在怀疑还会不会有巴士来,我赶紧解释说:"可能还得再等两小时才会来。"

他皱着眉头说:"我觉得这个车站今天不会有车了。"

"但是之前的巴士司机说——"我没有把话说完。我环顾四周,然后看了看面前的这个男孩。

他回头看了一眼。"我们有几个人正准备拼车回威廉姆斯学院。"

我瞥了一眼那边,一个人都没看到。"我想回本宁顿。我在那里上学。"

"本宁顿?"他的脸上露出了笑容,"我听说过一些有趣的故事,是关于那里的女孩的。"

我有些不悦,不知道应不应该觉得受到了冒犯。

"我只是在开玩笑。"他赶紧说,就好像会读心术一般。"另外"——他又笑了——"我自己也去过那里。"

"你什么意思?"我的眉头又皱了起来,"这是一所女校啊。"我的声音很尖,充满防备。我怀疑他在嘲笑我,总之没什么好意。

"我知道。"他笑了,"如你所见,我并不是很适合那里,所以我大部分的课业都是在威廉姆斯学院完成的。但我实际上参与的是本宁顿的戏剧项目。"

"哦。"我被这个回答惊到了。这是一个奇怪的漏洞。大多数本宁顿的女生都知道,本地的男生可以通过非全日制的方式来我们学校学习。20世纪30年代,学校意识到需要招一些男生,这样在舞台制作方面才会有进一步的发展,于是做出了这个决定。从此,戏剧系的女生有了无休无止的八卦资源,这也是一个与敌人拉近关系的机会。不过,我很少接触戏剧,虽然我已经在本宁顿待了三年,但是这是我碰到的第一个参与这个项目的男生。

"你知道吗,我觉得我之前见过你。"他的脸上还是挂着那样的笑容。

"我不这么认为。"我摇了摇头,想到有人可能在关注我,觉得很尴尬。

"没错,你和另一个女孩,你们俩总是在一起。"

"露西。"我顿了顿。

他笑着说:"很高兴认识你,露西。"

我脸红了,这是个错误,是他的错还是我的错,我不确定。我赶紧解释:"不,不好意思,这不是我的名字。我的意思是,你看到的那个女孩一定是我的室友露西。"

"哦。"他点点头,语气有些失望,又耸了耸肩。"那么,你为什么不跟我们一起走呢?你不能自己在这里待太久。这种天气,绝对不行。"他说道。不过我怀疑让他不安的与其说是温度,不如说是越来越晚的天色。"我在学校里有一辆车。回到学校后我可以送你回本宁顿。"

我犹豫了一会儿,或许更久。天越来越晚,也越来越冷了,在他出现之前,已经有一种真实存在的恐惧逐渐侵占了我的身体,他简直就是我的救星。于是,我跟着他,走出了我的光圈——我的安全领地,我不禁这么想——我想知道在这个过程中,我得到了什么,失去了什么。不过,就在几米外,站着他的那一群朋友,他们挤在一辆出租车周围。我们坐进车里,紧紧挤在一起,其中一个女生不得不坐在一个男生的腿上。我听着他们互相开玩笑,听见他们的笑声,听着这些我本来并不想加入的人群的交谈。有一个女生叫萨莉,她在纽约的一所学校主修艺术史,她准备去威尼斯过夏天;还有安德鲁,他准备子承父业,成为一名英语教授。还有一个女孩,我忘了她叫什么了,但她也一直在笑,她的笑容基本面向安德鲁的那个方向。

再然后就是我最先遇到的那个男生,他叫托马斯,我们叫他汤姆,现在他成了这群人里话最少的一个,不过他在听他们说话时脸上一直挂着笑容。在车驶离车站的时候,我突然感到有些痛苦。我看着这一群人互相用一种轻松随意的方式打打闹闹,这种友谊与我和露西之间的奇怪氛围太不一样了。相较之下，我们之间的情感显得那么怪异、那么孤僻。

起初，我觉得我们之间的亲密令人兴奋，但随着时间一年一年过去，我开始发现，虽然我对露西掏心掏肺，但她似乎从来不跟我说关于她的事情。一开始我以为这是因为她害羞，我相信她像我一样，只是不习惯与另一个人如此亲密地生活在一起而已。于是，我对自己说总有一天她会信任我，我只需要耐心一点。但是后来放假了，我们回家，然后返校，再然后又是暑假，我对这个女孩仍旧知之甚少，而我们之间的关系却比我与其他任何人都要亲密，她知道我所有大大小小的秘密。

不，我纠正了自己：女孩这个词用得不对。露西是一个女人，她的穿着、举止都像是成熟的女人，甚至连走路的样子都像。私下里，我总是相信一个人在失去童贞后就会变成这样，就好像交媾会让一个人突然之间变得成熟，就好像这种行为可以驱散在青春期之初困扰万千少女的不安全感，让她们不再忧心忡忡。当然，这毫无逻辑可言。我确信露西甚至都还没有亲过别人，然而，她的穿着、举止和走路的样子都是我所向往的——充满自信，一切尽在掌握，仿佛她对自己是谁没有一丝迷茫。

觊觎，这是一个不怎么常用的词语。这个词一般会在说到霍桑等清教徒时代的美国早期作家的课堂上听见，这些课往往冗长且无趣。有一次我不得不查了一下这个词，因为我必须得在学校写一篇随笔，其中用到这个词。我查到的解释是：产生非分的企图，极度渴望得到不应该得到的东西，或在不顾及他人权益的情况下产生非分想法的行为。还有其他的释义。更多的词语，不同的词语，不过它们都有着相同的意思。然而第一部分被我牢牢地记在了脑子里：产生非分的企图。

我的心突然空了，这个词有一种诡异的美，而且又有一种惊人的准确性。

我一直觉得，我对露西的感觉就是这样——比普通朋友之间的感情强烈，这种感情似乎要将我淹没，甚至很有可能将我毁灭。有时候，我觉得我想成为她的程度超过了喜欢她的程度。这两种感觉都十分强烈，而且十分对立，然而它们继续混合交融在一起，直到我无法将它们分开。我觊觎她从容的处事方式，我也想像她那样待人接物。有一阵子，我被她对世界的漠不关心所感染，即使在我年幼的时候，这个世界也过于残忍，但在受到她的鼓舞之后，我可以承受住那些阴影，承受住那些经常困扰折磨我的焦虑；还有一阵子，我想一直与她形影不离，我发现我的身心全都依赖着与她的那种亲密；有一阵子，我讨厌她，我恨她，也恨我自己，我恨这种共生的关系。不过，在最黑暗的那段日子里，我也怀疑是不是真的是这样，我是不是必须给予她什么，而她给予我的究竟是一种倚靠还是一种好处。后来，我与我们关系中的诡异之处进行了更多的斗争，我从来都不能让这一切彻底澄清，甚至无法向自己解释明白。坐在出租车的后排，被这些无忧无虑的朋友环绕着，我再一次迫切地想弄清楚这一切，在这样的关系完完全全淹没我之前，我必须把它弄得清清楚楚。

汤姆的朋友们不是很愿意把他丢在佛蒙特州的偏僻小路上，但我们还是像之前说好的那样挤进了他的车里。最后的这段路程，我们一直很沉默。

到了本宁顿，我为最终离开了他们感到遗憾，我有些惊慌，原来回到房间、回到露西身边居然可以变得如此令人沮丧。

"等一下。"

我转过身，发现那个手肘有皮革补丁的男生——我提醒自己，他叫汤姆——向我跑过来。他倾下身子，从我手中拿过行李箱。"我来帮你拿吧。"然后，他和我一起走回房间，确定我毫发无损，才把我的箱子放到我的床边，他环顾着这个空间。我想知道他能看出什么：我的床上盖着一条特别幼稚的粉白相间的羽绒被，姑妈当时为了欢迎我这个未成年人和她一起住便买下它，这个决定似乎有些失误；为了装饰我这边的房间，我在墙上贴了很多素描，现在看来也有些尴尬。他在露西那边的地图前停了下来，研究着——或者看起来像是在研究着我们钉上去的那些数不清的图钉。那是我们来这里第一年的时候玩的傻游戏。那时，我们的友谊刚刚开始，一切似乎都有可能发生。

然后他走到我的梳妆台边，看着挂在那上方的一排照片。

那年秋天，我抱着随便玩玩的想法，报名参加了设计课。我们的指导老师是一名专业摄影师，每周只来佛蒙特待几天，剩下的时间都在纽约市。受到班上几位摄影狂热爱好者的感染,这位老师在校园里搭了一个临时的暗房。我带到佛蒙特的东西并不多,其中就有妈妈的旧相机,不过其实从来没有想过要去认真地学习使用它。但是,很快,我在暗房里一待就是好几小时,我很高兴自己可以迷失在显影、冲印的过程中,好像我终于找到了属于自己的东西。这时的我与和露西在一起的爱丽丝完全是两个人。这是一种新奇的体验,我觉得这种感觉在我的胃里延展开来,让我觉得十分充实,仿佛这个新的技能使我得到了充分的滋养。

我感觉我的心脏跳得越来越快了,我在等他说话,不过就在这时,门开了,露西冲了进来。"你回家了。"她喘着气,"我很担心你,我刚刚查了一下巴士,发现——"她突然不说话了。

汤姆笑着点了点头。

"露西,这是汤姆。他今天是我的那位披着闪亮盔甲的骑士。"我急着说。我还没来得及告诉她今天发生的事情,看着我上气不接下气的样子,他们俩现在似乎有一些尴尬,也有一些惊讶。在我说故事的时候,露西渐渐蹙起了眉头,在我说完之后,她一言不发。

我们三个人站在那里,房间里的气氛似乎发生了一些变化。不知道汤姆有没有注意到另一个可以证明我和露西关系不是很正常的例子,反正有这种感觉的应该不只露西和我两个人。

这件事让我第一次觉得自己渴望摆脱这一切。

突然，不再只有露西和我。

我们两个人，还有汤姆，我们三个人之间产生了一种难以融合的气场。起初，我还在不停努力着。我的教授布置作业，让我们学习如何使用观景式相机。这种照相机很重，一个人拿不动，于是我邀请露西加入，我们拖着设备在校园里到处走的时候，汤姆开玩笑说他自己听从指挥，服从安排。露西只有那一次和我们在一起。我们花了将近一小时的时间才把那玩意儿拉到校园边上，拉到被我们戏称为"宇宙尽头"的地方——位于本宁顿入口处的一块地方，地势有些低洼，如同世界末日一般给人以冲击感。

"谁要是把车开进了这片地方，我会同情他的。"汤姆靠在围栏上，朝我们微笑着说。他在等我支好相机，等待一切准备就绪。

露西酷酷地站在那里，她盯着树林，虽然我请求她让我给她拍照，但她一直不说话，所以我也不知道最终她究竟有没有听到我说的话。

后来，我们一起走回校园，汤姆试图跟她聊天，聊文学，聊她的课程进展。"我真嫉妒你们，海曼教授在这里上课。"他说，"有机会我真想上一堂他的课。你选他的课了吗？"

露西看着他，眼神犀利。"没有。不过我更想听他妻子上课。"

在那之后，汤姆一直沉默。

不久之后,有一次,我想和她谈谈这件事——我想驱散渐渐出现在我们之间的那种奇怪的气氛。但她只是转过脸去,充满防备。我怀疑她是想惩罚我,因为我和汤姆越来越亲密,而这种关系却将她排除在外,使她现在常常孤身一人。虽然我觉得有些愧疚,但她这种奇怪的行为真的令我十分困扰,如果情况是反过来的,我肯定不会如此冷漠。

"她有点儿不正常。"汤姆说。那是春末的一个晚上,汤姆和我躺在康芒斯草坪上,等着太阳落山。

"噢,别那么残忍。"我反驳道。我撞了撞他的肩膀——我还是要保护我那位有些奇怪的室友。的确,我没有原谅她,我跟汤姆一样觉得受到了冒犯,觉得尴尬。可是,我还是忍不住同情她,我顿了顿,因为现在她必须独自度过那些漫长的下午时光,泡在图书馆里;因为在晚上,我们只能保持沉默,彼此之间似乎隔得很远。

"我没有。"他一边说,一边笑着把我搂得更紧,"我发誓。"他突然沉默了,我靠着他,可以感受到他的呼吸起伏,可以闻到他独特的味道——那种气味如同阳光和细沙,还有点儿像洗好之后被遗忘了一下午的衣服。我和他靠得更近了。"只是,只是她看你的样子,怪怪的。"

我皱起了眉头。"你什么意思?"他没有回答。我看着他,说:"她是怎么看我的?"我逼问道。

他看向了别处,好像有些尴尬,好像并不想大声回答我。

"我不知道。我是说,我不知道该如何解释这个问题。"

"那就试着解释。"我迫不及待地想要听到他的回答。

但他还是一言不发。

我转过身去,感觉自己在发抖。我不说话了,只是靠着他温暖的身体,但我觉得我可能永远也暖不过来。太阳在我们眼前落下,我们一起望向它。

遇见汤姆一个月后,很多东西开始失踪。

起初是一些小东西。比如,一管口红。比如,有一条项链好几天都不见踪影,后来却突然出现在某个地方,但我确信之前在那里找过,当时并没有发现什么。再比如,有一条围巾我记得自己并没有拿出来戴,但它却出现在脏衣桶里。一开始我并没有在意,后来,我意识到这些事情一定与露西有关,但我还是觉得姐妹之间这样生活也没什么问题——不打招呼就可以互借东西,衣服首饰随意流通,这应该是一条不成文的规定。

但是,到了5月初的一天,我走进我们的房间,发现她站在镜子前,穿着我的衣服。我眨了眨眼。我的东西可不止一件——不仅仅是一条围巾或者一件毛衣——她从头到脚穿戴的东西都是我的。我认出了那条彼得潘小圆翻领的乳白色网眼布连衣裙,还有冬天姑妈买给我的那顶缀有小珠的时髦钟形女帽。露西站在那里,她的头歪向一边,她看着镜子里的自己,拉扯着腰部的布料,试着让裙子合身一些,但是那条裙子就是很奇怪地贴在她身上，仿佛她在试自己小时候穿的衣服一样。

过了一会儿,她才看到我,这才意识到房间里不止她一个人。"对不起。"她赶紧摘掉帽子。她的脸刹那间变得通红。

"不，不用道歉。"我微笑着，试图让场面看起来没那么尴尬，不过我猜我可能失败了。我们在一起的时间越来越短——我要么在暗房，要么和汤姆在一起——因为我们渐行渐远，那一刻或许更加令人不安。"只要你喜欢，随时都可以拿去。"我赶紧说完这一通话。

虽然我说了这话，但她还是在匆忙地拿掉身上的东西。她把帽子放到我的床上，在我看来，与其说她尴尬，不如说她很愤怒。她迅速而用力地把裙子脱了下来，我简直害怕她会把裙子撕烂。几秒钟后，她就把我的衣服和饰品全都扯了下来，然后穿着她自己的衣服站在我的面前，她脸上的表情无以名状。

最后，我觉得最好还是忽略这段插曲，我背向她，在书桌前坐下，来来回回地收拾着那些书，直到房间里的气氛稍微缓和一些，仿佛什么事都没发生时才停了下来。

两周之后的某个早上，露西打扮妥当，而我却被她戴在手腕上的东西震惊了：那是我妈妈的手镯，那个带有饰物的银镯子曾经闪闪发亮，现在却锈成了灰色。当然，这镯子并不值钱，不过我依然觉得它十分珍贵——露西很清楚这一点。妈妈死后，我花了好几小时研究上面的饰物：一个穿着红色衣服的小女孩，一个穿着蓝色衣服的小男孩,两个人准备去滑雪。一台泡泡糖机,里面的糖果是拿彩色的小珠子做的;一把小提琴。每一个饰物我都记在了心里,我记得它们的所有细节,尤其是当我意识到妈妈再也无法戴上它时,它们就会跃然眼前,令我心如刀绞。

当我看到它在露西的手腕上晃荡时,我的心一通狂跳,甚至有些目眩——眼前就像出现了很多一闪一闪的小星星,它们推推搡搡,争夺着我眼前的那一点空间。我眨眨眼,告诉自己她并不是有意的,她只是刚好忘记了我跟她说的话,忘记了这个手镯对我来说有多特别。然后,我尝试着去想起一些东西,尝试着想起这些年来我们住在一起时我的言与行,但却发现这些记忆已然模糊。

"如果下次你能先开口问问我,我将十分感激。"这句话冲了出来,随之而来的还有一丝苦涩,我赶紧把它咽了下去。

露西停住了。她的一只手上拿着一个笔记本,另一只手——戴着手镯的那只手——无力地垂在一边。她沉默了好一会儿:"问什么?"

我看着她,责怪自己过于紧张。毕竟,这手镯是我的,还曾经是我妈妈的,这是她留给我的为数不多的物品之一。我对自己说,露西从珠宝盒里拿出这个手镯理应获得我的同意,这没什么问题。"没什么,真的。"我觉得自己的脸颊烧得滚烫,"只是,那个手镯。我其实,也不介意。只是,下次你最好先问问我。"

露西还是用那种奇怪的表情盯着我。她的手已经碰到了门把手,但是就这么静止在那里,好像她无法决定究竟应该回应我的请求还是直接离开房间。最后,露西的手垂了下去,她说:"我不明白。"

"我的手镯。"我在说第一个字的时候甚至有些结巴。我指了指她的手腕。

她小声地笑了出来:"爱丽丝,别傻了。"

她凝视着我,她乌黑的眼珠紧紧地盯着我。我被她看得有些局促不安,感觉做错事的似乎是我,仿佛是我的手腕上戴着别人的东西。

"你什么意思?"我问道。

露西抬起了手,我只能看到手镯上的一部分饰品。"这个手镯吗?"

"对。"

她皱起了眉头:"爱丽丝,这不是你的手镯。"

我有些发蒙:"露西,你在说什么呢?"

她放下胳膊。"我说,这是我的手镯。"她的话远远地传了过来,似乎被距离扭曲了,"实际上,这是我妈妈的手镯。"

我张开了嘴,然后又闭上。我无话可说。我不明就里。我想说:不,这是我妈妈的手镯。可能我真的这么说了,虽然这句话听起来很遥远、很混沌,好像不是我,而是另外一个人说出来的一样。露西继续用那种奇怪的表情盯着我,我不确定她究竟有没有听到我说了什么,我也不知道我究竟有没有把这句话说出来。

她朝我走近一步："爱丽丝，你还好吗？如果觉得有什么问题，我去叫学校的护士来。"

我猝然感到一阵恐慌，这种恐慌如潮水般将我淹没——过去几周她奇怪的举止，先是穿我的衣服，然后又是今天这件事。我想朝她叫喊。我想朝她冲过去，从她胳膊上拽下那个手镯。但他们会相信我吗？我怀疑着，同时我也在想他们究竟指的是谁。毕竟，我能去找谁呢，谁不会转过身去哈哈大笑呢？我当然意识到了，整件事听起来有多么荒谬滑稽。两个女孩都说一个手镯是自己的，连故事都一模一样——是她们各自已经去世的母亲留下的礼物。这件事，怎么说都荒唐至极。

这就是她想要的。

这个想法迅速出现在我的脑海中。这件事很荒诞，令人难以置信——但是，我也对自己说，这件事是真的。没有别的原因。她只是想逼疯我而已，否则她为什么要说那手镯是她母亲留下的东西。

她了解我的过去。我在和她刚认识几个月的时候跟她聊过一次，我跟她说了我父母去世的时间，说了纠缠我的那些黑暗和影子，莫德姑妈因为这个想把我送走，把我送到永远见不到太阳的地方去。我还说了那些影子还是会过来找我，我经常质疑自己的心智和回忆是不是还正常。

我承认，也有那么一瞬，我的心头掠过一个想法——那个手镯实际上真的是露西的，我不知怎么居然以为它是我的东西。也许它真的是露西妈妈的遗物，而不是我妈妈的遗物。

不，我抬头看着她，看着她疑惑而怀疑的表情。

是我的，我知道。

我感觉到自己的脸在烧。但是这一次，不是因为尴尬或者紧张。"拜托了，露西。"我恳求道。

她发出一声叹息。我以为她终于妥协了，终于要承认这只是某种残忍的恶作剧罢了。但突然，她的表情变了，她的眼神变得犀利，表情也变得刻薄。"恐怕得以后再说了。我现在有课。"说完，她便走了。

那天晚上，露西并没有回家。

那是我第一次一个人睡在那个房间里，突然少了一个人，那种安静让我觉得不安。我以前从没注意到的黑影在墙上舞动着。半夜，一阵尖锐的声音把我吵醒，过了一会儿，我才意识到那只是两棵树被风吹到一起的声音。那时，我的心脏狂跳，我可以听到奇怪的咆哮声，那声音很大，几秒钟之前还让我感到害怕的声音相比之下立刻就不算什么了。

别这样，你都是一个成年人了。你自己一个人待一晚上一点问题都没有。我斥责自己。事实的真相是，这是我第一次真正一个人睡。以前，总会有一个人在同一座房子里陪着我——我的父母，后来是我的姑妈。是的，我知道别的房间里还有其他女生，但是这座房子多多少少有些空旷，仿佛有这么一种可能——我是住在这栋房子里唯一的一个人。也许我错过了一次紧急集合。我看向窗外,好奇自己有没有可能看到一排女生站在那里,在夜风中挤成一团。实际上一个人都没有。但我还是没法劝自己相信这栋房子里并非只有我一个人。我竖起耳朵,想听到其他女生发出的动静。我积极搜索着除了那两棵树摩擦时发出的诡异声响以外的任何声音,任何声音都可以。

没有任何声音。

到底有没有呢?

夜里的某个时候,我开始觉得有什么东西存在。我的心跳如打鼓般,血液涌上了我的面颊。以前,露西总是挡在我和世间万物的中间——她在这里的时候,什么都不会发生。在那一刻,我孤独而脆弱。我挪到床边,我的背可以和窗户冰冷的玻璃形成一条直线。我闭上眼睛,屏住呼吸,确信呼吸声还在继续。这不是真的,我告诉自己,虽然这话完全没有起到安慰的作用,无法驱散我被人注视的感觉。我在这个房间里并不是一个人。

那天晚上,我几乎没怎么睡。在小说里,女主角总是辗转反侧,大声说自己无法平静地进入梦乡。我没有辗转反侧,而是一动不动,僵硬,仿佛只有身体固定不动才能延续我的生命。几小时后,我开始出汗了。我时梦时醒,不知道时间过去了多久。我的身上汗津津的,手掌里的潮气十分明显。终于,第一缕阳光透过窗帘照了进来,恐怖退散了。我没有等待新的一天开始,而是把被单推到一边,仿佛这样可以让黎明来得更快一些。我已经受够夜晚了。不过，我还是在床上消磨着时光，没有露西在，没有她的引导，我不知道该去哪里，不知道该做什么。她总是比我早起，我每次都会等她去卫生间后再起床。她不在，我没有了时间观念，我躺着，等待着。

虽然我想保持清醒，但是由于彻夜未眠，我竟迷迷糊糊地睡着了。我的眼皮越来越沉，呼吸也变得缓慢而沉重。我意识到自己正在慢慢睡着，但面对着这柔软、迫切的召唤，我无能为力。

突然，我醒了过来，心脏在激烈地跳动。

一开始，我并不确定究竟是什么唤醒了我，后来我才反应过来，是她出现了。我观察着，眼睛半睁，假装还在睡觉，她脱下了宽松的上衣，穿着内衣内裤站在那里，她用束腰带而不是紧身褡吊着长袜。我的姑妈不顾我的抗议坚持让我买紧身褡。"你现在是很瘦，但等你结了婚生了孩子，你就会觉得现在的做法是明智的。"她是这么说的。我这才发觉，之前从来没见过露西穿这么少的样子。很奇怪，我们一起住了这么久，我却从来没有见过她赤身裸体的样子，虽然我知道我也会尽量避免出现这样的情况——我一般会挑她不在房间的时候换衣服，或者冲到浴室，匆忙地穿上出门要穿的衣服。她的皮肤是那么白皙，这一点从她的面色其实可以看出来，但是突然看到这种白皙蔓延到她的全身，感觉还是多少有些不同。她看起来像是在发光，所以我相信，即便房间里一片黑暗，我还是可以找到她。

我突然意识到她现在有多"坦荡"。她的内衣内裤都是白色的，颜色有细微的差别，是当下正流行的简单款式，只在肚脐下方的位置有一点蕾丝的装饰。她的胸衣上也没什么装饰，只在胸间有一朵白色的小花。我盯着那里看了一会儿，讶异她的胸部居然如此丰满，比我的可丰满多了，而她平常却又藏得根本看不出来。我把视线转移到了她的脸上。"露西。"我坐了起来。我的声音太轻柔了，像是在耳语，这不是我想要的效果。"露西，它在哪里？"我问道，努力让自己的语气听起来强硬一些。

露西看着我，皱着眉说："什么？"

我大呼一口气说："那个手镯。"

"什么手镯？"她摇着头问。

"我妈妈的手镯。"我接着说。

她耸了耸肩："我确定就在这里的某个地方。在你上次戴了以后我就没有见过了。大概一周前吧？"

我本打算说的话，我在我们分开后花了好几小时准备的话全都蒸发了，而我还没来得及把它们说出来。我努力想弄明白目前是什么情况。就好像昨天我们之间的对话完全不存在一样。就好像——我不禁打了个寒战——好像这一切都是我的幻想一样。我抬头看了看我的室友，寻找着可以作为证据的蛛丝马迹，我想知道她做了什么，现在正在做什么。但什么发现都没有。她的样子很诚恳，语气也很诚恳，好像她真的不明白我在说什么，好像她真的为我感到担忧。

我不相信你。

我被藏在自己思绪之后的这股炽热惊到了,我甚至一度担心自己会把这种强烈的情绪大声喊出来。我摇摇头,稳了稳心绪,提醒自己知道的真相。她明明拿走了那个手镯,她生我的气,因为我总是和汤姆在一起,却不去陪她。但是这个想法太奇怪,太使人不安。我想知道为什么我会在一开始就产生这种想法。

"我不……我不知道。"我最后说。我只能想到这几个字,我的大脑一片空白,完全跟不上事态的发展,跟不上我可以触及的唯一真相。我不知道。

露西皱了皱眉头。"别着急,爱丽丝。"她的嘴角匆匆上扬,"我们会一起找到的,我保证。"

然后,她抱住了我,以前我们都没有这么亲密过,并不仅仅因为她只穿了内衣内裤站在那里。是我,我所有的缺点,我的脆弱赤裸裸地横亘在我们之间。我不愿意想起这个,我不愿意想起我父母死后的那段时间。但现在,我们之间似乎要起波澜。这是一个不争的事实,所以我别无选择,只能回顾那段时光。

我一动不动,仍然不确定应该相信什么。但是,我还是抬起手臂紧紧地抱住了她。太紧了,我知道,但是我突然很害怕让她走,我害怕这个了解我所有秘密并且从来不对此妄加评判的人离开我。

于是我紧紧地靠着她,生怕破坏了这个奇怪的拥抱。

6. 露西

几天后，我和优素福约好在廷吉斯咖啡馆碰面。他斜靠在墙上。"准备好了吗？"他笑着问我。

我也对着他笑了笑，准备出发，不去理会其他人的话语和警告。因为我明白，优素福身上有一些特质比这世界上的约翰们更让人觉得亲切、熟悉。我们两个人都处在边缘地带——我是因为出身，优素福是被环境排挤。我感觉我们之间也有着一丝缘分，虽然这不像与爱丽丝之间的那种亲密关系一样，但至少是一种互相理解。当然，我仍然很谨慎、很小心，但我相信差异性，这种差异性让我们之间形成了一种联结，不用理会周遭的世界。或者，也许周遭世界才是我们紧密相连的原因。

我们离开了老城，道路从狭窄混乱变得又长又宽。路上的人很少，我们一路上没说什么话，但气氛却很融洽。虽然我很乐意神游，但我还是问他："那么，你的名字到底是优素福还是约瑟夫？"我们上次见面之后，我就一直在考虑这个问题，我来回思考着这两个名字之间的区别。约瑟夫、优素福，它们是不是同一个名字，只不过是派生的关系？我不确定。实际上，我都不是很确定他最开始做自我介绍时说的是哪个名字，也不确定爱丽丝提到他时用的究竟是哪个名字。在我心里，他已经是优素福，但那可能只是我的心理投射，我试图让他更有异域风情，好让我产生好感。

他耸了耸肩。我们开始走的时候，他点了一根烟。现在，他长长地吸了一口，滚烫的烟灰四溅，而他那长了老茧、被熏黑的手指显然不会被烫到。"有关系吗？"

我皱起了眉头。有关系吗？我在心里重新想了一遍这个问题，发现我也不再确定了。"这是你的名字。"我说道。

"我们，我们所有人都有很多名字。"他回答。

"这话是什么意思？"我眯起眼睛。

"丈夫、父亲、兄弟。"

"那些是称呼，不是名字。"我反驳道。

他又耸了耸肩，显然对这种区别毫不关心。"丹吉尔有很多名字。首先，她是 Tingis[1]。"他顿了顿，又吸了口烟，"在法语里，她是 Tanger。在西班牙语中，她是 Tánger。在阿拉伯语里，她是 Tanjah。所以你看，她有很多不同的名字或称呼。这没什

---

1 丹吉尔的柏柏尔语名为"Tingi"，后在拉丁语中被改为"Tingis"。——译者注

么区别。"

我安静了好一会儿:"所以你叫优素福或约瑟夫都无所谓,没有任何偏好吗?我是说,像丹吉尔一样咯。"

听到这里,他笑了笑:"是的,像她一样。"

我向悬崖边走去,往下看。那里还有一些情侣,他们分散在我们两边。他们有的坐着看海,有的打开食物包装。我看到了面包和芝士,还有一些水果。有的女人裹着面罩,有的女人则穿着西式的连衣裙。似乎这个地方既有本地人,也有外地人。不过,我还不知道这里究竟是什么地方。我看着我的同伴,等着他给我解释。

"这里,是地中海和大西洋交汇的地方。"他终于开口了。

"又一个分层。"我感伤地观察着。

"是的,爱丽丝。"他又笑了,似乎很高兴,仿佛我的答案很令他满意,我通过了测试,而测试的问题和答案都在他的手里。"这是历史的一层。"他指了指脚下,我把目光转移到我们脚下白色的那一片。"这些都是墓,腓尼基人的墓,他们来自丹吉尔古城。"

我知道,丹吉尔在历史上多次被攻下,所以这座城市总是在不断地吸收各种文化。最后,这里沉淀了数个世纪以来经过丹吉尔城门的人与事。我想知道,有没有人在追溯世系本源的时候,发现自己的这一条脉络完全没有受过外界的干扰。我看看我的同伴，好奇他是否尝试过，好奇他的血液、他的心会说出什么，是不是也像我的一样在喁喁细语。他的话会不会也这么难以理解，或者，信息会不会更为清楚、更为强烈一些——在我失败的地方获得成功。

"过来。"优素福叫道，"咖啡馆就在这边。"

我们走上了一条有些狭窄的道路，它很快就被我们两边的白墙隐蔽起来。这处高地与古城里的生活有些不同——这里似乎更安静、更整洁，多少远离了街道的熙攘喧嚣。这种平静蕴含在石头中。我把手伸出去。石头摸起来凉凉的，我一边走，一边用手指摩挲着它的表面，我的另一只手有气无力地拖在后面。很快，入口处出现在我们面前，一些石头被粘在白墙上，组成了这家店的店名——哈发咖啡馆，建于1921年。我伸出手，摩擦着现在已经十分光滑的鹅卵石，它们的颜色只比那平淡的白墙深了一点而已。我很好奇，在这些小石头安家落户之后，究竟有多少双手抚摸过它们。我觉得自己可以感受到沉甸甸的历史，仿佛在得知伟大的作家、画家、音乐家也曾经过这个入口之后可以获得一种别处没有的引力。

然后，我产生了一个想法：丹吉尔是一座鬼城，从很多方面来说都是如此。只不过，它不是完全废弃、空无一人的不毛之地，它还有生机。一想起那些伟大的人也曾走过这些小巷，也曾在这片土地上思考抿茶、获得灵感，我就觉得充满活力。对那些来过这里的人来说，这是一个证据，一个坟墓。但是一切并没有已经结束的感觉。这里还残留着一些什么,翻腾着,发酵着,等待着被发现,被释放。我感觉到了手中的刺痛。我想知道爱丽丝是不是也有这种感觉。在我到来以后的这些天,我发现自己像这辈子一直在等待着丹吉尔;好像我做的所有事情、我的所有想法和行动都是为了把我引到这里来,尤其是为了再一次找到她,为了追寻我们可能拥有的生活。我想要告诉她,这很完美,我急切地想要让她也看看——这一切多么美好啊:丹吉尔、她、我们俩一起在这座异域之城。

我拐了个弯,很快就看到了面朝大海的阶梯露台式座位,茶室令人目眩的白色把海水的蔚蓝衬得更为饱和。"好美。"我喃喃地说,甚至在我说出这两个字之前,我就意识到会有这样的感叹。

优素福似乎没有听到。他只是慢慢地沿着露台一层一层往下走,直到选择了最后的那一层。"这样你就可以弯着身子向外看了。"他坐在了一把椅子上,说道。

我点点头,知道这个时刻来了。我同意与他见面,还有一个原因,一个更重要的原因,比观光更急迫。一想到优素福可以给我的东西,我的胸口便有节奏地跳动着。我坐在他身边,试着不去想象他可能会给我什么——一把魔法钥匙,一个秘密咒语,某种事物,任何事物,比镜子中的一瞥更为确定而具体。

我从钱包里拿出一张照片,放在桌上。"有一个英国男人。"我说,不过就在那时,在我继续说话之前,一个小男孩过来要求我们点餐。"请给我来杯茶。"我回答道。然后,我转向优素福,跟他说:"我请客。"

在这之前,我们从没谈过钱的问题,但我瞥见了他眼中的光,似乎在警告我下不为例。我坐了下去,依然保持着缄默,等待着。关于约翰、关于那个和他在一起的当地女人,我有话想说,我有问题想问。虽然它们蠢蠢欲动,央求着想要被一吐为快,但我能看出来,在我犯了刚刚的错误之后,优素福必须要定下这场对话的调子和节奏。

几分钟的沉默之后,茶来了。"这就是他?"他问道。他没有拿起这张照片,只是用夹着香烟的手指在上面挥了挥。我一度有些担心他的烟灰会落在照片上,留下烧灼的痕迹。那天早上,我从爱丽丝家客厅的一个相框里把这张照片取了出来。我的动作很轻,生怕爱丽丝走进来发现我偷拿她丈夫的照片。如果被抓住,我简直不知道应该怎么解释。我现在有些害怕,我看着优素福那根香烟上的烟灰一点点生成,形成了一座燃烧的斜塔,又白又烫。如果烟灰掉下去,我也没有办法解释为什么会有烧痕——爱丽丝就会知道了。

优素福把手拿开,烟灰掉到了地上,我宽慰地呼出一口气。

"是的。"我有些犹豫,还在等待着。在我的心里,优素福似乎存在于某种边界之上,界于公私之间,界于光明与黑暗之间。我以为,他会掌控我们对话的节奏,他会知道在哪里、用什么方法让对话继续。"还有一个女人。"我一边说着,一边朝他的方向迅速而匆忙地瞥了一眼。

他扬了扬眉毛："我猜，不是他的妻子吧？"

我摇了摇头："不。不过我想知道……"

他看着我："爱丽丝，你想知道什么？"

我迎着他的目光："我想知道她是谁。"

"这样会有用吗？"他一边问，一边把头歪向了一侧，"知道这个答案，有用吗？"

我点了点头，努力不暴露自己很渴望知道答案的样子："是的，我觉得是这样。"

他顿了顿，说道："她是法国人。"他歪了歪头，显然在重新斟酌之前的陈述。"好吧，其实是一半。一半法国血统，一半摩洛哥血统。"他短促地笑了一下，"也没有人们想的那么罕见。"

我本想喝一口茶的，不过听了他的话，我停下了。"你认识这个女人？"我惊讶地问道，"而且你也认识这个男人？"我指了指照片。我之前想的是，在我们进行这段对话之后，优素福会四处打听，也许还会亲自调查这件事。我没有想到的是，他居然已经知道答案了。

他耸了耸肩："你想知道吗？"

"想。"我赶忙说，然后才想起来加个请字。

他沉默了一会儿，好像不愿意继续说一样，好像要强调他这样做只是为了帮我的忙。于是我开始好奇他会要什么回报，因为我确定他一定会要的，他在做每一件事之前都要考虑可以从中得到什么。我知道,拒绝施舍和免费赠送物品是有区别的。

"她是一个法国女人,一个艺术家。关于她,我就知道这么多。"他顿了顿,"她还在一家夜总会工作。"

我没有接话。夜总会。我们都明白他说这话的意思。撕下这层伪装,这座城市的夜总会只不过是妓女的聚集地,专门向西方人敞开大门。这些夜总会散落在丹吉尔各地,其中大多数是由法国女人运营的,她们已经决定抛弃出卖自己身体的生活,转而去卖别人的身子。

"那她叫什么名字呢?"我接着问道。

"萨比娜。"他转过来看着我,"她的名字叫萨比娜。"

我探过身去,不再假装毫无兴趣的样子。听到这里,我似乎获得了力量,我的耳朵开始轰鸣,我的手在发抖。我没有料想到会如此轻易地得到这个答案,在这一刻以前,我都不愿意承认自己有多需要那些答案。"这件事持续多久了?我是说,他们之间的事。"

他似乎对这个问题并不感兴趣。他在椅子上挪了挪,把烟扔到地上,懒洋洋地说:"我建议你不要成为那个女孩。"

听了他的话,我感觉自己有些退却,虽然我不能解释自己为什么会有这种反应,但是他的言外之意让我的心怦怦直跳。我不动声色地在心里责备自己,毕竟这只是一个词。它没有任何意义。但是,不,我知道不是这样的。它的确意味着什么——意味着一切。"哪个女孩?"我问他。

"那个女孩。"他目光犀利地看着我。

当然,他不是在说我。我知道他误以为照片上的人是我的丈夫——不过既然我在这一刻的设定就是爱丽丝,那么他这样想也没有什么问题——虽然他的话不是针对我说的,但我还是非常生气。我以爱丽丝的身份生他的气,还有别的一些原因,但具体是什么我也说不上来。

我抓起手提袋走了。几分钟后,我就意识到,他并没有叫嚷着让我回去,也没有追上来向我道歉。没关系。我继续走着,走出了哈发咖啡馆,走到了墓地上面的地方。如果优素福不帮忙的话,我想我自己也会找到办法的。我停下脚步,望向大西洋和地中海交融的那一片碧蓝,好奇是否有一个词、一个名字或者一个称呼来指代这种分层现象。在丹吉尔,这种现象似乎很普遍,每件事物首先都是别的东西,没有哪件事物是完全纯粹的某一样东西。我又一次想到了爱丽丝。在丹吉尔,她也不再是原来的那个爱丽丝了,她完全变了——冷淡,冷漠,疲惫。一个崭新的爱丽丝覆盖了原来的那个她,将她吞噬了。但我还是没有放弃希望。她不仅仅是身为约翰妻子的爱丽丝,她也曾有过自己独立的人格,也曾在约翰没有出现时活得好好的。我需要搞清楚的是,怎么让她回来,怎么让丹吉尔回到当年的 Tingis——以及,这样一个庞大的工程究竟有没有可能完成。

我一直在老城广场上溜达,我沿着城墙走着,不时停下脚步，在笔记本上乱涂乱画，试图抹掉与优素福进行的那段奇怪谈话的印记。我在海洋之门停了下来，这个开放的城门打断了千篇一律的石墙，在我面前，除了碧海蓝天别无他物。优素福跟我说过关于这里的一个故事，在烈日下，我努力回想着那个故事的具体内容。大概是关于一个美艳的女鬼在这附近诱惑男人然后了结他们性命的故事。想到这里，我笑了。

就在这时，我看到了他。

我正站在海洋之门外面，他看不见我。起初，我以为他是一个人来这里的，然后我看见他把身边的女人拽到了墙边——还是酒吧里的那个女人，我迅速意识到了什么，不由得屏住了呼吸。

那女人的姿态让我注意到了这个秘密，她与爱丽丝实在太不一样了：翘首挺胸，她穿的裙子虽然宽松，但是仍然将她的身材凸显得淋漓尽致。她把头发盘在头顶，手上戴着沉重的金银手镯，她稍微一动，这些镯子就会发出叮叮当当的声响。

在白天的光线中，我可以看见，她和优素福描述的差不多完全一致——有一点摩洛哥风情，又有一点法国气质，这种混合十分引人注意，实际上似乎是在挣扎着叫嚣着获得人们的注意。她的皮肤泛着金色，瞳孔是黑的。我想到了约翰对丹吉尔的爱，发现这是有道理的——他的欲望都体现在这个女人身上，她公开展示着自己的异域风情，可以让一个外国人目不转睛。我同情这个女孩，因为我现在可以看出来，那就是她的全部。我猜她也就不到17岁。

我往藏身之处后面挪了挪，感受到了身后那堵墙散发的热气，我看到约翰的手指——他的手上洒着阳光，布满雀斑——在她纤细的腰肢上舒展，他的欲望是那么显而易见。我站在那里，他的手像是对我施了催眠术，那灵敏而又迫切的动作在咄咄逼人的炙热阳光下令人着迷。我的脸变得滚烫，不过不是因为高温，而是因为看到他们在一起让我觉得痛苦，这种痛苦令我感到羞耻，我赶忙转过身去。

后来，我对我的冷静感到吃惊，因为我觉得在看到约翰时我应该感到愤怒，他竟在光天化日之下如此厚颜无耻地背叛爱丽丝。他一定觉得爱丽丝永远都不会发现他在外面偷腥，因为她平常几乎不踏出公寓半步，而且她在这座城市里也不认识别人。他似乎决定好好利用这一点。

但是现在，有我在她身旁了。

这种事情他以前一定也遇到过，他转过身看见我站在拱门下。很明显，在他黝黑皮肤的掩盖之下，他的脸还是变白了。他向我走来，手臂依然环抱着那个女人，我觉得更恰当的说法是纠缠，这种亲昵完全没办法解释清楚，尤其是现在我已经目睹了之前发生了什么。可以看出，他在思考、谋划，在猜测我在那里究竟待了多久，究竟看到了多少东西。最后，他的手终于放了下去，继续朝我走来。

但我走得更快。

我走到人群中——游客为了拍一张完美的照片，纷纷朝海洋之门挤来，当地人跟在后面，用尽一切办法售卖珠宝、帽子以及各种东西。想要消失在人群之中实在太容易了。我向这一片混乱的人潮屈服，它抓住我，不放我走。我任它把我带到更远、更远的地方，直到我有足够的勇气回头看。我几乎不能辨认出他的脸。他只是色彩明快的帆布上的一个彩色的小点而已。

　　逃跑让我面红耳赤，呼吸急促。我开始好奇约翰会不会面对我，我回到公寓后会不会发现他在等着我，问我看见了什么，问我会不会告诉爱丽丝。我有点儿希望他这样做，希望他迎接我——我觉得这件事一定会发生。我感受到了手指的刺痛，脚趾也已经蜷了起来。我往公寓走去——我已经无法想象之前那样继续乱逛是什么感觉了——我发现在逃跑的时候，笔记本被我丢在了某个地方。现在意识到这一点似乎太迟钝了——太遥远了，完全不相干了，我之前做的事情仿佛已经和这一时刻的我无关；现在的我焦头烂额、怒不可遏，不想继续保持沉默。我朝公寓走去，走了似乎有好几小时，虽然实际上这段时间最多不会超过几十分钟。我看着身边的影子，它开始变长，空气中的热气也开始消散。我的心跳逐渐放慢，呼吸回归正常。等我走到玛尚区的时候，之前一直纠缠着我的情绪似乎也都通过毛孔蒸发掉了，最后，除了彻底的疲惫，其他东西所剩无几。

　　我轻轻叹了一口气，继续往里走。

7. 爱丽丝

"太热了。"

听到我说的话，露西停下脚步，等我喘口气，我们正在往哈发咖啡馆走。今天的雾气比较重，而温度又很高，但她那天早上就决定要我陪她一起去哈发咖啡馆。我感觉我的脸已经红了，上面沾着汗珠。

"不敢相信你居然从来没去过那里。"她说道。我怀疑她是在转移我的注意力，让我别总在意着高温，不过这句话却让我的心情变得更差了。

我觉得自己的脸更红了，呼吸也更为急促。

我把一只脚放在另一只脚前方，太阳炙烤着我的后脖颈，我的头顶很烫，于是我只能略带嫉妒地看着露西那天早上用来包裹头发的头巾。她似乎是用她平常戴的那顶帽子——一顶设计糟糕的黑色草帽——换来了一条浅色头巾，毫无疑问，这条头巾是她在外国人时常光顾的那几家店里找到的。在我们准备出门的时候，我冷眼看着她这身打扮。她想要用这身装扮告诉我这就是现在的流行风尚，不过我还是继续用不安的目光打量着她。设计本身并没有什么问题，问题出在，我意识到露西和丹吉尔融入得有多好。我已经来这里好几个月了，而她踏上这片土地才不过一周的时间，现在看起来，仿佛她才是那个在这里生活了很久的人，而我只是一名游客而已。然后，我尴尬地摸了摸自己的帽子——一顶很小的白色矮圆筒形女帽，它正怪异地堆在我的头顶。

"我们应该会发现一些令人激动的风景。"露西说。

我好奇地看着她："你是怎么知道的？"

"书店里的一些朋友。圆柱书店。"她回答道。

我点了点头，有些好奇她什么时候溜去了那个地方。

"你现在听起来就像是个当地人一样。"我说。我知道，我的声音中掺杂着一些什么，我觉得不舒服。

在那天她告诉我关于优素福的事情后，她每天晚上回来得都很晚。她准备告诉我在冒险中遇到的故事，我怀着相同的嫉妒之情听着，那个小疙瘩越长越大，越来越不好控制。我也试过做出改变，试图好好看看丹吉尔，不过她有着与约翰相似的热忱。虽然我们三人走在相同的鹅卵石上，但我永远无法窥见她眼中的世界。在来丹吉尔的第一个星期即将结束时，露西提出要我陪她一起去咖啡馆，我同意了，因为我渴望探索被我错过的风景，我想看到我的双眼以前不愿意看到的景色。

"下次你应该跟我一起。"她提议道,"到书店去。"

我没有回答。

我们沉默着走了几分钟,最后,我们来到了一个奇怪的白色平面面前,站的地方离悬崖边只有几米远。"很美吧,对不对?"她试探性地看着我。她在等待我的回答,确认我能感觉到她的内心,认同她的看法。当然,很美,这是我想说的,但某种莫名的情绪让这话没有从我嘴里说出来,还有太多的问题和答案被迷雾遮蔽了,它们闪耀着红色的光,发出警告。我逐渐平静下来。

"这比家里的任何东西都要蓝。"我承认。我继续盯着大海,努力让脸上的表情柔和一些。

"这些是坟墓,它们就在我们的下方。"她继续说。

我们站在一起,挨得很近,我们盯着长方形的构造,奇怪的突陷、曲折,以及兜着白色岩石的水坑。"哪里?在我们的正下方?"

她点点头:"这些墓葬已经有近2000年的历史。那时这座城市还叫Tingis。"

"Tingis?"我略带微笑地问道。

"那是这座古代腓尼基城市之前的名字。"她摘下太阳镜,眯着眼睛看着太阳,"显然,丹吉尔有很多不同的名字。Tingis只是其中之一罢了。"

"其他的名字是什么?"我问道。我感觉我的声音在炽热的阳光下变得懒散。

"有 Tingis，这是一定的。还有 Tingi、Titgam、Tánger、Tangiers、Tangier——我猜这取决于你问的人是谁，以及他们是如何发音的。"

我看着她。"你是怎么发音的？"

可以看出，她很喜欢这个问题——我问这个问题，说明我关心她在想什么。她想了一会儿，似乎在推敲答案。"我觉得我一直都说 Tangier。不过我也喜欢 Tingis。这是它本来的名字，那时它还没被侵略者改名。"

"有点儿浪漫。"我承认。

"这是一个沉浸在神话中的国度。"她说，"你知道吗，据说就连尤利西斯在旅行期间也必须经过丹吉尔呢。"

站在腓尼基人的坟墓之上，她看起来是那么骄傲，仿佛这些都是她的发现一样。我试着在脑中描绘这个场景——露西，一位伟大的探险家或者征服者，然后我发现这个设定非常适合她。她的兴奋是如此明显，我几乎都能感受到这股情绪正从她的身体转移到我自己的身体。热浪在我们周围涌动着，阳光压了下来，然而，当我们不去看这片风景时，我感觉到我们都不愿意把它留下。这里仿佛被施了某种魔咒一般，十分平静，与城市的其他部分隔开。下面是人们叫嚷、讨价还价的声音，数千人流着汗摩肩接踵，脏兮兮的，却又有条不紊，而在这里，只有沉默。只有温暖、诱人的蓝色在不断延伸，涌入了大西洋的波浪中；只有海洋的气味，干净清新。我可能已经想象到了，但是在我们准备转身向咖啡馆走去的时候,我们的脚就像是被拽住了一样,可能是这片风景想要我们留下来。

我们坐在较低的一层,头顶是一些杂乱、稀疏的树枝。我仿佛立刻得到了安慰——又可以呼吸了。在此之前,我都没意识到自己有多热,毕竟我们之前一直站在海边的空地上,没有一棵树遮阳。

我们进去以后,一位服务员走了过来,他用一个精巧的装置平衡,这样他就可以一次拿好几杯茶。露西要了两杯茶,并用阿拉伯语"Choukran"谢了他。

我陷入了短暂的沉思:"谢谢你"和"不了,谢谢你"是如此密切相关——只是加了两个字而已。我突然觉得,这种毫无意义的观察可能让露西很享受。我闭上眼睛,叹了口气。黄蜂在花朵周围盘桓,它们多半忽略了我们,甚至连装在高玻璃杯中的热甜茶也不理不睬。这一切本应是平静的,我本应该觉得无比放松,但是有一种焦虑在侵蚀着我,它是那么高调,咄咄逼人。

她的到来让某些东西蠢蠢欲动。我已经可以感觉到了——它们翻腾着,不愿继续沉眠。然而,我也感觉到我们都止步不前,在等待着什么事情发生,好像从那天她下船后,我们就一直在等待这件事。我突然有一种无法抗拒的冲动,我想和她一起跃下悬崖——我想问她从她到丹吉尔以来、从我第一次在本宁顿见到她以来我一直在思考的、一直困惑我的每一个问题。所有那些让我感到不理解的事从我的指间滑落，还有关于她的一丝一缕——我似乎从痛苦中凭空捏造出了一个女孩，而她却似乎从未被具象为某种真实的事物。

我很生气，高温影响着我的情绪。我有一种感觉，那些我不明白的事，那些对我来说仍是谜团的地方与人，那些我无论如何冥思苦想都想不通的事情，全部潜伏在我的周围，一触即发。在我看来，丹吉尔和露西是一样的，都是无解的谜，让我不得安生。我已经感到厌烦，对那些未知的东西，对成为局外人的感觉，我已经厌烦了。

"你还好吗，爱丽丝？"露西问道。

"我很好。"我回答道，不过我知道我的声音中出现了一种明显的波动。我把太阳镜往上抬了抬，因为有汗，眼镜已经开始往下滑。我喝了一口茶，然后沮丧地将它一把推开。我沉默了一段时间，然后，在我发现她不准备打破沉默时，我眯着眼睛看着太阳，说："我永远都搞不明白。"

露西看着我。"什么？"

"这个。"我指了指薄荷茶，"怎么会有人在这种天气喝这么烫的茶。"

"你最后会习惯所有的事情。"她推测道，"过一阵子，一切看起来就会很正常。"

"对我来说不行。"我揉着指尖说。太让人生气了，杯子那么烫，我居然还抓了这么久，皮肤都被烫到了，更让我生气的是，露西并没有立刻对我的观点表示赞同,她居然不同意我无聊的抱怨。"这一点我永远都不会习惯。在这么热的天里,我永远也没办法喝下这么烫的茶。说真的,无论在什么样的天气里,我都不会想要喝这玩意儿的。"

她拿起自己的高玻璃杯喝了一口:"你难道不喜欢吗?"

我瞥了她一眼——觉得自己有些激动,不过我很快就把这种情绪放到了一边。我跟她说:"我现在简直可以为了一杯建筑工人茶[1]杀人。"

有好几个人回头看向我们这边,我意识到我的语调介乎轻松与严肃之间,像哭又像笑。露西向我伸出手,但我没有握住。"你还好吗?"她又问了一遍。

我思考着,我已经对这个问题感到厌烦——对我怀疑的事实感到厌烦。

露西突然说:"在新英格兰,我的父亲有一个最巧妙的方法,可以让我们在高温中保持凉爽。"

"是什么?"我草草地问,对话发生了转变,这让我很不耐烦。

不过露西并没有注意到,她还是继续说着,我不禁怀疑是不是正因为她可以察觉到我的脾气,所以才引入这个话题——她想让我心烦意乱:"他以前会用那种给花园浇水的软管。你们在英

---

[1] 建筑工人茶,一种英式浓茶,加糖加奶。——译者注

格兰也有那种东西吧,对不对?"

我点点头,依然不说话。

"好吧,他原来会拿着那种软管沿着屋子走一圈,往砖头上浇水。"

"砖头?"我皱皱眉。

"是呀,砌房子用的砖头。"

"他为什么会这么做?"我问道。

她笑了笑。"热量都集中在砖头里。所以,我爸爸总是很小心地绕着房子走,在每一个角落洒上水,直到砖块因为受热之后突然受冷而蒸发出热气。"她没有继续往下说。在她沉默的时候,我想象着那个场景,想象着一栋小砖房的样子,一位关心女儿的父亲在她卧室窗外的砖头附近徘徊,确保它们被水浇得闪闪发光之后才继续往前走。

"这样做真的有用吗?"我问道,我的声音比之前轻柔了一些。我看着露西,好奇她在想什么——她是不是也在想象那个建在新英格兰某个荒郊野外的小屋子,或者想着别的什么地方。

"有用。"露西用一种试图说服我、让我镇定的语调说道,"我记得我躺在床上,听着水洒在卧室外墙的声音,我可以感觉到的。我躺在那里,闭着眼睛,窗帘被拉起来遮挡阳光,整个房间处于一片黑暗中。我可以感受到,在屋子洒上水的那一刻,燥热立刻就减轻了一些。就好像有人打开了一台电风扇,把它直接放到我的面前一样。有时候,我甚至会起鸡皮疙瘩,太凉爽了。"

我沉默了一会儿,我在思考,想象着阵阵凉爽的清风扑到我的皮肤上。我感觉到一种不可思议的平静,一名父亲对女儿的爱,是他用汗水为她换来的凉风。似乎有什么东西在拉扯着我的记忆,我想起几年前的那天,我们在詹宁斯家宅时发生的事情。我看着露西,压低了太阳镜说:"我以为你不记得你的父亲了。"

　　沉默,还是沉默。我很好奇她是不是想忽略我的话。然后,她没有看我,也没有拿下太阳镜;她还是看向大海,她的表情如同我们刚刚踏上的石头一样坚定。"我记得。"她说,她的语气中带有一丝警告、一丝威胁。

　　我看向了别处,没有说话。

　　那一夜,雪下得特别大。当然,这里是格林山脉,在隆冬时节,似乎不是在下雪,就是要下雪,地面上总是覆盖着厚厚一层幽灵般洁白的雪。不过,那一夜有些不同。雪不仅留在了人行道上,还凝结在灯光里,落在人的心里,所有的一切都被卷入旋涡,你需要很努力才能从中挣脱。

　　露西和我发生了争吵。

　　那一天,我回去得比较早,那时候雪还没开始下,我刚从纽约回来。我跟所有人说,我是为了完成摄影课的作业,但其实我是为了逃离,从过去一年渐渐出现在露西和我之间的这种令人窒息的不安中暂时抽身。我的姑妈那个周末甚至都不在城里。我自己在城里找了个公寓留宿,那家公寓我已经路过很多遍了,觉得足够安全。我一度想过把汤姆也邀来，让这变成一个迷你的假期，而不是一场逃离。但最后，我知道我最需要的是一个人独自待着，离开他们两个人，离开我开始在每朝每夕都要经历的循环往复的事情。仿佛我能感受到——我的骨头、我的皮肤在其间被拉扯着、纠缠着，马上就要折断破裂一般。

纽约与佛蒙特不同，这里的空气既不干净也不新鲜。

纽约的空气很沉重，弥漫着尘、油、烟，潮湿、厚重，牢牢地贴在我的皮肤上。我走下巴士，融入城市之中，露出了宽慰的笑容。接下来的两天，我在大街上闲逛、拍照。我把带来的所有胶卷都用完了，最后不得不去一家照相器材店又买了半打。当然，新买的胶卷也被我用光了。一个人独处很轻松——终于独自一人了——在这人山人海里，我不认识任何人，也没有人认识我。相似的面孔来来回回，我迷失在其中；我兴奋地发现自己被陌生人包围。我观察着这座城市里的不锈钢小餐车。虽然食物已经不用定量供应了，但是与之相关的通知还挂在那里。通知已经褪色，上面还沾着油渍——今日没有黄油；周二，没有汉堡包。这是永远的提示。我坐在柜台边，吃着烤奶酪，喝着热咖啡，享受着手中瓷杯的厚重感。

周日晚上，我在回到学校之后直接去了暗房洗照片。我在城市的喧嚣中获得了一种平静与镇定，我还没准备好脱离这种感觉。我一边在暗房里移动着胶卷，一边喃喃自语。我熟练地按照记忆中的动作操作着，把它绕在卷轴上，摸索可以被胶卷卡上的那个小凹槽。我轻手轻脚地把每一卷都放到冲片罐里，显影后，又小心地把它们挂起来。大约过了一小时，那些化学制剂又各归各位。底片干了之后，我给每张底片都做了一个相版，我很想看看我在这段短暂的旅途中有没有抓拍到什么有价值的瞬间。

就在那时，我注意到了她。

起初，我以为那只是我的想象，或者是光影的小把戏；也许我的眼睛太疲劳了。我告诉自己，有很多理由可以解释我看到的景象，全都只是假象而已。大衣后背、她的侧脸，这些证据其实并不能指向她。

突然，我看到了一张照片：照片中的她还没来得及完全走开，所以不仅能瞥见她的身影，她的整张脸也完全显露在照片上。是她，是露西。她也在那里，她跟着我——她在跟踪我——她出现在我在纽约拍的每一张照片上。

要不是因为我对她缠结的长发很熟悉，要不是因为我见过她天天搭在我们房间椅子上的厚呢短大衣，我就会很容易忽略掉照片上的她。也许，我本不会注意到，她毕竟只出现在背景中，只出现在照片的边边角角。她一直都没有处在中心的位置。

但是，这张照片里的她没能躲开我的镜头，她凝视着我，眼睛睁得很大，眼神坚定。她盯着我，一直在盯着我。

我用发抖的手紧紧抓着那张照片。我离开暗房，没工夫清理工作台，也没关灯，只是径直走进黑暗中，走进雪地中。我在颤抖，暗房和我们房子之间的那段短短的路程似乎都没办法走下来。我把那张照片——那个证据——藏在了我的大衣中。我不能让它被恶劣的天气给毁了，我不希望最后我把它拿出来、把它呈现在她面前的时候，雪花在照片上留下痕迹。

她坐在她的书桌前，低头读书，看到我突然出现，她也没有起身的意思。她看着那张照片，沉默了一会儿，一动不动，看起来有些奇怪。她抬起眼睛问道："这是什么？"她的表情很冷漠，让人捉摸不透。

"看。"我一边说，一边用颤抖的手把照片往她跟前推了推。她还是那么冷淡，那么沉默。我用手指戳了戳照片上的那个人。"我知道这是你，露西。"我尽最大的努力让自己的声音听起来冷酷无情，"照片可能会有一些颗粒，但我知道这个人就是你。"

她没有说话。在沉默的间隙，我的视线又回到了这张照片上。然后，我有些崩溃，因为这张照片的颗粒度实在太高了。我又看了一遍。一切都像我记忆中那样，但似乎焦距变了，很细微的变化，但这导致每张脸上的线条——尤其是她的脸——变得模糊不清，只有些阴影。

她皱起了眉头，站了起来："你在纽约看见了我？"

不，那不是我想说的，我摇摇头。"不是，在照片里。"我斟酌着要说的话，"你在那里，我知道你在那里。"

"爱丽丝，我整个周末都待在这里。"

她把手放在我的肩膀上，手指按进了我的皮肤。我知道，这是一个表达安慰和关心的手势，但是我却感觉到她的指尖嵌入了我的身体。

我必须出去了。

我的心跳越来越快，越来越不稳。我的喉咙感觉像是要合上，每一口呼吸都是一场煎熬，一个负担；我甚至觉得自己的皮肤开始发红。我挣脱了她，极其渴望和她保持距离，避免和她接触。"你在说谎。"我一边说着，一边走向房门，指责她的那些话如鲠在喉。

我在走廊里找到投币电话，给汤姆打了一个电话。在那之后，我努力回想着自己跟他说了什么——我的声音低沉而急迫，那些话没有经过大脑，便跌跌撞撞地从我的嘴里冲出去。但我记得他说了什么，我永远记得——他说他会来，说这暴风雪的天气没关系。他向我保证，他会来找我，不会再让我一个人。

我冲了出去，冲进刺骨的寒夜之中。雪落在地上，这一次，雪下得格外大，在格林山脉待了这么多年，雪落在地上的速度从没有这么快过。露西跟了过来，她起初想要安慰我，然后开始争吵，最后变成了乞求——她求我留下来，求我忘了那张照片。我没有被打动，只是站在那里，等待着汤姆。他终于来了，透过车上的融冰，他的脸看起来有些扭曲。我转身离开，就在那时，一只坚定有力的手迫使我停下。

"爱丽丝，别上车。"

"让我走，露西。"我命令道，逃脱了她的控制。

"爱丽丝。"我觉得她的声音现在有些绝望了，"你不能就这样走了。"

我转过身。"为什么不能？"我不需要她回答我，我本可以就这样上车离开，但我想知道，在那样的情况下她会说什么，她又会找到什么样的话来使自己脱身。她沉默着，我摇摇头。"我希望你别管我。"我大声喊道，冷风把我的脸吹得滚烫，把我说的话偷走了。"我希望你消失，永远别回来。"

然后我转身，上了车。

汤姆开车时没有说话，也许他察觉到了我不想说话，不想讨论发生了什么事。我想的是我们要去哪里，也许是城镇吧，去7号美国国道上那家我们最爱的小餐厅。我们可以坐下来喝点儿不错的浓咖啡，这样可以让我的手稳一些，现在它们就在我的腿上打着哆嗦。我摇了摇头，试图把脑子里所有关于露西的思绪都赶走。再也不去想她，我向自己保证。我要把注意力放在未来，放在汤姆身上。等我们到了那家小餐厅，也许我就可以告诉他我之前跟露西说过的那些话，关于在我父母死之后几个月内发生的事情，那些阴影，收容我的地方——甚至还可以说我从没说过的故事。

我已经决定，我要告诉他自己焦虑发作的真正原因——置我父母于死地的那次事件，以及我到现在还是担心应该受责备的那个人就是我。毕竟，是我最后一个使用那台带来不幸的石蜡取暖器。我的心里重现着这样的画面：某天，父亲带回来一台黑色的小巧装置。他很骄傲,向我展示如何小心地把盖子打开,填上石蜡,然后如何把棉芯的一头放进液体中,并点燃另一头。他告诉我们这个玩意儿会让我们在冬天感到温暖。更重要的是,它可以省钱,因为它是便携的,可以从一个房间搬到另一个房间。但是你必须一直小心,他警告我,因为石蜡十分易燃。我依然记得我孩子气的回答:"易燃?这个词的意思是烧不着吗?"他笑了起来,他傻傻的梦游仙境的小爱丽丝惹得他哈哈大笑。他给了我一个大大的拥抱——那是我印象中来自他的最后一个拥抱。

这就是事故发生时我在思索的东西——过去的幽灵,我永远无法将它们赶走,一同纠缠我的还有一些愚蠢的问题:是我的错吗?最后使用取暖器夺走父母性命的人是我吗?

我们到了山顶,汽车开始走下坡路,沿着这条曲折的长路就可以离开学院的地盘,开进镇子里去。就在这时,汤姆看着我,眼中充满恐惧地说:"它们失灵了。"

"什么失灵了?"我问道,我盯着车窗外的黑暗,声音懒懒的。还没到六点,但是冬天的夜已经降临,如果没有灯,几乎连几米内的东西都看不清。我抬起一只手,好奇我能不能看清楚它的样子。我呼出一口气,看着那口气凝成一小团云,然后消散在空中。

"刹车。"

我的手落了下来。我看到汤姆惊慌失措的脸,即使周围一团漆黑,我还是能看清他的表情。在那个诡异的时刻,最先打击到我的就是他的表情。然后，我听见他的脚发出声音，他不停地踩踏着那个没用的踏板，我的内心一片死寂。"你这话什么意思？"我小声说。

"我说它们失灵了！"他说话的音调因为恐惧而升高。

那时，这辆车就快要开到路的尽头，本宁顿的路即将与公路交会。我看见一辆车在我们面前驶过，然后又是一辆，每一辆似乎都在黑暗中若隐若现。我闭上双眼，屏住呼吸。但我知道，即使我们侥幸没有撞上另一辆车，道路本身也是个问题——它是向左右两边分开的，前面已经没有路了。我们的前方只有一个看起来很脆弱的路障，路障后面——我紧张地咽了一下口水——是被我们称为"宇宙尽头"的那个地方。我快速看向栏杆另一边的糖枫，它以一种阴险的姿态矗立在那里。

然后，我转过头，扭曲着身子，看向我们身后的那片黑暗，却发现我什么都看不见——我看不见她了，虽然我还能感受到她的存在，感觉到她在看着我。我想起了她的话，想到她坚持不让我上车，我感觉自己的胃在痉挛——不知道是因为车在移动，还是因为我意识到了什么更为了不得、更为黑暗的事情，我不确定。

然后，汤姆大叫一声，他让我跳车，于是我伸出颤抖的手，去抓那冰冷的把手。其实没什么。我的身体只是产生了一种奇怪的感觉，它被抬到空中，失重一般悬浮着。然后，有血和火，断裂的骨头和瘀伤，但我仿佛什么都感觉不到。我只能感觉到脸颊下的雪，如此冰冷，刺痛着我的面颊。

还有露西。

她站在远处，看着我——她的眼睛睁得大大的，她看着我——而我还活着。

这是我当晚记住的最后一件事。

后来，莫德姑妈来了。我不知道在她大驾光临之前已经过去了多少天，她那不苟言笑、眉头紧蹙的脸给了我一丝安慰，让醒来之后的我在面对周围的一片狼藉时还能恢复正常。那段时间，我都没有独自一人待过，我的身旁似乎总是有人，他们在房间内外偷偷看着我。然而，他们都不和我聊天，只是在我周围，只是说一些指令性的话，却不告诉我发生了什么，事情是如何发生的，以及可能是最重要的一点——为什么会发生这场事故。

"莫德。"我小声喊道，我的嘴唇已经干燥开裂了。

她快速来到我的身边，不过她没有握住我的手。"安静，亲爱的。"

听到她的声音，听到她熟悉的口音，我闭上了眼睛，她的口音和我的真像啊。她的面庞虽然很有女人味，但是也和我的父亲有那么一点儿相似。她让我觉得十分安心，她的温暖包裹住了我。我的身子瘫在那里，这么多天来第一次，我感觉到肾上腺素开始从毛孔中渗了出来。突然间，我得到了宽慰，我有了疼痛的感觉。那些被我忽略、不予感知的瘀肿和伤口慢慢爬回我的身上，无法再被我拒绝。我感到脸上有些湿润，我意识到自己开始流泪了。

"露西。"我小声说道，"露西在哪儿？"但我不确定她是否明白我的话，我哭得越来越厉害，话也说得越来越不清楚。"你必须和她谈谈，问问她到底发生了什么。"

"没事，没事。"莫德小声说，她在我的身旁坐下。她还是没有抚摸一下我，虽然在那一刻，我希望她这么做。"爱丽丝，你紧张过头了，有些迷糊了。亲爱的，一切都会好的。我会处理好这件事的，我向你保证。"

一周后，我出院了，然后踏上了回英国的旅途。没有人提起汤姆，也没有人说起他的葬礼，没有人让我去，我知道不会有人要我去的。露西只被人提起过一次。当时警察得到允许提了几个问题，而莫德姑妈就站在旁边，十分警惕，态度强硬。我的回答很简短。我问他们有没有跟露西·梅森谈过，他们的眉毛抬得高高的——然后，莫德姑妈的表情突然很凶，没人再继续问下去了。"她迷糊了，警官，你们原谅她吧。"她看着我，微笑着。"你糊涂了，爱丽丝，亲爱的。"

一开始，我对她的话非常不满，但很快，我开始怀疑也许她是对的。那一晚仿佛已经很久远了，我已经记不清细节了。于是剩下的唯一一件事就是确信露西似乎是一切的关键，是我不大能搞清楚的问题的答案。我在记忆里努力搜寻着，很多事情都已经一片模糊，只剩下一个女孩被挚友抛弃的那种受伤的感觉，还有她的样子——那一晚我离开她,爬进车里,选择了别人而不是她,切断我们之间的所有联系时——她的样子。我努力把那幅画面赶出我的脑海。

也许莫德是对的。

"你糊涂了,爱丽丝。"她又小声地说了一遍,她眼周的皱纹更深了。"你的悲伤让你开始产生幻想。但你绝对不能这样——你必须把它们从你的心里赶出去。"她勉强笑了笑,"别着急,亲爱的。我会把一切都处理好的。"

我木讷地点了点头,依然迷失在悲伤结成的茧里。如果莫德姑妈说露西不是问题的关键所在,那么我完全相信她。我回想起父母去世的时候,我痛不欲生,那些黑影从我的眼前掠过,我哀号着,让她把它们赶走。她也的确这么做了。她治愈了我,如她所言,即便没有让我痊愈,至少她也已经全力以赴。她把双亲去世后支离破碎的我又黏合起来。所以现在,现在我会再相信她一次,她会让我完好如初,就像那首古老的童谣里唱的,让一切回归正常。这种想法以及淡然面对的能力给了我些许安慰,我的愤怒、怨恨和执念都会过去的。它们在我的指间滑走,我的内心十分平和,不再被迫用尽全力抓住那一团虚无。毕竟,汤姆走了,别的什么都不重要了。露西不重要了,之后那些天她发生了什么也不重要了。她的那半边房间空荡荡的,不重要了。甚至连姑妈说的那些奇奇怪怪的话也不重要了。

因此,我没有问她他们是什么意思。

在一片寂静中，我又可以感受到那种愤怒开始蔓延，如同夜晚一般。我已经对那些难以捉摸的答案和露西只在自己愿意的时候吐露给我的信息感到厌烦。我还是不知道她为什么来丹吉尔，完全没有头绪，也不知道她计划待多久。我甚至都不知道她是如何度日的，只能听她每晚说说故事。我感觉到我的脸开始发红，手也开始发抖。我下定决心，要保持镇定，把注意力集中在我的薄荷茶上，那杯茶已经变得又凉又浓，但我发现自己还是无法集中注意力。我厌倦了这种虚伪，我不能再继续假装了，即使她可以继续下去。我觉得自己的情绪涌了上来，开始在体内潜行，填入我中空的骨头，那些责备的话语就在嘴边。

真实的情况是，自从那天晚上发生那场事故之后，一切都不对了。在我们之间，在露西和我之间，有些事情在那很久之前就发酵了。现在，我必须十分努力才能想起很久以前我们俩走得很近的时候。有时候，我可以回想起那些片段，它们在极其遥远的地方泛着微光，我觉得她也能感受到同样的力量——如此强劲，如此迫切——但是，同样还有一些别的东西，冷酷，不屈。于是我还是不能完完全全地相信她，在这些事情发生后，我觉得自己再也无法相信她了，即使我想相信也不行。

当然，我知道，她对于发生的事情并不负有责任，这与我最初的怀疑相违背。在那个寒冷漆黑的夜里，我在车里转身，眼中闪烁着光，我确信幕后黑手就是她。在我心中，她就像是个怪异的邪教分子——是潜伏在黑暗中纠缠我的其中一个黑影。她伺机等待着，一直在等待着控制我的那一刻。真相则简单得多。真相就是，如果不是因为她，我就不会打那通电话，不会在那个下着暴雪的夜晚爬进他的车。如果不是因为她的嫉妒、她怪异的举动，这件事就永远都不会发生。这就是真相，或者至少是一部分真相。这就是我那天早上看到她来丹吉尔时有些手足无措的原因，因为她总能让我想起他，想起那些往事，想起由她引起的那场事故。

不过，还有一些别的事情。

我再一次把太阳镜往下压了压，现在我直直地盯着她，毫不避让。我张开嘴，想跟她说些什么，想要谴责她，但是最后，我说的却是"你走了"。本来这是一个问句，但是这三个字却迟钝而笨重地落下，然后我开始怀疑，在我最需要她的时候被她抛弃并不是我花这么长时间责怪她的真正原因。"在那次事故之后，在汤姆死去之后。"我说出了一直以来纠结在心头的想法，这在我看来是她愧疚的证据，是她认错的证据。"你离开了。"

她斜着眼睛看着我："爱丽丝，是你让我走的。"

她的话很简单，也很真实。那晚，是我让她走的，我还跟她说了一些别的什么，但我记不清了。当我偶尔回想起那些事情的时候，我觉得胃里就像是被挖了一个洞。我当时诅咒的事情成真了——只不过这些事没有发生在她的身上，却在我和汤姆的身上应验了。

这是我的错，不是她的错。

在她到来之后,甚至在那个暴雪夜之后,我便在我们之间堆起了一堵墙,而现在这堵墙开始瓦解了。我感觉它在一瞬间就轰然倒塌了,我那么努力地抵抗着,可它已经化为无形,触不可及。

"来这里之后,我感觉自己都不是自己了,不是了。"我沉默了一会儿,让那种谈心的氛围在我们之间落定。"有时候这一切都太过分了,你不觉得吗?有时候我觉得简直不能呼吸。一想到要独自一人走出房门,我就极其恐慌。我知道这很荒谬,但我控制不住我自己。在这里,我就是没有办法做自己。"我停了下来,呆呆地凝视着前方,我的呼吸很沉重。"我知道这都是我自己的责任——是吧?是我自己的选择。"我大笑了一声,"不过,说真的,我还有别的选择吗?"

露西等了一会儿,说:"爱丽丝,真的有那么差吗?"

在她颇具压迫的凝视下,我有点儿想退却,但我没有。从她的表情、从她的声音中,我可以感受到她不明白,她不会明白的。我想起她之前说的,关于丹吉尔在历史上的不同名字。在某种程度上,我感觉这一刻的情况其实是这样:我们身处同一个地方,但是对丹吉尔有着非常不同的认识。我无法想象她眼中的丹吉尔,一个令人兴奋的地方,一个重新开始新生活的地方。我心中的丹吉尔只有恐惧和孤独。"当然不。"我小声嘀咕着。我的声音也就比耳语稍大一些。但是,我无法住口,于是那些话倾泻而出,我问道:"你后悔到本宁顿上学吗?"

露西皱皱眉头，似乎被我的话惊到了："后悔？"

我的声音有些不稳："是的。有时候我觉得我会这样，有些后悔，我是说，几乎是非常非常后悔。我觉得他们从某种程度上来说对我们撒谎了。他们让我们觉得自己可以在这个社会里游刃有余，和他们平起平坐——我是说，和男人。但这些都是谎话，不是吗？他们在对我们撒谎。我们以为自己在学习一种职业技能，但实际上呢，这只不过是一座伪装起来的女子进修学校而已。让我们在结婚后可以有兴趣爱好来打发时间罢了。它让这一切更难了。"

"但是，爱丽丝。"露西张口说，"不一定是那样的。"

我发出一声大笑，这声笑更像是一声呜咽。我赶忙掩饰了一下。"别介意，露西。我猜是因为天太热了。我在大热天里不是很舒服。炎热的夏天总是使我紧张。我总是觉得自己好像待在悬崖边上，十分危险。"我顿了顿，"会过去的。"

但是，在那一瞬间，我知道我不希望它过去。我希望——哦，我不知道了。希望她像以前那样牵起我的手，她问我想不想离开丹吉尔，她会陪着我——陪我一起走。千言万语涌到嘴边——一切，整个乱局：约翰这几个月来与我如何渐行渐远，我是如何在同意嫁给他的时候确信自己做出了错误的选择，来到这个令人难过的地方。我渴望说话，吐露心声，告诉露西所有的一切。但是话到嘴边，却没有说出口。

我站在那里，在钱包里摸索着法郎。我四处张望，寻找那个给我们端茶的男孩。我迫切地想要离开这里，尽管我并不知道要去哪儿。我感觉无法动弹，仿佛陷入了困境一般。我意识到自己已经无路可走、无处可逃——这种危险的感觉将我淹没。作为回应，露西也站了起来，她把几枚硬币放到桌上。我发现，她再一次做了我想做的事情。

我们位于阶梯的中间，露西的身体挨着我，就在那时，我听到了什么东西破碎的声音，就在脚下方。我被那个声音吓到，赶忙跳开，我相信一定是某个侍应生手上的那个奇妙的装置掉了，可能就是那个给我们倒茶的男孩。但是，我往后瞥了一眼，看见了她——一个女人，好像有些眼熟，不过我不记得在哪里见过她了——她躺在台阶的底部，身边的碎玻璃像复杂的马赛克，在下午的阳光下闪闪发光。

我惊呆了，手迅速捂住了嘴。"露西？"我听见自己喃喃自语。

咖啡馆顿时一片混乱。侍应生匆匆赶去救那个女人，她缓缓地坐了起来，我放心地舒了一口气。顾客们都站了起来，有几位甚至连自己的东西也不管了，就这样奔过去提供帮助。我看见那个女人的胳膊和腿因为摔倒和碎玻璃摩擦伤得很严重。她站了起来，活动了一下脚腕，好像很怕给它增加压力。

然后，她抬起头，朝露西和我的方向看了过来，她的黑眼睛闪着光。

我觉得自己的胃在翻腾，感觉茶里薄荷的味道在嘴里发酵。

一阵类似恐惧的感觉流淌我的全身，我伸出手，揽住露西的腰。"我们能走了吗？"我问道，我的声音听起来很颓丧、很疲惫。我知道，我的手指已经嵌进了她的皮肤，但我控制不住自己，那一阵突如其来的恐慌不由分说地向我袭来。在那一刻，我放下了一切，不去管我的不安与怀疑，不去管这些年来我们之间发生的每一件事情。对于露西，我有一件事一直很确定：她爱我，为了帮我，她可以做任何事。于是我现在看着她，声音充满恳求："哦，求你了，露西，我们还不能走吗？"

我不是很确定我说这话的意思是什么。我只知道我必须离开——离开咖啡馆，离开那个女人目不转睛的凝视，离开我与约翰关系的真相。我不能面对它，不能把它拿出来放到大太阳下——还不能这样。那一刻，我只想离开这儿，离开他。

离开丹吉尔。

II

8. 露西

"我们应该去舍夫沙万。"

我在吃早餐的时候说。当时爱丽丝和我静静地坐在一起，一边品茶一边吃面包。其实我在说这话之前并没有仔细思考，也没有担心她的答案是好还是不好。我只知道在哈发咖啡馆的那次事件之后，我极度渴望了解爱丽丝的踪迹——那个最初的爱丽丝，那个曾经在深夜与我在当地小餐馆吃东西、笑着谈论咖啡和枫糖薄饼的爱丽丝，那个在冬天与我并肩坐在一起看面前的炉火跃动的爱丽丝。我现在发现，摩洛哥可能要把那些回忆全部烧光——把我们二人烧成灰烬。我们需要离开一段时间——离开炎热的天气、离开这座城市、离开丹吉尔。

"我们可以租一辆计程车来带我们去。"我解释说，"其实花的钱不会很多，而且操作起来也很简单。我现在就可以去找一辆，很快就能回来。你只需要整理出一包行李，其他的什么都不必做。景色会很美的，爱丽丝。"我匆忙地说，好像不停说下去就可以让我不用面对她的抗议，不用面对她很有可能做出的否决。

爱丽丝点点头，她两手紧紧握住茶杯，指关节有些发青。"那好吧。"这几个字一咕噜吐了出来，仿佛她需要在来得及思考——来得及重新考虑之前就把它们赶出自己的身体。"好吧，露西。我们去吧。"

她笑了，在她的微笑中，我看到了一丝希望，一丝她往昔的样子。

然后，我知道是时候了。是时候告诉她我看到了什么，先是在酒吧，然后是在丹吉尔街头。现在是时候重新洒下希望和梦想了，关于未来，关于我们。那样，我们两个就可以一起向前，就像我们一直以来计划的那样。但是首先，我们需要离开——离开约翰，离开丹吉尔，往昔会被我们稳稳地抛在身后，当下也无法再波及我们。

三小时后，我们到了。车程本来只要两小时，但是爱丽丝请求司机靠边停车，她跳下车去拍了一些照片——里夫山的女人，还有看起来完全不像是摩洛哥景色的绵延青山。起初，司机不理解。实际上，在爱丽丝一开始大叫着让他停车，有时甚至无法用语言表达自己的意思只是猛拍他的肩膀时，这个可怜的男人看起来非常惊恐。

这是我第一次见她拿出原本属于她妈妈的相机拍照。镜头周围的那一圈已经有些裂了,"都怪我妈妈",爱丽丝有一次坚持这么说。如果你仔细看镜头,就会看到上面还有一道锯齿状的线,不过,由于某种原因,这道线并不会在洗出来的照片上出现。对此爱丽丝解释过一次,但我忘了。总的说来,摄影和科学的世界在我看来毫无意义。全都是数字和绝对真理,这些东西我一直都不擅长。但是我总是喜欢看她工作,从门口看她倒出并计量需要的化学制品,搅拌摇动,直到它们状态合适,直到底片显影,最后她就会把相版钉到架子上。

在刚来丹吉尔的那几天,我还在想,她会不会把这个相机留在了英格兰,把它与从前生活的其他痕迹一起忘在身后,她似乎想抛弃那段生活。有一次,趁着她在洗澡,我甚至去她的房间找了找这台相机,不过相机没有找到,只找到了一些我认不出来的裙子、小瓶香水——那种香气与我印象中的她不大一样,还有一种似乎弥漫在整个房间中的诡异的空间感,仿佛这一切都不是真的,全都是表演而已。

我从车的后窗向外望,看着车后扬起的烟尘,看着丹吉尔渐渐消失在我们身后,想象着自己已经可以感受到这种变化与差异,它的控制与支配刹那间少了许多。

我觉得,这台照相机就能说明这一点。

在舍夫沙万,我们在原住居民区内慢慢走着。"你能相信居然会这么蓝吗?"爱丽丝讷讷地说,她一遍又一遍地重复着这句话,最后,她似乎已经不是在期待一个回应,而是在说一句咒语,这句咒语会让她相信这是真的。

她偶尔会从我的视线中消失,但我可以通过金属碰撞的声音找到她,那声音在安静的墙壁之间回荡。我知道,转过这个弯就可以看到她了。所以,我放慢脚步,让她尽情地四处闲逛,因为我知道,我会在需要的时候找到她的。这座城市有一种与丹吉尔迥然不同的静谧。没有人冲过来卖东西,没有人站在餐馆或者咖啡馆里招徕顾客。在经历过丹吉尔的喧嚣之后,这里的安静简直有些诡异。我不确定自己究竟喜不喜欢这样。我觉得我是为城市而生的,一直如此。我习惯了那些昏暗的小巷子,24小时的喧闹,浓烈甚至倒胃口的气味,还有摩肩接踵的陌生人。舍夫沙万却完全不同。这里天朗气清,而丹吉尔却很阴沉。这里惠风和畅,而丹吉尔却令人窒息。这里任人骋怀,而丹吉尔却不让任何人逃离它的控制,甚至无法喘一口气。我不属于这里,我本能地产生了这种感觉,但我发现爱丽丝是属于这里的。这里与她十分契合——因为这一点,我觉得这里很完美。

我们继续这样走着——就像是起起伏伏的循环——走了将近一小时。最后,爱丽丝转过来看着我,两手无力地垂着。"我累坏了,露西。"她叹了口气。"我现在非常想喝一杯茶。"

"可能是薄荷的哦。"我迟疑地笑了一下,警告她说。我不知道对昨天一笑置之是不是为时过早,那时,她的焦虑、她的沮丧,在丹吉尔的阳光下沸腾。

她做了一个深呼吸,仿佛这是她第一次用肺呼气。"我不在乎。"她看了看我们四周,脸上的笑容更明朗了。"今晚,一切我通通都不在乎。"

然后,我们赶紧在城里找了个地方过夜。"看这个,提供早餐的小旅馆。"我指了指第一家旅馆,虽然它的招牌有些破旧,但是看起来是家蛮有信誉的店。

爱丽丝笑了,很快纠正我:"那是 riad[1]。看吧,你对摩洛哥也并非无所不知嘛。"她调侃道。

我们手挽手走了进去,开心地掏出钱,换来一把房间钥匙。

"又要当室友了。"爱丽丝在我们等待时小声说道,"感觉又要回到本宁顿了。"

我点了点头,没有说在本宁顿我们各有一张床,而现在我们只能睡一张床了。想到我们马上就要一起待在那么小的空间里,想到那种亲密的可能性,我的每一个毛孔都躁动起来,好像每一条神经都充满了对当晚可能发生什么的期待与承诺。

"茶。"爱丽丝在我付钱时靠在我肩膀上说道,她生怕我忘了。

"是的,请给我们来点儿茶。"我附和道。

柜台后面的男人看起来有点儿发蒙。

---

[1] 一种摩洛哥传统庭院住宅。——译者注

"茶！"我又用法语说了一遍。

他恍然大悟："啊，好的，薄荷茶。"

我们俩都强忍住笑，用法语说："是的，谢谢。"

我们还点了一份蒸粗麦粉和泰琼锅羊肉[1]来就茶，不过最后这两样食物我们一样都没有吃完，我们的胃不适应这种难以消化的菜。但是，胡吃海塞似乎还是需要的。这是一种释放，让我们远离那些成见与隔阂。我们坐在房间的地板上，把餐具推到一边，开始像当地人那样用手向菜肴发起进攻。菜汁顺着我们的手指流下，但我们并不急着把它们擦掉。我们直接舔掉了那些汤汤水水，这种入乡随俗的做法令我们十分开心。我们猜那是一块羊肉。杏子、葡萄干，一般我们不会把这些水果与美味佳肴联系在一起，但是在摩洛哥昏暗的光线下，它们营造出了如此完美的感觉。吃饱喝足之后，油脂在我们的嘴唇上闪闪发光，我们俩往后一靠，都发出了尴尬的微笑，因为我们看到了对方的窘样。

"我们的样子实在是太可怕了。"爱丽丝边说边笑。

她那条曾经雪白的裙子上现在满是污渍——旅途中的尘土，还有吃饭时沾上的斑斑点点。我猜我也好不到哪里去。虽然我的紧身裤和衬衫与爱丽丝的白色连衣裙相比要朴素很多，但它们也是浅色的，我们吃得如此仓促，它们也受了不少罪。"我觉得没必要留着它们了。"我抓着衬衫领子说。我拉扯着它，想仔细看

---

[1] 一种北非炖菜。——译者注

看它被毁得有多严重。

"当然要留着！"爱丽丝大叫道，"它们现在是纪念品了。可以用来纪念我们这次旅行。"

我看着她：她微笑着，无拘无束，她的脸上沾着油渍，裙子有些皱了。我突然有点儿想抓住她，抓住她纤弱的肩膀，问她究竟为什么——为什么要让自己与世隔绝，和这样一个显然不值得她爱的男人在一起？但这就意味着要提到他、提到他的不忠，而我不能，在那样的时刻，我不能这样。这一天与约翰无关，与丹吉尔无关。我们终于卸下了层层防备，爱丽丝也终于回来了——那个曾经的、最初的、当年的爱丽丝，那个我爱的爱丽丝。我现在还没准备好看她再一次被掩埋，看她被现在与未来压得喘不过气——我现在做不到。

"哦，但我不能穿这个回丹吉尔。"她低头看了看她自己，仔细打量着她的衣服和她制造的一团混乱。"我没有带别的裙子，露西。"她抬头看着我，说："我只带了睡衣。我觉得那样也相当蠢，但我猜没别的办法了。"

我看她开始皱起眉头。"别着急。"我说，我赶忙将这即将到来的风暴驱散。"我带了别的衬衫和裤子，你可以穿。"

她皱了皱眉头，不过还是努力保持着开心的样子。"你这么认为吗，露西？裤子？"她靠了过来，好像在审视我现在穿着的裤子。"我从来没穿过裤子。"

"给。"我把帆布背包递了过来，那是我最近从露天市场买来的。我还能闻到那种崭新的气味，皮革的味道混合着某种阴沉的类似泥土的气味，可能是肥料吧。大多数游客闻到这种气味都会皱起鼻子，但我却觉得这个气味让我很舒服。使我感到有些熟悉，有些真实。仿佛这个气味本身就向我证实了它的真实，证明它的用料和制作的确是地地道道的丹吉尔风格，是摩洛哥的产品，而不是跨洋运过来的某种消了毒的复制品，然后被店家抬高价格，专门卖给想要摩洛哥特色的游客。我找出衣服和裤子，然后有些沮丧地发现它们已经因为一路颠簸起了褶皱。我把它们递给她："试试吧。"

"什么？现在吗？"

"对，现在。"

她低头看了看："但我现在脏兮兮的。我还没有洗澡呢。"

"没关系，赶紧换上，看看怎么样。"

我发现这个主意让她很开心，于是我坚持让她换上，她最后终于让步了。我笑着看她有些无所适从地跑到浴室去换衣服。门微微开着，我看着她脱掉裙子，裙子随意地落到了地上，围在她的脚边。她把它踢到一边。然后我发现，她不再穿着在学校里穿的那种紧身褡，现在虽然她的身材仍旧很苗条，但也不像原来被那僵硬的衣服束缚着，她以前可是坚持要穿那种东西的。她站在那儿，只穿了胸衣和内裤，袜带吊着她的长袜。没有那些束缚，她看起来老了一些。倒不是说我向往过去并且感到遗憾，只是我们一起住的那些年又历历在目。我突然意识到距离我第一天见到她已经过去很久了，我却对自那以后我们之间发生的事情仍记忆犹新。

"嗯，你觉得怎么样？"

她站在我的面前，穿着我的白色亚麻衬衫和棕褐色的裤子。我以前只见过她穿那些散发青春活力的连衣裙，还有那些幼稚的荷叶边。经过这么长的时间，我已经把这些东西视为她的衍生品，所以每当我想起爱丽丝的时候，总是会自然而然地想到这些东西。把这些装饰都去掉，就连她的妆发也失去了往常的光彩，她看起来完全不一样了。我惊讶地发现，我根本就不认识她了。这种变化竟让我一时语塞。

看我不说话，她的脸上洋溢着惊恐的神色。"有那么差吗？"她问道。

"不。"我试着打消她的疑虑，"不，你看起来棒极了。我都怀疑我在大街上看到你会认不出你来。"我说的都是真心话。

爱丽丝笑了，她似乎行了一个屈膝礼，然后又回到浴室。我听见她开始放水洗澡，水流击打在浴缸光滑的表面上。她出现在走廊，衣着整齐，不过衬衫最上面的那个扣子已经解开。"这正是我所需要的，露西。"她迅速朝我走来，抓住我的手。"谢谢你。"

我笑了。在她把手拿开之后，我仍然能感受到她手上的温度。

那一晚，我没有睡着。我一直醒着，太阳早就下山了，天空早已转黑。突然，雨水毫无征兆地落在了旅馆的斜顶上。刚听到雨声的时候，我正躺在床上，我看见爱丽丝皱了皱眉，结结巴巴地说着梦话，我听不懂她在说什么。几分钟过去了，也有可能是几小时。最终，我坐了起来，披上睡袍，小心翼翼地走出了我们的房间，生怕把她吵醒。

我仰起脸，看着雨水落到玻璃上，然后流下去，完全脱离这栋建筑。

公共休息室的室温降低了很多。我经过一台桌子，明天我们的早餐就会放在这上面——新鲜的芝士、橄榄，还有面包。如果我们幸运的话，还会有一点点油，或者黄油。我漫无目的地走着，经过充当沙发的地面坐垫，装饰布覆盖着下面已经损毁的垫子。我在桌上发现一包被人遗忘的香烟，几乎是满的，虽然我的手提包里也有，但我还是伸手把它们拿了过来。我抽出一支烟放进嘴里，并把剩下的烟塞进睡袍的口袋。那烟很冲，刺激着我的嗓子。我试着回忆上一次抽这么次的烟是什么时候。想起来了，是上大四的时候。那天晚上，爱丽丝和我溜进一家舞蹈室。当然，我们也不算真的溜进去，毕竟房子都没上锁。我总觉得本宁顿的学生被激出了一种特别的叛逆心理——最典型的例子就是我们对娱乐的定义是闯入一所学校，而不是逃学。

"玛莎·葛兰姆以前在这里当过老师，你知道吧。"爱丽丝在我们走进其中一间舞蹈室的时候说。即使在黑暗中，那里的地板也因为表面的蜡闪闪发亮。这个房间里三面都是镜子,最后一面是玻璃,从那里可以看到整个校园,不过当时只能看到一片黑暗。我看到我们在镜子中的模样:瘦削、长发,其中一个人比另一个高一些。我们两人都没有什么特别出众的地方,不会让人过目不忘。但是,我看着镜子里的我们,觉得爱丽丝和我可以假扮姐妹。我们的姿态从某个角度看尤为相似,我们走路的样子,还有我们的动作。

"你听见了吗?我刚刚说了什么?"爱丽丝向镜子走去,那边的天花板上吊着一根看起来很结实的长绳子。她用双手抓住那根绳子。"关于玛莎·葛兰姆?"

"是的。"我微笑着回答道。我根本不知道玛莎·葛兰姆是谁,但我没有说出来,我想让这个夜晚的一切都很完美。我们之间的关系开始变得有些奇怪,爱丽丝大多数时候都和汤姆在一起,或者自己一个人待在暗房里。巴黎,还有我们曾经计划的所有,似乎都很遥远了。那些两个女孩之间的承诺,我已经记不清了。

她向我招手,让我过去她那里。"这里。"她一边说,一边把绳子推到了我的两手之间。

我狐疑地看着那根绳子:"我应该做什么?"

"摇摆。"

我还是困惑地看着她,直到她叹了口气,又把绳子从我手中拿了回去。"看着。"她说。爱丽丝把绳子拉到房间的一角。她一只脚踩到绳子底部的一个大结上,弯着身子,两只胳膊和一条腿缠绕在绳子上。她跳跃了一下,腿向后上方使劲,然后一股力量把她推向前方。那根绳子在整个房间来回摆荡,我往后退了退,看着这幅景象。爱丽丝的头发飞舞着,先是往前,然后往后,她的脸已是一片模糊,她的笑声在这个小小的房间里回响着。她——一个人形钟摆——就这么来来回回地荡着。

头顶响起一声雷鸣,我的思绪又回到了舍夫沙万。我看向窗外,不过目之所及只是一片漆黑,还有我形单影只的模样。我继续看着,想着,在我关于那个舞蹈房的记忆和舍夫沙万之间的这段时间里究竟发生了多大变化。变了的不只有爱丽丝。没有了她,我对自我的感知也动摇了。在那次事件之后,我试着去接受永远不会见到她,接受我们之间的一切全都毁了的事实。在那个狂暴的地狱,它们全都被烧成了灰烬。我感受到了失去的滋味。那是一种身体上的疼痛,在我胃里揪成一团,我的胃在反酸,翻江倒海一般。在纽约的时候,我时常在街头徘徊,我睡不着,我无法不去想她。我走啊走,走到脚受伤流血,还是继续走,停不下来。我迷失了,就这么漂泊着。

我的耳朵里又出现了那种哗哗的声音,以前我觉得这声音很奇怪,可现在我已经习惯了。我仔细地检查了一下。还是没有痛感,没有感染的迹象——只是有一种不同寻常的肿胀感罢了。不过,突然间,有了什么东西。我看着我的手指,现在上面有一些粗砂。我在洗澡时洗掉了多少泥沙并不是重点,重点是丹吉尔不想让我走。不过就在几天前,我还在为这种想法感到满足,现在，我却觉得恐慌。摩洛哥越来越危险了，对那些还留在这里的外国人来说是这样，对爱丽丝来说也是这样。这座城市威胁着她，要把她当作俘虏。我意识到我们两个人都需要回归原本的自我，仅仅做 24 小时的自己是不够的。

我站在窗边，外面的景色在黑暗中一片模糊。爱丽丝无论如何都会知道。不能再拖了，不能再等了。我必须把我看到的事情告诉她，关于在我们身后快速嘀嗒作响的时钟、我们去过的每一个地方。我知道约翰不会永远等待。

嘀嗒。嘀嗒。

然后，爱丽丝站到了我的身后，仿佛她只是突然成了具象，仿佛我的大脑里不知怎么地就这样成功把她召唤出来。我看着我们映在玻璃上的倒影，看起来已经不像姐妹了。我不确定是什么变了。的确，我们现在的发型不一样——我的还是很长，比较老式，而爱丽丝已经把她的头发剪短，有点儿像波波头。我想知道她是在搬来丹吉尔之前还是之后剪的头发。还有一些别的不同，比如我们脸上的表情，它们不再可以互换了。我们的姿态也不一样，那本是我们两人之间的互文。我们只是两个女人——曾经亲密，但是，再也不一样了。

"我们得离开，爱丽丝。"我的声音嘶哑，仿佛这话被困在喉咙里。

她略带困倦地缓缓一笑。"我知道。不过我有点儿希望我们可以待久一点，甚至永远待在这里。"

她以为我们谈论的是舍夫沙万。"不，爱丽丝。"我轻轻地摇了摇头说，"我是说，我们得离开丹吉尔。"

她突然清醒了，身体变得有些紧张。她往后退了一步，离我远了一些。

"你不能再待在这里了，这里不安全。"我继续说道。

"不安全？"

"不安全。"我清了清嗓子，"约翰知道我发现萨比娜的事了。"

她看了看我，满面狐疑。同时她的脸上还涌出了一种奇怪的表情，那种表情证实了我的猜测：爱丽丝知道了。也许不知道她的名字，甚至不知道任何确定的信息，但是她知道约翰和别的女人有染。她把这件事藏在心里，不管她藏得多深，她都是知道的。

爱丽丝眨了眨眼，问："谁？"

我摇摇头，没有理会她假模假样的表情。不能再逃避了，我告诉自己，不能再假装了。我的声音更坚定，也更加尖锐，我对她说："你知道她是谁，爱丽丝。"

她看起来很惊讶，但我不知道她是因为什么感到惊讶，是我的语气，还是我说的话。

"我不知道。"她抗议道。

我往前倾了倾身子："你知道。"

"不。"她说，继续往后退，"我不知道。我不想知道。"她抬起头来看着我，表情中带着一丝恳求，"我不想知道，露西。"

"爱丽丝。"我有些焦虑，又向她那边靠了靠，她摇了摇头。"爱丽丝。"我讷讷地说，试图让我的声音低沉平稳。

她的脸红了，她的脸颊上挂着泪珠。"我知道。"她气喘吁吁地说，这句话悬在我们之间的空气中。"我知道，露西。这件事实在是太尴尬了，但是，我当然知道。"

我呼出一口气——我确定自己是对的，我确定自己还能读懂她，还了解她，就像以前那样。"你觉得他会怎么做，爱丽丝？"我继续说，"等他发现你知道这件事。等他意识到钱不会再打来。"她不说话，眼睛睁得大大的。"现在，你知道我们必须怎么做吗？"我逼问道，"我们必须在他意识到这些之前离开。"

"意识到什么？"她小声说道。

"意识到你也知道。"她沉默不语，我低声道，"没有别的办法了。"

我不确定她是不是还在听。她在剧烈地颤抖，哪怕天还很暖和，湿气在玻璃窗上凝成了白雾。她用双臂抱住自己，好像在御寒。我感觉自己也在颤抖，仿佛在回应她。

"我们明天就回丹吉尔。我们一起告诉他，然后我们就离开。"我小声说，我的声音很沉着、很冷静。

"好。"她低声说道，面向窗外。

"这难道不是你希望的吗，爱丽丝？"我问她，"离开丹吉尔？回家？"

"是的。是的,当然了。"她回答道。

我觉得自己的心脏在震颤,我意识到现在就是行动的时刻,是发出声明的时刻。我探过身去,在离她只有几厘米的位置俯视着她梨花带雨的脸。然后,我亲了她。

在他出现之前,我们形影不离。

但是那一年,我们在本宁顿的第四年,有些事情变了。爱丽丝待在房间里的时间越来越少,她总是奔波于她的摄影室和宿舍之间,或者进城去,只要一有机会就去见汤姆。我经常能看到她跳着跑到空旷的草坪的另一边,跑向停车场,跑到汤姆那辆等待的云雀车里去。很容易认出来,深红色,在阳光下闪耀,与学校里其他颜色黯淡、更为保守的车相比,它的轮廓像是在发光。像汤姆这么年轻的人居然可以买得起如此奢华的车,真是神奇。大多数汽车店还在遵守战时规定,要求购车人先预付好几个月的头期款。我感受到一股愤恨如针般刺痛了我,灼热,锋利。

汤姆·斯托厄尔。我很快发现,他来自缅因州一个历史悠久的家族——他的家不在到处是渔夫、木匠的那一区域,而是在布满殖民房屋,每个夏季周日夜晚都会烤龙虾的那一侧。这个家族依赖遗产存活,这意味着尚存的那些遗产都与那栋房子捆绑在一起。他们的生存基础还包括可以凭借自己的姓氏借来的所有财物。作为遗赠,汤姆获得了威廉姆斯学院的全额奖学金——没有这个,斯托厄尔家族的人在所有新英格兰名校受教育的希望就落空了。

这些信息中，一部分是我从爱丽丝那里收集的——不过一说到汤姆，她就出奇神秘——我通过多种方式收集到剩下的信息，包括向本宁顿的其他学生打听，等等。结果证明，女生们知道关于隔壁学院男生的所有事情——她们十分热衷于了解她们未来的丈夫。虽然这些女生的专业是文学和数学，有一些甚至是医学预科生，但似乎她们中大多数人已经意识到她们的职业已经注定是妻子和母亲而已。

我去了解了关于汤姆·斯托厄尔的所有事情——他上什么课，他和哪些男生是朋友。我很迫切地想获得这些信息，仿佛我已迫不及待，仿佛这世上只有他们的窃窃私语和流言可以浇灭我心中的这团火。我很快就发现，那辆车是他的祖父——他那位禁欲主义的大家长——在他 16 岁生日时送给他的礼物。我的学习开始跟不上了，但我不在乎。我现在的专业就是汤姆——我的生活、我的快乐，都依托于了解他的全部。

爱丽丝不在的日子里，我又回到我过去常去的地方，在图书馆度过下午。劝我自己说她很快就会厌烦他，终有一天她会回来，微笑着走过那些木门，胳膊上摞着一叠书。之前几个月发生的事会慢慢消散，仿佛从未发生过一般。我耐心地看着、等着，知道汤姆就快要退场了。

每天直到夜幕，她也没有出现，然后我就颤抖着回到寝室。冬天即将降临，我不知道自己还能不能再次暖和过来。

为了让她离我不那么远,我开始从她的衣橱里借东西。一条围巾、一双长袜。每一样东西似乎都带着她的气味,香料与花香的混合,那种味道与任何一种香水味都不一样。我曾经穿过一次她的衣服,让我很失望的是,那布料绷得太紧,一点儿弹性都没有。然后,我提醒自己,爱丽丝和我是不一样的。我们彼此分开、独立,只有在一起的时候才可以合为一个整体。我穿着她的衣服,她的气味让我想到了这一点,这让我的心平静了一些,哪怕只有那么一小会儿。

但就在那时,她走了进来。

我感觉自己的脸颊羞愧得发烫,我匆忙抓住那条裙子,但是它太紧了,我放弃了。她的表情很讶异——她的脸上还有一些别的情感,比如恐惧——她发现我穿着她的衣服,所以才有这样的反应。虽然她跟我说这样做没事,我可以随时借她的衣服穿,但我还是受不了她的话。她不明白,她简单地认为我这样做是因为虚荣,她也不想想,她想不到我这样做全都是为了离她更近一些。然后,我觉得需要残忍一点,需要惩罚一下她,我满脑子都被一个想法填满,那就是让她知道低人一等、被他人的怪念头支配是什么感觉。她一次又一次不假思索地这样对我,那一刻,我希望她也能体会到这种感觉。

然后,有一天,爱丽丝又出现在我们的房间里,她对我伸出手,周遭的一切都黯淡无光了。玫瑰金色的指环上有一颗极小的钻石在闪着微光。我抬眼看着她,问道:"看来,都决定好了?"

我的声音听起来很冷漠，我相信自己可以听见这声音在房间里回荡。

"差不多了。"她微笑着说，"还没有正式确定，不过我们计划在毕业后找个时间举办典礼。然后，汤姆准备带我去国外。"

巴黎、布达佩斯、开罗，不会有了。

去的不会是我们两个人。

然后，我摇了摇头，对自己说，不，我不想被迫回去，回到以前那种无聊、阴郁、平庸的生活。她把我从图书馆的阴影里拉出来，而我，也帮她驱逐了那些黑影，帮她从父母去世后就一直折磨着她的焦虑中走出去。一切都明明白白，但是不知怎的，她的双眼被蒙蔽了。她不明白汤姆·斯托厄尔不能像我这样关心爱护她，他不会懂她的。我意识到需要有人提醒她这一点。

于是，我微笑着，向她道贺。

我开始计划。

我的嘴唇抵着爱丽丝的嘴唇，这个举动十分熟悉，它已经在我脑海里设想过很多次了——我时常让自己相信这件事永远不会发生——然后我等待着：等待一个反应，一个暗示，任何可以让我知道她此刻做何感想的事物。然后——是的，我确定了——我感觉到爱丽丝在回应我，她的身体微微动了一下，嘴唇轻微张开。我把眼睛闭得更紧了，我努力把一切都倾入那个姿态——自我们第一次见面以来令我朝思暮想的一切、我们一年之久的分离之苦，还有现在我对未来的希望。

　　后来，在我们的卧室，我转向她微笑着。"你没发现吗？这是命运。在我们经历了那么多事情之后……"我说，我的声音越来越小，几近耳语。"那天晚上，汤姆还有那场事故——"我看见她有所退却，不过我还是继续说了下去，我知道这件事是她无法忽略的。"我以为你活不了了，刹车都坏了，但就在那时我看到了你，我确定你死了，我很确定——但后来你没有死，而且——"我停了下来，看着她的脸。她双颊失色，双瞳盯着我的眼睛。我看着她，等她开口说话，但是她只是沉默着。我瞥向窗户，湿气让曾经出现在玻璃上的大部分东西都模糊了。我看不到爱丽丝的影子，只能凝视着自己那张局促不安的脸。

9. 爱丽丝

　　她差点就把我给骗了。

　　她在我眼前的时候，我允许自己忘记可怕的过往，忘记当下的沉闷单调，还有那压抑的未来——所有让人半信半疑的占卜者都能从我悲哀、支离破碎的掌心读出的我的未来。我在那辆破旧的出租车后排闭上眼睛，让我的身体随着摩洛哥路面的起伏而颠簸，让风沙轻扫我们的脸颊，忘却它们的存在。我历经艰辛来到这个地方，在一切都变得大错特错之前，此刻我能感受到的只有果断和希望。我知道，未来在我的手中。

　　几乎奏效了。在精彩绝伦、激动人心的那几小时里——如此纯粹、美好，我有时觉得那愉悦让我无法呼吸——我成功了。我掏出相机，拍照。我对着陌生人微笑，孩子们的善良美好让我开怀。我与陌生人面对面站在一起，而我只想继续这样。我吃吃喝喝，直到把胃撑得不行。我大笑着，一直到肌肉酸痛，直到我的四肢越来越沉重。然后——那层表象在我的身边碎裂，在我赤裸的双脚边分崩离析。我知道再也无法拼回去了，原来的样子再也回不去了。

她和我小声地说约翰的不忠，提醒我知道已经使我发疯的事情，尽管我其实努力想把它深深埋葬。她说服我，让我一定要离开丹吉尔，我们一定要离开丹吉尔。在夜色的掩护下她跟我说的悄悄话，因为她也知道关于钱的事情，知道莫德姑妈给我和约翰的生活费，知道如果我走了约翰会失去什么，而我也不去问她该怎么做，我只知道她一定知道所有的事情，她总是可以知道一切。她说的这些都很有道理，于是我点点头，同意了。丹吉尔不是我的，我从未拥有过它，它也从未拥有过我。我知道，我可以离开，我可以不用这么烦恼。

但是，她紧接着提到了那起事故。她提到了两个字——汤姆，这个咒语的魔力顿时驱散了周遭的一切，它被带到灯光下，于是我别无选择，只能重新审视它。我不希望她说他的名字，我不希望我们被迫面对它、记住它。我希望像之前那样继续生活下去——要是能再久一些就好了。但是就在那时，她说了他的名字，魔法解除了。接下来，她又说了那些话，任何报纸、警察甚至莫德姑妈都没有说过那些话，因为我从来没有提过，我从没有告诉他们在最后的那几分钟发生了什么，我把这些藏在自己的内心深处，我知道大声说出来不会有任何改变，这样做无济于事。几周后，我开始从震惊中慢慢走出来，我终于可以坐起来、可以听进别人的话、可以进食了,然后莫德姑妈对我说,失事的残骸里没有任何东西留下,只有一些烧毁的零碎东西,警察已经尽全力仔细查看了,不过他们没有得到任何正式结论。

第二天,坐在回家的出租车上,往事拉扯着我的回忆,我努力把它们拉到眼前。我想起她告诉我的那几个故事,关于她的故事,关于她的父亲——关于他工作的那个车库,我感觉周围的空气被抽干了,我的肺似乎无法运转。我大口呼吸着,舍夫沙万和丹吉尔之间的空间被割成了碎片,模糊不清。于是,我什么都不记得了,除了她说的话,她躺在床上低声说的那些话。雨水从屋顶滑下,那声音很大,让人没法忽略。有那么一瞬间,我以为我误会了,我希望我误会了。

但我知道,我没有。我听见她说的话了,真真切切。她湿热的呼吸喷到了我的脸颊,她对我微笑、叹气,她向我靠过来,低声说着他的名字,低声说着那个夜晚发生的事情。

低声说着关于刹车的事情。

我们回去后,约翰来迎接我们,他站在门口,看着露西和我走回去,我们走得很慢很慢,我尽了全力控制自己的表情,努力表现得和走之前无异。我带着一丝惧怕和担忧走着,我知晓的那些事情重重地压着我。我无法预见未来,我其实也看不到一步步之后的事情。

我们渐渐进入他的视线,约翰对我叫道:"你究竟穿了个什么玩意儿?"

我低头看了看,不自然地拉了拉衬衫,我的手紧张地摸着裤褶,我迫不及待地想要脱掉它们。"我从露西那里借的。"说到她的名字时,我的脸红了,仿佛那一夜已经刻在了我的脸上,仿佛约翰只需要看看我的脸就可以读懂发生的所有事情,所有发生在我们之间的事。

他换了个表情,皱起了眉头:"你自己的衣服呢?"

"脏了。"我知道我的回答听起来太过简短唐突,但我无能为力,我没办法做出改变,仿佛所有能量都从我的骨头漏了出去,我做出的努力——在那几个月里,微笑、点头、假装和他一起来到丹吉尔不是一个天大的错误——所有这些突然间都离我而去。

不可能了。

"脏了?"他大笑起来,"怎么脏的?"

我重重地叹了一口气:"这重要吗?"

约翰看起来大吃一惊。终于,他说:"不,我觉得不重要。"他摇摇头,退到一边,让我们走进公寓,然后他突然嘲笑了我,他发现了我的小心思,不过很显然他其实并不愉快。他用手指捋着头发,试图发出漫不经心的笑声,但我感觉到他在盯着我的眼睛:他疑惑着、猜测着,他苦苦思考着露西有没有把他的小秘密告诉我。他没有意识到,我已经知道了——他没有意识到他不是唯一一个有秘密的人。

"也许你应该洗个澡。"他说,他的声音有些虚伪。"你全身都是土。"他又笑了起来,"还穿着那些衣服,人们要开始怀疑了。"

我看着他,眼睛稍稍眯了起来。"怀疑什么,约翰?"我的话里藏着一丝挑衅的意味。

"我不知道。"他有些轻蔑地说,"但我估计不是什么好事。"

我想说些狠话回敬他,但是那些话就卡在我的喉咙里,然后那一刻就伴随着那些含沙射影的话一起流逝了。一阵沉默之后,约翰解释说他没有别的意思,他只是有些紧张,他对我的突然消失感到焦虑。似乎真的是这样——他的眼睛又红又肿,仿佛整晚没睡一样。我突然觉得很羞愧,为我的急躁,也为因为他一无所知的事情而迁怒于他。我准备告诉他这些,但他已经继续说下去了,他提议我们喝点儿东西,提议我们出去,去爵士乐俱乐部,这是他在第一个夜晚做出的承诺——现在感觉仿佛是很久很久以前了——我感觉他对出门的热爱,是以时刻监视我们为基础的,同时还要监听我们说了什么,没说什么。我想知道他为什么如此在意这些,既然他都有别人了。还是说,他想要试一试把我们两个人都留在身边——萨比娜,露西是这么叫她的。这并不令我感到惊讶。我感受到了露西的凝视——一如既往的尖锐——我提醒着自己,她是在逼我说话,让我们的计划,不,是她的计划成为现实。我站在那里,感受到他们两个人都在凝视着我,目光如此炙热。有那么一瞬间我觉得自己可能会爆炸,在他们面前变成一百万个碎片。这个想法让我觉得有些开心。我的指甲嵌入手掌心。"我先洗个澡。"我说。我试着放松语气，不过这几个字似乎在整个房间回响，沉重而迟缓。约翰是对的。在长途跋涉之后，露西和我满身是土，还晒伤了，我每动一下，身上似乎就要脱点皮。

我快速离开他们，他们好像在盯着我的后背。

一关上浴室的门，我重重地叹了一口气，我好奇他们会不会听到我发出的声音，好奇他们俩会不会在门的另一边听着。我打开水龙头，坐在浴缸的边上，它越来越烫，我并不在乎，反而很高兴——我被晒伤的皮肤马上就要变得更红了。

我潜进水里，我的尖叫声被水闷住了，对此我很感激。我重新浮出水面，最终，我感受到空气进入我的肺里灼烧，我咳出了水，害怕我会因为这股力量吐出来。

是她做的，我一直都知道。

那就是大雾向我隐藏的东西——但我现在记起来了，我想起来在那之后的几天，我是如何确信她是始作俑者。但是，先是在医院，然后是在英格兰，每当我试着说出这一点时，莫德姑妈总是忽略我的控诉，她只是让我安静。因为我并不百分之百确信，因为这件事牵涉到露西和我内心的黑暗深处，我不可能百分之百确定，所以我只得听着，我不得不对那种可能性视而不见。

我想到了舍夫沙万，想到它在我心头掀起的每件事情，好的、坏的、可怕的，我生露西的气，生我自己的气。我把水龙头拧到最左边，希望那滚烫的水可以焚烧在我脑海里循环出现的那些想法。

我会告诉她我知道她的所作所为，然后我会让她离开。

我闭上眼睛，希望自己这一次变得足够勇敢、足够潇洒，一定要让她离开，不仅仅是离开丹吉尔，而是彻彻底底地离开我的生活。她不能再出现在我的生活里，不能再像那样出人意料地敲响我的门。我需要把她扔出去，让她从此以后彻彻底底地从我的生活中消失。

我尽了最大的努力去忘掉这件事，我要把它掩盖起来，让它过去。我嫁给了约翰，我搬到了另一个大洲，这里离那个会让我想起他——汤姆——的地方有成千上万里的距离。但是现在，我知道——过去的从未真正过去，我永远无法逃出去，大雾不会永远保护我。我感觉那时每一个痛苦的细节都开始浮出水面，而我的皮肤已经感觉不到水的滚烫，也感觉不到丹吉尔的炎热。

我打了一个冷战，突然觉得，我仿佛永远也暖和不过来。

10. 露西

我们默默地走过新城区。在走路的时候,我差不多本能地感觉那个空间超出了我的管辖,就好像我已经完全拥有城里的其他地方——原住居民区、老城区,还有它们之间所有迂回曲折的小路,但是这些街道却还是陌生的,它们拒绝向我吐露秘密。我感觉自己在约翰的地盘上。另外,爱丽丝的沉默让我不安,舍夫沙万似乎一瞬间变得很遥远,我发现自己已经读不懂她了。为什么她不告诉约翰我们的计划、为什么我们要跟着他穿过摩洛哥的街道,这场寻宝游戏使我心绪不宁,而我们之中没有人知道奖品是什么。

"先在这里停一下。"约翰说,他走进了一个黑漆漆的小巷子,我都没认出来这是哪儿。

"哦,约翰。"爱丽丝说。我发现舍夫沙万给她带来了一些不好的影响。她的眼睛下面开始出现黑眼圈,虽然她在我们出门之前洗了个澡，但是现在看起来似乎有一些沙土和死皮仍然黏在她身上，仿佛她没有真正用力地把它们搓掉。"改天晚上吧。"

"别这样。"他笑着说。他开玩笑地拽着爱丽丝的胳膊，虽然他的动作实际上有些急迫，有些过于坚持和不顾一切。我回想起第一个夜晚的爱丽丝，她大笑的模样，那背后的虚伪，还有那种压在我们身上的令人沮丧的感觉，像碎片裂在了地上。我觉得约翰的眼中出现了同样的狂躁。但是，我为爱丽丝感到担心。在约翰摇摆不定的脾气下，我只感到了不安。他扭过头去，加快步伐，他走在前面，而不是走在我们的旁边。"快一点，我们就快到了！"他叫道，他的语调平静而轻快，好像我们是在玩一个游戏，似乎这些全部是在开玩笑。我想到了带着孩子走出镇子，一直走到森林的花衣魔笛手。虽然我知道孩子们听到的童话版本，但我还是想起了那个更为黑暗的故事。那个男人为了复仇，让这些未起疑心的孩子走向了死亡。

不过，约翰没有把我们带出城镇，他把我们领进了这座城市中的某家无名酒吧。这里已经破败，酒吧里的灯光故意调得很暗，它隐藏了拒绝被光照亮的一切。我把心中的疑惑说了出来，我问约翰为什么把我们带到这种地方，但是他并不理睬我，只是又往里走了一些，直到最后，我们似乎走到了尽头，马上就要走到出口了。约翰停了一下，我们俩都撞到了他。

"就是这里。"他指了指地面说，"脱掉你们的鞋子，放在这儿。"

我皱了皱眉，看向爱丽丝——不过，如果她真的被约翰"追随领导者"的游戏惊扰的话，那么她并没有表现出这种情绪。她只是弯下腰，解开鞋上的踝带，让它们落到布满尘垢的地板上。我惊讶地看着她，然后意识到，除了跟着做以外别无选择，于是我也脱掉了我的鞋，并把它们放到角落里，希望它们不会在我不在的时候被人糟蹋。

"很好。"约翰转过头来对我们笑了笑，"现在，跟着我。"

我是最后一个进入密室的人，我快速眨了一阵子眼睛才适应了那昏暗的光线，等我看清周围的场景时——某种小地垫，不是很像竹质，也不是很像木质；被烟熏得很脏的墙面，在微弱的灯光下，我看不清它的颜色；最后，还有几张矮桌子，桌边坐着几个穿着传统带风帽长袍的男人，他们正在抽烟斗——约翰和爱丽丝已经盘腿坐到一张矮桌子的旁边。我赶紧加入他们。

"真是费了不少劲才说服他们放你们进来。"约翰说。他的表情很严肃，不过他的语气比较自大。"这里相当于是老男人的俱乐部，所以严格来说女人是不得入内的。你们俩很走运，这里的老板欠我一个人情——不过，我还是跟他保证说我们待的时间不会超过15分钟，顶多半小时。"

"我们来这里干吗？"我看着房间里的其他男人问道。他们大多数看起来已经年过半百，有的可能已经到了耳顺之年，虽然他们都对我们的到来饶有兴趣，不过大多数人都已经看向别处，他们重新开始进行中断的谈话，又捡起了他们的烟斗。

"这个。"约翰开始弄自己的烟斗。显然他一直把那根烟斗藏在衣服的褶皱处,"你不害怕吧,对吗?"他取笑道,在爱丽丝的脸边挥着那根烟斗。他的微笑似乎变了,变得不那么明显,还有点刻薄。我发现自己有了这样的想法:不是花衣魔笛手,倒更像是引诱我们离开小路的大灰狼。他似乎想要刺探——想要把我们翻过来看看能掉出什么。我发现他很紧张——关于我对爱丽丝说的有关萨比娜的事,也许还有我们之间发生的事。我能看到——他的怀疑和他的妄想——在我们周围的空气中闪烁。

爱丽丝伸出手,她表忠心一般地吸了一口烟,然后咳得很厉害,这让我很惊愕,也明显让约翰很开心。烟斗朝我这边递了过来,我犹豫了一下。虽然我一直很喜欢抽烟——我很小的时候便从街角小店里偷了我的第一包烟,然后骑着自行车一路骑到溪边去抽烟——但这个还是有些不同。我噘起嘴,犹豫着这玩意儿到底适不适合我,试着想清楚现在究竟是个什么情况。这夜晚早已呈现出一种奇怪的骚乱,我看不真切,它们重新组合,变成了我不熟悉的东西。

与此同时,约翰大声地笑了起来。"你看看。"他把烟斗从我手里夺回去,说道,"没那么糟糕,对吗?"

我歪了歪头,不是很明白他的话究竟是对谁说的。不过过了一会儿,那些话就跟完全没说一样。其实,一切都变得糊里糊涂的。我们出发前在公寓里喝的酒,还有现在吸的东西——它们都塞进我的心里,让我心乱如麻。似乎我们已经在那里坐了一辈子，但我确信时间基本上没怎么过去。我觉得我不喜欢这样，它似乎可以吞噬时间。但是，坐在这奇怪的三人圈里，一股不可思议的勇气突然涌上我的心头。我想起那些想要说的话，我觉得，如果爱丽丝不说，我最终也会说出来。我看着她，想确定她是不是也这么想，却看见她瘫在角落，眼神呆滞、冷漠。我不知道是不是因为吸了那玩意儿之后让她有些迷离恍惚，还是她以前就这样，而我不知怎的却一直没有注意到这一点。

然后，我觉得自己好像处于真空中。我站了起来，快速走到后门，把身子探到夜空中。我深深地、慢慢地吸了一口气，十分感激太阳已经落下，湿气开始出现。我抓住头，希望它别再旋转，别再动得这么快。

我的视线又回到了那张桌子上，爱丽斯还是一动不动——我觉得她就像一块石头一般顽固。约翰毅然决然地吸着烟斗，他抬起眼来发现我在盯着他看。我试图看懂他的眼神里藏着什么，但是他突然眨了眨眼，从座位上站起来，问道："我们继续吗？"

我听到很多附和的声音，尽管我一个字都没说。我们还是听了他的话，爱丽丝和我又一次跟在他的后面游荡，就像是学校里的孩子。我们都没有问接下来要去哪儿，只是继续走着，安静而顺从地走着。我们都低着头，因为我们在仔细看着脚下不平的路，小心不要在黑暗中失足。

我们在一片沉默中走了一段时间，突然约翰在一个隐蔽的门口消失了。这里比我们刚刚离开的地方更黑一些，因此，我磕绊了好几次才找到坐的位置。台上是一群年龄偏大的男人,他们坐成半圆形,不过他们表演的音乐绝对不是爵士乐——即使我听得不多,也还是可以判断出来。这些男人手中的乐器演奏出了一种阿拉伯音乐与安达卢西亚音乐的混合体,偶尔会伴着旋律哼唱。他们大多数时候在合奏,有时其中一人暂停,其他人把旋律接过去,似乎每个人都能预料到其他人的节奏和旋律。我看着其中一位老人在演奏间歇时点了一根烟斗,那根烟斗在此之前一直随意地放在他的后兜。这位老人开始吸烟,先是吸一两秒,然后是三四秒钟。

我注意到约翰的脸上闪过烦躁的表情。"我猜,这是个不怎么样的夜晚?"我问他,努力不发出那种假笑。

他没有理会我的话。"那么——"他来回看着我们两个人,仿佛在决定接下来走什么路线——是屈服于绝望,还是执着于幻想、虚妄,假装一切都很好,一切都会继续变好。我把目光移开,不知道自己希望的是哪一种。虽然约翰的语气听起来很开心,但是有一种冷酷,有一种从未出现过的粗暴。"爱丽丝终于离开了公寓。"

这句话悬在我们三个人中间,约翰来来回回看着我们二人,似乎很想知道谁会先开口理他,谁会上他的钩。

"别闹。"爱丽丝说,她拿起杯子喝了一大口,"我又不是隐士。"她的声音很小,我不得不靠在桌子上才能听清她说了什么。她似乎有些迟钝,也更加冷淡,与昨天晚上的那个活泼的她大相径庭。我十分想知道究竟是什么发生了变化。

"是的,好吧,我必须承认我很惊讶。我一开始还在想你是不是回英格兰去了。"约翰咧着嘴微笑着,他的眼睛很亮。他大笑一声:"哦,我漫游仙境的小爱丽丝,我到底该拿你怎么办呢?"

"别那样叫我。"她小声说,但她的声音基本上都消失在那一片喧嚣中了。

约翰回头看着我,他上下打量着我。我又穿着衬衫和裤子,我那过时的黑长发梳到了后面,编成了同样老气的辫子。我可以看出他脸上的失望。"我究竟该拿她怎么办才好?"他盯着我的眼睛,问道。

我的心里掠过一百万个答案,第一个是:让她走。我没有说出来,不过这句话似乎已经到我的嘴边了。我转过头去,截断他的凝视,然后去拿我的酒,我非常想喝点儿温暖的杜松子酒镇定一下心绪。

短暂的沉默之后,约翰看着我说:"那么,你的小长假现在是不是该结束了?"他靠着椅背,搅动着杯子里的冰块,"现在差不多是时候回到真实世界了吧。"他大笑着,不过我可以看到他眼中闪着光。

他的语气有些轻蔑,我可以从他的话里感受到这种情绪,他对我与爱丽丝之间关系的憎恶藏匿于每一个音节的起伏之中。我也看见了她——那不明显的退缩和畏惧,她迅速地吸了一口气。

她也听到了，感受到了——毕竟，那是重点。他的话是对人的侮辱，令人感到刺痛、受伤、支离破碎。我永远不会适应的，永远不能真正成为他们中的一员，这就是他想说的东西。那些出身良好的女孩，那些不用努力的女孩。她们醒来时，金色的长发光泽发亮，脸庞苍白而没有生气，她们的鹰钩鼻象征着财富和教养。那些女孩不需要为了晚餐工作，她们只需要先靠父亲，再靠丈夫。我就不同了，我不属于这一类人。我参与工作，这就是我们之间差异的永恒证明。这种差异使我们渐行渐远，并最终让我们分离。我与爱丽丝之间的友谊是约翰无法理解的，不仅如此，也是他不喜欢的事物。我现在已经看清楚了。我玷污了她，改变了她——或者至少玷污了，改变了他对她的看法。我们的友谊影响了她的性格，而他希望把她性格中的棱角全部抹去。

起初，我并不令他生厌——我只是一个孤身独立出现在他家门口的陌生女人而已。这意味着两件不同的事，我知道。一个人可以在孤身一人的同时完全不独立，比如爱丽丝。她在本宁顿独自一人，她在这里也是一样。但她总是依赖于某个人——她的姑妈、约翰，甚至短时间内依赖汤姆。而我却是另一种人，我和约翰·麦卡利斯特的圈子完全不同。他早先是被坐在他沙发上喝杜松子酒的女人引起了兴趣，甚至有些高兴。现在我的出现却让他感到愤怒，也许最重要的是，他觉得受到了威胁。

我笑了，我的嘴唇紧贴牙齿。有那么一瞬间，我以为我尝到了鲜血的滋味。我感受到了，夜晚在完完全全地发挥着作用，我的心态十分放松,那些话自然而然地就从我的舌边溜了出去:"实际上,我碰巧没有什么真实的世界要回。我已经从出版公司辞职了。"我注意到爱丽丝听到这里时皱起了眉头。我并不想告诉她这个,在我们离开丹吉尔之前我并不想跟她说,但是也许这个秘密提前说出来也再好不过。是的,我觉得承认这一点对我有利。毕竟,我在美国、在纽约已经无牵无挂了。这样,我们俩就可以去任何地方了。

约翰点点头,抿了一口他的酒。"那么,怎么着,你希望在这里——在丹吉尔找份工作吗?"他说话时抬高了眉毛,仿佛这个想法很荒谬,好像他从未听过如此稀奇古怪的想法。"我觉得你找不到几家出版公司。另外,你的家人不会想你吗?这里离家这么远!"

我感觉爱丽丝微晃了一下。"露西没有家人,约翰。我跟你说过了。"她的声音中有一种明显的尖锐。

他点点头。"当然,我现在想起来了,只是——"他顿了顿,转向我,"只是这并不完全是真的,对吧?"他哈哈笑了起来。"你看,我稍微打听了一下。我知道,我知道。"他看着爱丽丝说,爱丽丝已经开始抗议了。"我不应该这样,滥用权力,诸如此类。但是我想知道住在我屋檐下的是个什么样的人。"

我静静地等待着,好奇他设法打听的内容究竟是什么,他会从柜子里拽出什么样的骷髅,然后拉到灯光下。他顿了顿——也在等着——他的嬉笑和大笑完完全全地暴露出来,似乎在强调他的伟大，在这个威胁要击败他的女性面前强调自己获得的成功。

还有爱丽丝。

爱丽丝正在看着我，我能感觉到，感觉到她的凝视在灼烧——火热的同时充满了非难的意味。

她是那个最先说话的人，她的声音很小，在颤抖。"你发现了什么？"

"哦，最后也没什么有趣的。只是一个努力奋斗的下层家庭，一个建在车库上面的小公寓。没爸没妈。没什么出乎意料的东西。我想这是比较好的说法。"

"但是——"爱丽丝说。

"你知道吗，我有时候觉得这很奇怪。"约翰打断了她。

"什么？"我问道。

"全部的情况。你，在这里，在丹吉尔。你是怎么出现的呢，不请自来。"他的语速变快了，唾沫开始积在他的嘴角。这幅景象让我有些反胃，我恶心地看向了别处。

"爱丽丝想让我来。"我说，我的声音很坚定，我不愿意去回应他的指责，但是急切地想为自己辩护。

"不。"

我转过去。说话的是爱丽丝。她没有大声叫唤，并没有，但是这个字很大声，被拖得很长。它似乎在我们周围的空间回响，虽然其实还有很多人在，但是仿佛只有我们两个在场，就像以前那样，约翰的存在显得很奇怪。

"不。"她又说了一遍，这一次声音小了一些，好像她并不是很信任这个字，或者有些质疑它的含义。"不，我没有。露西，我从来都没有邀请过你。"她承受着我的凝视。"我从来都不希望你来这儿。"她小声说，最后她的声音都快消失在周围的吵闹之中了，所以我并不能百分之百确定她最终到底有没有说那些话。

爱丽丝站了起来，她的动作让我们的桌子失去了平衡，我们点的饮料随之晃动，好像快要洒了。我的眼睛盯着那摇晃的玻璃杯。其实，我是无法抬眼看她，我不敢看她在说了那些话之后脸上是什么表情。终于，我还是看了看她，却只看到了她的背影，她从酒吧的前门消失了。我快速瞥了一眼约翰，以为会看到他得意的笑，但是让我惊讶的是，他只是坐在那儿，脸拉得很长。我很奇怪他脸上呈现的究竟是困惑还是别的什么情绪。他没有去追他的妻子，却拿出了他的烟斗。我等了一会儿——低声数着，一、二、三——然后我站了起来，跟着爱丽丝走出门。

街上人很多。几百个当地人在唱歌，他们在空中挥动着横幅。但很显然，这并不是示威。人们舞蹈、欢笑、拍着别人的背，仿佛是在庆贺着什么。我可以感觉到这座城市的脉搏在他们身上、在我的身上跳动。有那么一个疯狂的瞬间，我想要趴在地上，把手放在地面上，感受它的低语，感受它的跳动击打着我的皮肤。仿佛这座城市知道——最后，在等了这么久之后，有事情正在发生。我的手产生了一种刺麻的感觉。我看着人们在我周围走动——当地人、外国人、游客、旅人。我只想跟着他们，只想被卷入其中，就这样走着，永不停歇。

但就在那时，我记起了爱丽丝。

一声格格不入的哀号响彻夜晚——我知道，这是丹吉尔女人在庆祝时发出的声音。我听人说过，这种声音叫 *Ululation*，我的嘴巴在发出这个词的音节时十分愉悦。我看到爱丽丝在我前方，就在我几步之前，她的手环抱着腰，就像昨天晚上一样。温度还没有降低。虽然太阳已经落下去了，但是白天的热量仍然在我们周围的空气中没有散去。我感觉到汗水积在我的喉咙下方和腰背部。

"那是什么？"我走过去时，爱丽丝嘴唇发抖着问我。

"没什么。"我说。我不大确定她能不能在这一片吵闹中听到我的声音，我不知道她能不能不惜一切地去听我说的话，她脸上的表情遥不可及。

我环顾四周，想要找到约翰，我不确定他是否跟着我出了酒吧。声音开始越来越大，现在人们开始诵唱，不过我听不清他们在诵念什么。街上的外国人更少了。

那声哀号又响起来了，我看见爱丽丝打了个哆嗦。"真吓人。"她喊道，"为什么他们不停下来？"

"只是在庆祝而已，爱丽丝。"我跟她说。

她环顾四周，目光在人群中游走。"听起来好像有人死了。"

"不是的，我保证。"我一边说，一边伸手去拉她。她任由我把她往前拉，我们俩开始一起往前走，不过她的脚步很沉重，仿佛她的脚下都是烂泥。她面无表情。但是，不知怎的，这种面无表情似乎却让她更为完整，使她的面庞更为丰富。我走过去想说话，想问她刚刚在酒吧里说了什么，但是有什么阻止了我——我的肩膀上出现一只手——我转过身去，心跳加速，我以为是约翰。

但那个人是优素福，他站在那儿，看着我。

我往后缩了缩，好奇他是怎么找到我的，好奇他究竟是如何在丹吉尔这持续不断的混乱中找到我的。我盯着他，心中充满不信任，然后我感受到了所有的一切——夜晚的陌生感、不安，还有愤怒——我恨他，恨他闯了进来，恨他打断了我与爱丽丝相处的时光，恨他使我不能让一切好转。我疲惫地转过头去看了一眼。爱丽丝似乎并没有注意到优素福，她继续茫然地盯着前方——她的眼睛盯着我们周围的混乱场面。他又拍了一下我的肩膀，我露出了一个痛苦的表情。

"我们上次说完话之后，我一直很担心。"他说，他的声音低沉，听起来很执着。

我眨了眨眼。我们的对话——关于约翰、萨比娜——好像是几个星期前发生的事了，甚至几个月前。我想了想在那之后发生了多少变化，以及马上又要发生多少变化。我想起了他说的——女孩，以及我的反应。我脸红了，怒气慢慢从我的静脉渗了出来。我很感激夜晚将我脸上的红晕掩藏了起来。也许我太匆忙了——现在看起来的确是这样。但是，这个词还是令我十分难受，让我的嘴里产生了一种酸味。

"你在躲着我。"他说。

我的内心变得平静而安定。

他眯着眼看穿了这片黑暗。"我不知道这是为什么，但是很明显你确实如此。"他说着，向我走过来，我们之间的距离越来越近。

我往后退了一步。

他冷笑一声，似乎看穿了我的想法。"最后，你们都是一样的。丹吉尔人。你看到的每一个摩洛哥人为的都是自己的个人利益，都是可以买卖的。"他走得更近了，"小姐，我想知道，你究竟想要付出什么。"他说着，伸手搂住我的腰，他的手指钩住我的皮肤，生硬地捏着。"以及，你究竟想要买什么。"

我挣脱他的手臂，在这个过程中我与爱丽丝撞到了一起，于是她摔倒在地，嘴里发出一声尖叫。那时，我忘记了优素福和他恫吓的语气。我对自己说，他只是一只蚊子。现在，终于是时候把他弹走了。我背朝他，把爱丽丝扶了起来。"你伤到哪儿了吗？"我轻轻擦拭着她的裙子、她的膝盖——上面沾满了污垢。"爱丽丝。"我又叫了她一声，但是约翰突然出现了，他开始往我们这边走。他的头发粘在了他的脸颊边，汗津津、软趴趴的，他的帽子已经不见了。

"我得去办公室了。"他站在那里说，他的两只胳膊有气无力地垂在两边，仿佛刚刚推他向前的疯狂的能量已经消耗殆尽，只留下了一个躯壳。他停了下来,看着爱丽丝衣冠不整的样子。

"她摔倒了,不过没什么事。"我说。

约翰犹豫了一下,然后点了点头,他的眼睛看着在街上、在我们周围狂欢的人们。"看来丹吉尔已经完了,至少就我们所知是这样。"他擦去眉上的汗,我很清楚地看见了他对这个国家的爱,对这块不属于任何人、却又属于所有人的地方的热爱。我看到了现在的局面让他多么痛苦,这种变化使他无法继续对它负责。他成了一个局外人,也许这在他生命中是第一次。他觉得无力、陷入困境,他无法去做任何事。一想到我们和他一样,一想到我们之间存在的联结,尤其是在经历了那一晚他试图去做的事情后,我就觉得痛苦。我之前也有过这样的感受,在某种程度上,我活着的每一天都有这样的感觉。他现在也有这样的感觉,我尝试着从这个事实中获得愉悦,但是这个想法还是很空洞。"发生了什么事吗?"我问道,他行为举止的变化让我生疑。

"每个人都变得焦虑了。"他耸了耸肩,不过他的脸还是出卖了他的担忧。"如果公开过去几年里发生的所有暴乱,他们就不想在这儿待了。"他摇了摇头,一脸厌倦。我觉得他累了。"我必须走了。我等会儿会回来,不过我已经答应查理明天我会和他一起去菲斯。"他对爱丽丝说,但她似乎没在听。他转过来看着我,说:"请把她带回公寓。"他犹豫了一下,"注意安全。"

然后他走了,消失在人群中。

我在半夜醒来，大口喘着气。起初，我不确定到底发生了什么——一场突然把我拉回现实的噩梦，或者是房间里某个地方的一声噪声。我的心跳得很快，我感觉心中笼罩着一丝迷茫。我精疲力竭，已经想不起来我在哪里、发生了什么。丹吉尔——这个词涌回我的心中。我在丹吉尔，和爱丽丝在一起。

然后我看见了她，她就站在我的卧室门口。

在那一刻，我不求别的，只求她能越过我们之间的障碍。我只求她走进这个房间，爬上这张小床——这张床带有她的气味，现在带有我们两个人的气味——求她让我宽慰她、照顾她。这是我几年前的想法，在遇到她的第一天就有的想法。不会有别人了，不会有谁比我对她更仔细，不会有人比我更爱她，更关心她。

在佛蒙特的那些年，我一直在等她意识到这一点。那些日子里，我们快乐得要命，整天沉浸在自己的小世界里。阳光明媚的春日里，我们在草坪、在"世界尽头"吃野餐。秋天，我们在校园里漫步，落叶在我们脚下沙沙作响。我们在图书馆里度过了好多个下午。还有冬季，这是她最喜欢的季节，也是我最喜欢的。因为在冬天，她笑得最多，冬天让她找回童真，使她想起自己还是一个女儿。我们在室内的炉火前待着，喝着茶和可可。我总是会去确认一下木头是否送到了我们的房间，如果没有，我会温和地提醒他们。我知道她有多喜欢在窗外大雪纷飞时看着闪烁的火焰。在最后一年，在我们一起创造的稳定生活受到威胁时，我还是很注意这一点。我为她做了所有这一切——默默地，毫无怨言。我很乐意做这些事，我想要做这些事。我等待她某天注意到我做的这些。她会反应过来的。

我保持静默和耐心，等着她——一如既往。

但就在那时，她说话了，她的话让这片黑暗裂成了两半。

"露西，我希望你离开。"

我的心跳停止了，我的胃抽得很紧。我想到了这辈子在书里看到的那些陈词滥调，然后在那一刻，我感受到了、理解了其中每一个可怜的字。我摇了摇头，想把爱丽丝的话从我的心中摇出去。事情不应该是这样的，不应该这样发展的。我皱起了眉头，在心里整理这件事，试图弄清楚到底发生了什么。所有的一切为什么都变了，而我又为什么没有注意到，才过去几小时而已啊。我的喉咙里淤积着一股炽热而强烈的怒火。她已经同意和我一起离开了，她都已经答应了。

"你是说约翰想让我离开吧。"我总算说了出来，我的话很简短，说得十分清楚，"这才是你想说的。"

"不是的，露西。"

她笔直地站在那里，仿佛她的信心、决心都依附在这个姿态上。于是我当即只想把她推倒在地，驱散那些逼她口出恶言的东西。

她双臂交叉。"我想让你离开。"

我从床上坐了起来，把被子扔到一边。"你不是这样想的。"

我说,我知道我的声音处于安抚和严厉刺耳之间。她的话让我气馁,让我不安,于是在那一刻,我搞不清自己对她来说应该是个什么角色。我不再能读懂她需要我以什么样的形象出现。我摇摇头。"你不可能那样想的,爱丽丝。"

"我确实是这么想的,露西。"她点了点头说。她的动作很突然,很简练。

"我不知道他还跟你说了什么。"我说,"但是你不能让他这样对我们。"

她有一瞬间看起来很困惑,然后她再次摇了摇头,这一次她的脸上还洋溢着一丝微笑。"不。"她看着我的眼睛轻声说道。"不,不是约翰。"她爆发出了一声刺耳而尖锐的笑声,"是我,露西。完全是我。让你离开的人是我。想让你走的人是我。"她顿了顿。"走,永远别回来。我想让你离开我,让我一个人待着。"

我的内心已经卷起惊涛骇浪。她说不是约翰,但是我想伸出手尖叫着摇晃她,当然是约翰!当然是他!她失去了自我,在他的魔咒下,她已经看不清了。"爱丽丝——"我说。

她抬起手,仿佛要用动作阻止我说话。

"我们打算要离开的。"我争论道,我往床边挪去,挪向她的位置,"你说了我们准备离开他,离开丹吉尔。离开这一切。"

"不,露西。是你说的。你做的决定。"她摇了摇头。

"爱丽丝。"我伸手去拉她。

"不要。"她退回走廊,"我就不应该开门。我就不应该让你进我的家门。"她往她的卧室门走去,然后停了下来,"我知道你做了什么,在本宁顿,我知道是你干的。"

"爱丽丝——"我说。

"为什么你让我留下?"

我皱了皱眉头,她的问题使我有些震惊。"我不明白。"

"那一天。在佛蒙特,那可怕的一天。"她说,她的声音冰冷而无情,"你跟我说不要进那辆车里去。为什么?"

"因为……"我看向了别处,不过只有一秒,她没有注意到。"我不想让你走。我不想让我们再生彼此的气了。"

"不。"她摇摇头说,"别再说了,露西。我不会听的。我不相信你。"

"爱丽丝,你糊涂了。"我停了下来,看着她,恳求道,"你真的认为我会做出伤害你的事情吗?"

我看见她有些踌躇,然后她迅速摇了摇头,似乎下定决心说服了自己。"你得离开了,明天之前。"她转身,似乎要离去,但又突然停了下来,她的话在一片漆黑中闪闪发光:"如果你不走,我就打电话叫警察来,告诉他们你都干了什么。"

她穿过走廊,关上了她卧室的门。

门被上了锁,那声音十分响亮。

那一夜,我彻夜未眠。

我坐在那里，看着光线射入房间，在我面前的墙上投下长长的影子。我觉得眼皮很重，思维混乱。清晨时分，光明完全降临时，我离开了公寓。

一出门，我就开始一通狂走。我走过逼仄的小径、狭小的角落，走过熟悉的地盘和陌生的领域。我一直走啊走，走到脚疼，走到它们开裂流血。我去拜访了探险家伊本·白图泰的墓地。我的手抚过那粗糙的墙面，我的手指摩挲着承载着他的荣誉的牌匾。就像他一样，我勇往直前。我不觉得疲倦——不觉得渴，也不知饥饿为何物。我就这么一直向前走，我只知道我必须这样一直走下去，走下去，将内心深处的东西埋葬，这是最重要的事情。我不能停，不能去认真思考。我知道，到最后一切都会步入正轨。爱丽丝会回归理智，她会把我们的决定告诉约翰，然后我们俩就会离开，一起回到英格兰，可能会先在西班牙停上几个月。我想象着我们俩先去马德里，再去巴塞罗那的样子。我们会喝上一杯雪利酒，一杯杜松子酒。我们会坐在室外，直到太阳落山，夜幕降临。我们吃着小食，喝着里奥哈葡萄酒。相较于杜松子酒，爱丽丝会更喜欢这种酒。

突然，我绊了一跤。一块我没有看到的石头，一小块石头从地面突起，比较隐蔽。只是很小的一块，却足以扭伤我的脚踝。当我把全身的重量压在脚踝上时，能感受到明显的刺痛。没有人看见。我在一条空无一人的巷子里。不过，虽然我知道没有人看见我，但我的脸还是因为尴尬和愤怒烧得滚烫。一踏上岸，我就爱上了这个国家,而它就是这样对我的。在我的脚下放上无法预料的障碍,让我在这肮脏的街道受伤。我哆嗦着想也许地面上是一摊血液,我的手和膝盖现在都是红通通的伤痕,脚踝也废了。我想起了爱丽丝。都是一样的,不是吗?我为她付出了一切,我爱她,照料着她。而她呢,也是以同样的方式对待我的。对我隐瞒,让我眼前一片模糊,让我觉得我很安全。我的耳鸣更加强烈了。我需要保持冷静才行,可这似乎是不可能做到的。我感觉有一股怒火在我的皮肤下沸腾。我的胳膊上起了很多小点,然后是更大、更严重的红疹。而且,虽然温度很高,但我就是不流汗。汗水不知怎的陷在我的身体里,出不来。结果,我的胳膊上起了非常严重的红色肿块,并且蔓延到了腹部。我能感觉到它们从我的脖子蔓延到了脸上。

一个男人在拐角处经过。我忽略了他,希望他也忽略我——谅他也没胆子做别的。他默默地经过我的身边,有一刻我觉得怒火开始退散。

然后他转过身来说:"笑一笑,开心点。"

我瞥了他一眼,我的眼中充满憎恶和敌意。他往后退了退,我突然等不及想要逃离他,逃离这个腐臭的小巷子。不,不是等不及,是极度渴望。我极度渴望逃离,我的脸颊又红了,新产生的愤怒让我绝望。我很尴尬,也很愤怒,这个男人竟然能让我有这样的感想,居然有人会让我有这样的感受。我可以感觉到,就像以前一样,事态开始不受控制了。就像发生事故的那天一样。

我可以感受到它的能量在我的体内奔腾，仿佛我受到了震撼、被击溃、然后复活。我全身都在燃烧，如同过电一般。我用尽所有意志才没有冲向他。理智地说，我知道我的怒火与他其实没什么关系。其实我的愤怒完全是冲着其他的事。而与此同时，我又无法让自己停下来。我不想这样。我担心，如果我这样做了，我整个人也会垮掉。怒火和力量——是的，那怒火感觉很有力——会从我的毛孔中渗出去，让我变得弱小而无情，被人耻笑、嘲弄。我感觉眼泪已经开始在眼眶里打转。"离我远一点。"我咬牙切齿地说，我知道他可能不明白我在说什么，但他也绝不会怀疑我的语气。

他的脸上掠过一丝困惑的表情。

我几乎有些希望他能做点什么——呼喊、拍手、啐一口——随便什么都可以，但他只是沿着这座城市数不清的街道中的其中一条默默走了，消失在这迷宫一般的地方。

那一刻，我没有别的感觉，只觉得耻辱——他们所有人都让我觉得耻辱。我恨约翰，还有他自以为是的笑；我恨那些陌生的脸，我不得不从那些人身边挤过去，只为在这人海中找到一个立足点。甚至，有那么一瞬，我恨她。爱丽丝。我为她做了这一切——我跨越了半个世界，只为找到她，只为把她从她给我们的生活带来的一团糟中解救出来。我痛恨她的软弱，痛恨她没有骨气，痛恨她总是在做好决定之后又反悔。

现在只能这么做了。

我迅速转身,离开这黑漆漆的巷子,回到原住居民区的中心,回到小广场。我溜进廷吉斯咖啡馆,点了一杯咖啡,然后请服务员让我用一下电话。

我拨通了电话,希望他还在家,希望接电话的人是他。我屏住呼吸,等待听到约翰的声音。

那一晚,爱丽丝本不应该出现在车里的。

汤姆也不应该死。

但是突然,我们开始争吵,我们不断说着愤怒的话,互相指责。那次争吵的严重程度可以与外面的狂风暴雪一争高下。后来我听说这是一场暴风雪,所以当我意识到究竟发生了什么时——车停了下来,爱丽丝上车,风暴正盛——路面上已经覆盖了一层冰,事故也比我预期的要严重得多。

我本来只是想吓吓他们,我以为他最多断个腿,没了奖学金。我以为最多就是发生一些让他远离爱丽丝的事情,这样我和她就可以再度共享二人世界了。我钻到汤姆停在防火墙边的车下面,迅速行动,我的手凭借记忆在行动,我并不想承认自己有这方面的经验。我吸进了浓浓的汽油味,那气味令人紧张。我用钳子卷了卷线,知道这样会影响压力,影响制动系统——但我没想到它会爆炸,没想到会下雪,没想到路上会结冰,没想到山,没想到爱丽丝。

我试图制止她,警告她,但她不听。我想过跟她一起去,想过从她身边挤过去，爬进车里，坐在她边上——但我停止了，我被冻住了，我们周围的风暴还有她对我说的话都让我感受到了彻骨的寒冷。她说让我消失，说她永远不想再见到我。她怒气冲冲地看了我一眼，充满怨恨，我的小惊喜让我成了一个无用之人。

之后，我又回去了。我站在我们宁静的小房间里，意识到一切都完了。我没有理由继续待在这里了。于是，我开始打包行李，只有一个手提箱，里面只塞着我带来的东西——几件连衣裙、几双长袜。一些我在路上获得的东西——从城里的书店买来的一本小说，被我夹起来的秋天落叶——我没有带走。

起初我想避开主路和我可能会在主路上遇到的人和事——但我又想到森林，想到那片黑暗和雪，于是我向前走着。

走在暴风雪中，我的手在颤抖，它们被冻得发青而麻木。我在车祸现场停了一会儿，我站在那儿，血液在我的耳内流动，发出了很大的声音。我在想这一切都是为了什么。我找到了爱丽丝，她躺在雪地里，与车有一定的距离。她的身体红一块、黑一块，几乎认不出来了。我站在这个曾让我深爱的女孩面前，站在她毫无生气的身体面前，这就是我梦寐以求的事情的结果。我周围的黑暗转变着我、改变着我，让我变得超出我的预期，变成了一个我料想不到的魔头。

我搬到了纽约，搬到城市里——我先去了我从小生活的车库，就在早些时候我还庆幸自己离开了这里。我在这里忍受了好多个夏天，在这栋建筑里和其他男人一样流着汗，他们的眼神在我身上徘徊过久时我就会以恶狠狠的目光回敬他们。我把车库收银台那里仅有的一点钱都拿走了——我觉得这是他们欠我的，毕竟我在这里出了那么多苦力——我买了一张单程的灰狗巴士车票。去了那里，我也用不着改名了。城市很大，没人会来找我的，我知道。

就这样，我消失了。我来到一间公寓，和其他十几个女孩住在一起。她们有的是因为丈夫家庭暴力逃出来的，有的是从不称职的丈夫那里跑出来的，还有的只是为了获得更多。开始的几周，我在报纸上找讣告。在离我租的房间几个街区的地方有一个小报摊，那里出售我们当地的报纸，我每天都会走一趟，我的肩膀在清晨寒冷的空气中瑟瑟发抖，只为看看新的一天会不会公布我在等待、害怕的消息。一周之后，托马斯·斯托厄尔的讣告登出来了，讣告的长度似乎证明了斯托厄尔家族的伟大和人多势众，仿佛这样的家世决定了他的死必须人尽皆知。我等着报纸上也这么提到爱丽丝，但是没有，日子一天天过去，站在报摊后面的那个男人已经开始期待我的到来。他的手上会拿着报纸——我猜他错误地以为，这样做对一个刚来新城市还在想家的女孩来说是一种宽慰——我开始感受到这是一种制裁。这种无尽的等待就是命运，是一种惩罚。我的日子就这样一天天过去。我平庸的脚步带着我从公寓走到报摊，再到工作的地方，然后回去，这就是我现在所能期待的一切。有一阵子，我说服自己我可以做到，我可以继续藏身于这座城市寒冷而阴暗的空虚之中，这是将我的可怕和畸形隐匿于世的最好的斗篷。

但是有一天，我看见了她：爱丽丝的监护人，莫德姑妈。我看见她从离我站的地方不远处的出租车里出来。她穿着一件时髦的裙子，我觉得我整年的工资都买不起。她的头发很有光泽，看起来花了大价钱保养。虽然我之前从没见过她，但爱丽丝在我们的寝室放了一张她的照片，因此我立刻就认出是她，于是我向她走去。在那一刻，我很需要靠近曾经与爱丽丝走得很近的人。我把我破旧的大衣拉得更紧了一些，希望它能藏住比我的大衣更令人失望的裙子，那裙子有些地方已经被磨损得很厉害了，甚至可以透过布料看见里面。

"希普利小姐。"我叫了一声。

爱丽丝的姑妈转过身来，她快速地看了我一眼，嘴角有些不高兴地向下撇。"有事吗？"她问道，语气有些傲慢。

"希普利小姐。"我重复了一遍，脸上扬起了一个微笑，"我就觉得是您。"我没有理会她微蹙的眉头，她在试着回响在哪里见过我，不过失败了。"我和您的侄女爱丽丝是同学。"这是几个月来我第一次大声说出她的名字，这个名字像刺一样卡在我的喉咙里。

提到她侄女的名字，莫德·希普利的脸色变了——不过我注意到，她并不是变得从容。"是吗？好的。"她说，"我一定会告诉她你打了招呼。"

这句话，这个承诺，让一切都变了。

后来，我觉得莫德姑妈的出现是一个迹象，无法忽视，说明需要——不，是乞求——我的注意。然后，我感觉到将我和爱丽丝连在一起的线开始拉紧了。我们还没有结束，还没有。我们的故事还在续写。我后来认为，这是命运。我在纽约一个人待着时笼罩在我头顶的黑暗开始退散，我那悲伤的小乌云终于飘走了。我又往莫德姑妈那边走了走，说："实际上，能在这里遇见您我觉得很幸运。我一直想知道她的最新地址——校友联络之类的，您懂的——但我一直没能找到。我猜她的老地址已经不用了吧？伦敦的那个？"

她的眉毛高高地挑了起来，她问道："亲爱的，你说你叫什么名字来着？我应该没听见。"

"哦。"我隔着手套摸了摸我的喉咙。"我真傻。很抱歉，希普利小姐。我是索菲，索菲·特纳。"我回答道。这个名字属于学校里某个宿舍和我们在同一走廊的女生。那是一个很容易被大家忽略的人，大多数女生跟她说话主要是因为她的父母，因为他们的财富。我了解她们中一些人的近况，我使用我在出版社的资源和报纸来做一些收集工作，略带嫉妒地读着她们的成就与计划，所以我知道索菲·特纳的近况有一些令人失望。她结婚了，不过过得不是特别好，现在在南边生活，在一个我这辈子都不想去的州。她所在的城镇名字很好记，但是不招人喜欢。我记得她是一个其貌不扬的女孩，不过他们知道她的名字，知道其中的分量。我已经因此获得了一些好处，所以在酒吧里喝酒或者某天晚上在酒店过夜时,对方总是对我微笑、点头,没人问我问题,也没人有机会尴尬地争论为何谁都不认识这个女孩。然后,特纳家族经历了一些财务危机——我一直懒得去了解详情——在那之后经理们就越来越不情愿在没有付款保障的情况下为我预订房间、上酒水。然而,我还是会在合适的情况下使用这个名字。现在,我面前的女人明白特纳这个姓氏曾经代表着什么。于是,我再一次发现了它的用处。

一听到这个名字,莫德就笑了——不过这个笑容仍旧很僵硬——她还告诉了我一些关于爱丽丝的丈夫以及丹吉尔的事情。"我有点后悔把他们撮合到一起。"她向我吐露道,她说话的时候眉间的皱纹也更深了。"但是我又怎么知道他会把她带到非洲去?"据莫德所说,她完全不确定自己的侄女究竟幸不幸福,也完全不相信她过得快乐。实际上,她的丈夫娶她也就是为了钱。"你能想象吗?"她问道,"像她这样的女孩竟然落到了这步田地?"

最终,就是这些话劝服了我。

莫德从手提包里掏出一个金属封面的小本子,外面是模糊的植物浮雕,是那种你可以在维多利亚时代的墙纸上看到的图案。她用的是本子里附带的镀金钢笔,她在一张纸上写下了地址。我接过那张纸,把它放到口袋里,我的手在抖。

第二天,我从银行取出租金,在冠达邮轮的售票处排队,我要订一张穿越大西洋的船票。

我们已经走了将近 15 分钟了。在这期间，我们两个人一句话都没有说。起初，我以为他一直不说话是因为天气太热——虽然太阳下山了，我们周围还是有一股热浪。我没戴帽子，那热浪似乎要把我的后脑勺烧着了。我的衬衫紧紧地黏在身上，腋下的那块衣服也湿了，我能闻到自己的汗味。我不知道他是不是也有这样的感觉——但完全看不出来，他看起来总是不受高温影响。也许这就是惺惺作态吧，就像他生活中大多数时候一样。或者也许他在昨晚之后还是很沮丧。我想知道这是不是就是他一直目视前方的真正原因，他看着我们面前的路，似乎谁都看、什么都看，除了我。

最终，他说话了。

"我知道你看见了我们。"他的声音既不和善也不具有威胁性。这话从他嘴里说出来，不带一丝感情，他似乎在等着瞧我会如何反应。

我看着他："你和萨比娜。"

我看见约翰的脸上闪现出了一丝惊讶，他没想到我会知道她的名字。我很好奇如果我一直不说话他会说什么。他最后会不会把她描述为某个无辜的人，比如一位同事，或者某个朋友的妻子——那一天在老城区我就怀疑他会这样。

"我不会问你是怎么知道的。"他说，他的脸上再次出现了那充满嘲弄意味的微笑，不过他的姿态有一些随意，仿佛他已经无力维持这种假模假样了。"当然，我很惊讶，你似乎比我想的更为神通广大一些。"他清了清嗓子,"你告诉爱丽丝了吗?"

我笑了笑,说:"约翰,我马上就要离开了。爱丽丝想跟我一起走。"

我注意到了他脸上的变化,他的眉毛往下沉——不算是皱眉,不是一种特别不赞成的样子。我觉得这很混乱。他难道真的天真地以为,爱丽丝会在他如此有失检点之后继续留在他身边吗?我们继续往目的地走去,此时我近乎本能地往边上移开,在我们之间留了一道间隙。我想知道他的反应会不会很暴力,或者他会不会哭喊着求我改变她的心意。我不知道哪一种更惹我不快。我们慢慢地走着,夜幕很快就降临了。想看清东西已经越发困难了,原住居民区的灯光已经远远地落在了我们身后。

"那么,你告诉她了?"他问道,不过他的声音听起来既不害怕也不担忧。他反而有些高兴的样子,仿佛我把他的不忠告诉爱丽丝是无关痛痒的小事,没什么好计较。

"约翰,她不需要我来告诉她。"我顿了顿,"她已经知道了。她自己知道的。"

他沉默了一会儿,然后点了点头,仿佛在让话语沉淀下去。"是啊,我有时候也猜她其实已经知道了。她那个人不傻,对吧?"他一边说,一边发出一声短促的笑声,暴露出了他内心的不安。

"是啊,她不傻。"我咽下了口中的苦涩,"那么你要怎么做?"

他看着我:"关于什么?"

"关于爱丽丝。"我顿了顿,"发生这种事,你知道她肯定不会再和你在一起了。"

他又发出一声大笑——我觉得这一次应该是发自内心的笑,这笑声更真实。"她为什么不会呢?"他问道,"你知道,这些都是她姑妈的主意。她和我母亲都非常想把我们俩撮合到一起。虽然我猜我不是莫德姑妈最中意的侄女婿,但我觉得如果她让面临两个选择,一个是自己照顾爱丽丝,另一个是让别人照顾她。呵呵。"

看着他,我的脚步瞬间有些迟疑。

即便是晚上,他也一定感受到了我的困惑,因为他接着说:"爱丽丝哪里都不会去的,露西。我觉得你知道这一点。除去所有这些家庭关系,我们对彼此来说都有好处。我们是——你们是怎么说的来着?共生的。这是你们的时髦词汇吧?爱丽丝和我,我们需要彼此。你不是已经看清楚这一点了吗?我需要她的钱——嗯,可能不是需要,说是感激更好。"他大笑着,"而她需要我,不然她就得去疯人院了。"

我停下了脚步,我们到了。即使在黑暗中,我也可以看见他。他环顾四周,试着去熟悉周围的环境。他没认出这是哪里,这说明他没来过这里。我很高兴。这样事情就会简单一些。

坐在廷吉斯咖啡馆,我做了一个决定。约翰就是问题所在,他就是那个必须被砍掉的父权之首,是为救下女主角不得不屠掉的那头龙。我无法与约翰竞争，就像我永远无法与汤姆竞争那样。我不行——这个世界告诉我，这是不可能的。我每个方面都比他们做得好，但是有一条我无法超越他们。我只需要打败他们，让爱丽丝也看见。她的未来并不用指望他们，我们的未来才是一体的。我感觉到有一种很执着的气氛——它在强烈地跳动着。对摩洛哥人来说，控制、镇压的日子越来越少，在这样的情况下，我觉得我可以感受到先驱在为我发声，也在为爱丽丝发声。

"她会的。"我说，我的声音十分平静，没有起伏，"她会和我一起走的。她会发现这是正确的决定。"

"露西。"他说，现在他的声音里带有一丝愤怒。我可以感觉到，他的怒火被我的坚持、我的毅然决然煽得越来越旺。"爱丽丝不在乎我和萨比娜之间的那些事，她不在乎。"他继续说，他的语速很快，"如果她在乎，你觉得她会到现在什么都不说、什么都不做吗？"

我挣扎着找到了自己的声音："她怕你。"

"不，露西。"他笑了，"她只是知道没有更好的选择。她这样的女人，别无选择。"

突然，我觉得呼吸不畅，每吸一口气都是痛苦，是折磨。"这是我在整个丹吉尔最喜欢的地方。"我把那种感觉抛到一边，说，"那些是坟墓，就在你的下方。"我顿了顿，看着他，我的声音随情绪发生了波动。"爱丽丝会跟我一起走的，约翰。我们在舍夫沙万的时候，她已经同意了。她已经决定离开你了。你只是没那么聪明,没有认识到这一点罢了。"

他突然踢了一脚,我大吃一惊,失去了平衡,然后就跌倒在坚硬、满是灰尘的地上。"你这个贱人!"他吐了口口水。我撑着让自己恢复平衡,远离他,这样他就不能站在我旁边威胁我。在黑暗中,我看不清他的脸,但我猜他一定面红耳赤,满脸都是愤怒。他居然如此暴怒,这似乎有些荒谬。他曾经拥有爱丽丝,却让她走了,用她换了另一个女人。我觉得就是这样——想到他的背叛——我就百分之百确信,这样做是正确的。

当即我就知道,这是我唯一要做的事。

约翰把爱丽丝完全控制在掌心,他料到爱丽丝无法独自生存。只要他还在,她就不能自己过。只有一种方法可以放她自由,可以确保她不会一直从属于他,从属于这个地方。我又想了想约翰有多爱丹吉尔,我发现他是对的。沧海桑田,丹吉尔、我们所有人都不会一成不变。我知道,如果可以选择的话,他会选择永远待在这里,和她、和他的丹吉尔一起,停留在这一刻。

一旦认识到这一点,剩下的事情就格外简单了。

III

11. 爱丽丝

那天早上醒来，恍惚中，我仿佛回到了新英格兰。我好像感受到了冬日的严寒，闻到了冰冷、清新的空气，于是我把自己深深地埋在被窝里，希望能找到那种熟悉的软绵绵的感觉。但是突然，这种幸福的感觉转变了、倾斜了，被一种愈演愈烈的危机感取代。一种出现异样的感觉，这种意识让我不断下沉，越来越沉，直到找不到出路，无法逃离。我的胃很痛，我又踢又抓，并没有用。我又回到了那里，回到了佛蒙特，不是怀旧，也不再令人激动。现在，这片漫无边际、不可控制的黑暗，再一次威胁着要把我捏在它的手掌心。然后，我看见了汤姆，他躺在雪地上，身下洁白无瑕的毯子渐渐被血染成一种惊心动魄的深红色。我走近了一些。不，我才发现，他根本就不是汤姆。那个人是约翰，一动不动——他死了。突然间我仿佛知道了什么。我知道——

我猛地坐了起来。

有人在敲门。

我还沉浸在梦境中，脑子转得很慢，我转过去看约翰，想看看他有没有听见敲门声。我发现他的那一边床是空的，然后我想起来了。那天晚上在酒吧——我们吸的烟、喝的酒、他随后消失去了菲斯。我也不能怪他，他明显需要逃离我们俩都知道的某件事。毕竟，我把他撂在家里等着，自己去了舍夫沙万——现在，似乎我要做同样的事情了，我要在家里等着，直到他从菲斯回来，重新出现在家门口，一身疲惫。那时他会真正意识到，我们永远都逃脱不了我们一手打造的生活。

我深吸了一口气，希望我的心跳减速，希望皮肤上的汗干掉，但是约翰——苍白、沉默的约翰——还是浮现在我的眼前。

似乎上一次见到他在我面前已经是好多年以前的事了。

那晚我们出门回来以后，我就一直待在床上，宿醉太难受了，我甚至都不确定他是什么时候到的家，是不是在我旁边过的夜，是在床上还是在外面的沙发上睡的。他在厨房里准备早餐发出的声响让我醒了一次。一个煮鸡蛋、一片摩洛哥煎饼，然后是一杯简单的茶。一成不变的早餐。过了一会儿，我听见了电话铃声——我猜是查理，我记得他提起过关于菲斯的事情——在那之后不久，大门就关上了。

然后，我开始关注露西的动静。我想听到她打包离开的声音——但是只是一片寂静。几小时后，我蹑手蹑脚地经过她的房门——看那墙上的阳光，已经是傍晚了，那光线还是那么执着，仿佛对生活紧握不放——我略带侥幸地迅速瞥了一眼她的房间，空无一人。我呼出一口气，感觉如释重负。我回到自己的卧室，在被单间翻滚，真好啊。这一天就这样在舒适的床上度过吧。放下心，一切都回到正轨。一想到露西走了，约翰也和查理走了，我就感到一阵宽慰——我又可以一个人了。

夜幕降临，我却醒着，毫无睡意。我在窗前待了一两个小时，看着丹吉尔，看着这座莫名其妙成为家的城市。在一片寂静之中，我允许自己怀疑我究竟会不会爱上它，怀疑我如果就这么和约翰在一起还会不会真正感到幸福。我们的生活已经与我想象中的大相径庭。露西走了，最终事情已经了结。我不知道这些对约翰和我来说意味着什么，我们是否还能回到一起创建的常态中去——这究竟是不是我们两个人想要的。然后，我早早地上了床，渴望将我内心的波澜抚平，哪怕只是片刻。

敲门声越来越重了。

我穿上家居袍，急匆匆地冲到门厅。"来了。"我大声说着，我的脚在冰凉的瓷砖上发出声响。我伸手摸到那个铜把手，相信会看到约翰在另外一边，刚和查理闲逛归来。他极有可能在生闷气，也许在旅途中把钥匙落在了什么地方。他应该会等着洗个热水澡，喝杯茶。想到这熟悉的场面，我笑了，我渴望把梦中约翰的形象驱散。我打开了门。

不是他。

站在我面前的是一个陌生男人，手上还抓着一顶帽子。他的个子很高，身板把门口堵住了，似乎他每吸一口气，身子就膨胀一些。我注意到，他的眉间刻着一道伤疤，那里缺了一块，散发出柔和的光泽，与周围的皮肤相比，那白色的伤疤十分明显，似乎是在黑暗中被点亮的一样。

我皱了皱眉，透过微弱的光线看向走廊，试图回想面前的这个男人究竟是谁。

"抱歉来得这么早，爱丽丝。"他说话了，口音说明他是一位同乡。

听见我的名字，我问道："有什么事吗？"我的声音竟如此细微踌躇，我有些后悔。

"我在找你的丈夫。他昨天不在办公室。实际上，是今天。"他顿了顿，看向我的身后，看着公寓，"正如你想象的那样，我们对他的缺勤有些担心。"

"哦。"我说着，感觉到了一丝宽慰，站在门口的只是一位关心约翰的同事而已，不是带来坏消息的便衣警察，我早上的噩梦没有成真。"他不在这里。我是说，他不在丹吉尔。他和他的朋友查理去菲斯了。"我说着，嘴角露出了一个略带犹豫的微笑。

这个男人皱起了眉："你上一次看见他是什么时候？"

"他昨天下午走的，吃完早餐后吧。"我说，没有理会指尖开始出现的刺麻感，"我能问问你为什么要问这个吗？"

"你看到他了？"他没有回答我的问题，接着问道，"昨天，我是说，在他走之前，你看到他了吗？"

"没有。"我承认道。这个词很缓慢地离开了我的嘴巴,"我们前一晚出去了一阵子,我可能到了第二天凌晨才睡,所以我没有为他送行。"对面前这个陷入沉思的陌生人来说,我的这席话似乎多多少少解释了我为何如此不了解丈夫的行踪。

那个男人又看了看我的身后:"但是在那之后他就在这里,和你一起?"

我皱了皱眉:"他到家的时候我已经睡着了。"

"那么你是怎么知道他的确如你所想呢?我是说,你怎么知道他确实回家了呢?"

"我听见了他的动静。"我略带防备地说。但是我突然开始怀疑自己听到的究竟是什么动静,到底是不是约翰在做早饭。我感觉自己的胃突然抽了一下,在那一刻我担心自己可能病了。"是他。"

那个男人笑了,但他的表情让我的内心更紧张了,我不禁往房间里退了退。我想到约翰说的关于他的神秘工作的事情。我经常藐视他的故事,我相信它们是建立在不安全感和骄傲之上的夸大之词,徒有其名,实则空无一物。但是现在我觉得,可能其中还是有些真话的,我想知道这对我面前的男人来说意味着什么。

"有什么不大正常的事情发生吗?"他没有回应我,问道,"我是说,那天晚上?"

"没有,当然没有。"他的问题让我大吃一惊,"什么都没有发生。"然后我想到了露西,想到了我们的争执,我的嗓子里仿佛有一口气卡在那里。我敢肯定他注意到了，因为他眯了眯眼睛。一阵沉默之后，我没说什么，他点点头，感谢我的配合，然后转过身去，似乎要离开。

我去关门，我现在很希望那个男人赶紧走——但就在这时他停了下来，转过身来，他的脸因为专注拧到了一起。"原谅我。"他说，"不过你说他是什么时候离开的？"

我双臂紧紧交叉在胸前："下午吧。我不是百分之百确定。也可能是快到中午的时候。"我不确定自己前一天究竟在床上躺了多久。仿佛已经过去了好几年，又仿佛只是过去了几秒。我摇了摇头，抬头看着这个男人，他现在目不转睛地盯着我的脸："恐怕我并不知道。"

他皱了皱眉，仿佛我的不确定让他很不快。"我明白了。"他说，"好吧。如果你有他的消息，请联系我。"他从西装口袋里掏出一张卡片给我。

我接过那张卡片，眉头蹙了起来，又想起了那天早上的梦："他——发生了什么事吗？"

他用一种诡异的表情看着我："你认为会有什么事发生吗？"

"什么？"我感觉自己的脸红了，"不，我只是想，我是说，我以为你在暗示什么——"我不说话，等着他说。他没有开口。他指了指我手中的那张卡片，然后再一次准备离开。"等一下。"我的声音有些哆嗦，"我们应不应该——我是说，我应不应该打电话给警察？"

他的眉头不再紧蹙，那块白色的伤疤也舒展开了，他咧嘴笑着，这让我不想等他的回答，只想把我们之间的那扇门紧紧关上。"我觉得这样做毫无道理。"他说，他的声音很低、很柔和。"毕竟，我们不希望让当地人卷入我们的事，对吧？"

虽然他的嘴边还挂着那个诡异的微笑，但我还是听出了他话里的力量和威胁。他转过身去，脚步声越来越轻。最终，我关上了门。

看来，约翰不在菲斯，也没和他的朋友查理在一起。显然这个男人已经跟他聊过了。我还不确定他有没有把名字告诉我，我看了看他留的那张卡片，发现上面只有一个电话号码。我想过给查理打电话，想确认一下现在的情况，后来我才发现其实自己根本不知道如何才能联系上他。我见过查理几次，在派对上，那时候我一直觉得他并不知道我是谁。他知道约翰结婚了，知道他带着妻子来到丹吉尔。但是我的名字、我的脸——这些对他来说都是一个谜，而且我猜他也没兴趣解开这个谜。

我来到客厅，来到约翰很少用的那张桌子前，抽屉俨然成为盛放纸笔的容器。约翰肯定在哪里写下了查理的联系方式。我仔细翻找着，把那些纸张扔到脚边。我不在乎周围被弄得一团糟，只是在疯狂地寻找着一切蛛丝马迹，只要它有助于把约翰的尸体赶出我的脑海。只要它可以不让梦境成为现实。

"你在找什么？"

听到她的声音，我惊得跳了起来，我滑了一跤，本来就已瘀紫的膝盖又磕到了硬木地板上。露西站在我的上方，她的头发披散在肩膀上，她那身柔软的白色衬衫上拖着长长的线，在晨光中十分夺目。

她轻笑一声："爱丽丝，你很容易受到惊吓啊！"

我眨了眨眼。这不是光影的魔术，也不是我内心的幻影。她还在那里。我摇摇头——这不可能。那天晚上我已经要求她——不，告诉她——让她离开。我记得我就站在那里，盯着在床上熟睡的她，我知道我无法再让恐惧劝服我保持沉默。于是，我把那些话说了出来，我终于说了出来，终于。

这件事的确发生了。

"露西。"我气急败坏地说，"你在这里做什么？"这话很像我在她来丹吉尔第一天时跟她说的话。我的头有点晕，有点沉——我的心里全都是"她还在"这个事实。我在估摸这可能带来什么糟糕的影响。我用手撑着地板站了起来，地上的粗砂嵌进了我的皮肤。"我跟你说了，让你离开。"

露西快速而短促地笑了一声。"别傻了，我们累了，我们喝了太多。"她微微摇了摇头，"你不用着急。我哪里都不会去的。"

我感觉到那种再熟悉不过的恐惧感在我心中生拉硬拽。我的手脚都在颤抖，我确信她再继续待下去就会完全将我扰乱。我从她的身边挤过去，走——几乎是跑——回到了我的卧室，回到了安全地带。我摸索着，笨拙地把门反锁上。

我坐在卧室的角落，等待着。

之前，我听见了她向我的门走来的脚步声，听见因为她靠在上面，木头发出的轻微的嘎吱嘎吱声。她大概是在听我的动静，就像我现在也在听她的动静一样。这种对称性让我瑟瑟发抖。我扫视着这个房间，搜寻着什么，不过我无法解释自己究竟在找什么——可能是出去的方法，可能是一个地板门，是某种东西，它可以让我逃离现状，逃离一个醒不来的梦魇。我的视线落在了约翰那边床头的电话上。

这完全是一种浪费，我们其实完全不需要——一个小家庭里装了两个电话，这很荒谬，我跟他说过了——但是约翰坚持这样，他跟我说他不会在我姑妈每次致电查岗时都出被窝去走廊那边接电话。我很快就发现，这就是一个借口。他实际上是想躺在床上和人开会，而我就不得不背过身去，用枕头压着耳朵，努力把声音拦在外面。我现在在慢慢往电话那里挪动——身下的地板可能会因此有些松动，于是我不得不经常停下来，竖起耳朵，等着。一想到她在知道我的计划后会做出什么我就十分害怕，仿佛露西已经可以感知我的计划，仿佛我的想法可以从心中溜出去，尽管充满漏洞且不可靠——我在心里默默地感激他做了这个决定。

一靠近床，我就双手紧紧抓住了那个冰冷的胶木转盘电话，我记住的唯一一个电话号码就在我的嘴边。

听到她的声音之后，我的手紧紧地握住电话。

"爱丽丝?"莫德姑妈问道,一瞬间,仿佛她就在房间里陪着我,而不是在千里之外,"爱丽丝,怎么了?发生了什么事?"

我想了一会儿她是如何知道打电话的人是我,又是怎么知道有事情发生的。她是不是有这种感觉,哪怕我们之间隔了千山万水。然后我想起了接线员,我摇摇头,感到有些尴尬,"是约翰。"我意识到她在等我说话,"他——"我犹豫了。

"他怎么了?"她问道,她的声音一向很冷静很有分寸,现在也因为恐慌变得有些尖锐。我可以感受到这种情绪通过电话传了过来。

"他失踪了。"我最后终于说了出来,这句话一说出口,就破碎了,"他的同事今天早上来家里了,他们在找他。我跟他们说他应该和他的朋友查理一起在菲斯——但是现在我也不知道他是不是真的去了。"我深吸一口气,"他们跟我说不要去找警察,但我觉得有事情发生。我想——我想我知道跟这件事有关的人是谁。"

没人回答我。

"姑妈?"我小声说,我很担心刚刚听到的声音都是我自己幻想出来的。

"嗯,爱丽丝,我在听。"又是一阵沉默,"我希望你现在认真听我接下来说的话。我马上让我的秘书订一张去西班牙的机票,我会从那里上渡船。我不知道路上需要多长时间,但是我会尽我最大的努力在本周末到你那里。你明白吗?"

"谢谢。"我喘了一口气,"太感激了,姑妈。"说着,我想起了莫德姑妈坚定可靠的样子,想起她可以让一团乱麻变得有序的不可思议的能力。我觉得一种宽慰的气氛紧紧包围了我,这种感觉让我如释重负。

"爱丽丝。"她的声音打断了我的思绪,"我希望你可以答应我一件事。"

我点了点头:"好的,一定。"

"我希望你答应我不要跟警察说。你说他们还不知道约翰不见了,我希望你答应我你不会去告诉他们这件事。"

我再一次点了点头,尽管她看不到我。"一定。"我答应道。我知道这个诺言不难遵守,毕竟自己一个人去警察局,不听之前那个有伤疤的男人的劝告,去报告约翰的失踪,并试图解释发生的一切——一想到这些我就变得浑身无力。"我保证,姑妈。"

"很好。"她说,"另外,如果他们过来问你,我希望你告诉他们,你不会在监护人不在的情况下回答问题。"

我又点了点头。我的被监护状态还有几个月才会结束,虽然我时常能感受到这种束缚带来的痛苦——我渴望掌管自己的财务、自己的生活,我不想再当一个小孩子。而现在,我感激还与莫德姑妈在法律上保持着某种具有约束力的联系。虽然我知道她是我的姑妈,她是我的家人,但我总觉得我们之间有些距离。自己的兄弟死后,她被迫养育自己的侄女,她应该会感到困惑吧。她从来不想要孩子,不过她在成为我的监护人之后也从未抱怨过。我有时候会想她会不会痛恨收留了我。我没有继续想下去，我们约好了不久后再通话，就在我准备挂电话时，她又说话了："我说，你的朋友有没有联系你？"

我皱了皱眉："我的朋友？"

"是的，她叫什么名字来着？我在哪里听过这个名字。"莫德姑妈顿了顿，我听见纸张发出的沙沙声，"在这儿。索菲·特纳。有一天我在纽约街头碰到了她。哦，已经好几个月了，她说她一直在联系你来着。你们联系上了吗？"

我的手抓着电话。在本宁顿的那几年，我从没跟索菲·特纳说过一句话。而且只有一个人能认出莫德姑妈，露西。那天晚上她承认了，她在纽约的一家出版公司工作过。那个人肯定是她。我一直奇怪她是怎么找到我的。然而，露西总是能做到其他人做不到的事情。

"爱丽丝？"

"对，对，她联络我了。"我回答说。我的声音小到几乎听不见，我环顾整个房间，确定她在听着。似乎我可以感受到她的存在、呼吸，就在那里，在门的另一边，于是我猛地回头看了一眼。我又回到电话这边，仍然紧握着它。

起初我想着要警告莫德姑妈关于露西的事，告诉她露西在丹吉尔，一切又重演了——迷雾散去，我记起了想要忘记的所有事情。但是把这些话说出口让我觉得很危险，墙太薄了，太脆弱了。我担心即使是电话联系也不安全，有可能会生变。毕竟，在丹吉尔有话务员。也许露西与其中一个是朋友,让他们留心我与别人的通话,然后把通话内容告诉她。我摇了摇头。不过,这太疯狂了。我静了静,想到了一个主意。也许我可以告诉莫德姑妈关于索菲·特纳的事,把这当作真正的露西的代码,这样她到丹吉尔之后跟她解释就会简单一些。到时,她就会明白,露西·梅森到底有多邪恶,她的支配欲究竟有多强,因为她无处可藏。

我深吸了一口气,说:"实际上,她现在就在这里。"

"什么,在丹吉尔?"我的姑妈问道。我听出她的语气中带有明显的惊讶和困惑。"我不知道她计划去找你。她没有提到关于这方面的任何事情。"

"是的。"我回答道,"这很突然。我也很惊讶。"

我们沉默了一会儿:"嗯,我想至少这意味着你在那里也不是完全孤身一人。现在索菲一定可以很好地安慰你吧。"

我使劲地闭上了眼睛。"是的,姑妈,当然是这样的。"我讨厌撒谎,我讨厌让她相信谎言。但是我跟自己说,必须这样。

"别着急,爱丽丝。"我的姑妈说,她的声音又变得低沉而有分寸,"我很快就会到你那里,我会处理好一切。我保证。"

我想起她在本宁顿跟我说过的话,那些话与她刚刚跟我说的诡异地相似。

我把电话挂上了,我的手在电话上方悬了一会儿,颤抖着。

12. 露西

　　她是一个骗子。我躺在床上想着。我的指间夹着一根香烟，滚烫的烟灰就快要落到床单上了。我知道，这是一个奇怪而荒谬的想法，但我还是细细思考着那种可能性，再一次想着她刚刚看我的表情——仿佛我是一个陌生人，她不认识我，反而害怕我。之前，我把她言行举止的不对劲全都归咎于约翰，我认为她是受了他的影响，但是现在他已经走了，没有借口了。

　　我坐了起来，烟灰落在了我的衬衫上。我不耐烦地将它拂去。

　　也许她举止古怪的原因是因为这个。她还不知道他走了，她不确定。也许我只需要告诉她——我为她做了什么，一切就会回到之前的样子。但是突然，传来一阵重物拖过地板的声音。我好奇"之前"这个词究竟意味着什么，我们会回到多久之前呢——在约翰之前，在汤姆之前，在我们周围还没有这些疯狂的事情发生之前。

一些动静打断了我的思路。

我蹑手蹑脚地来到门前,好奇地把耳朵贴在木门上。是爱丽丝,她的声音我不会听错,但她不是像第一天晚上那样在唱歌,也不是在她的房间里大声地自言自语。不,她说的一连串话语十分平稳,听起来仿佛是对着某个人说的,仿佛在这公寓里还有另外一个人。

我想到了,是电话。

我打开门,开始有些迟疑,所以我能听到的只有旋转黄铜把手的声音,我的耳朵也随着这动静响了起来。我小心翼翼地走到走廊上,我光着脚,跨过我卧室门外破损的地板,它有些褪色,纹理也不再清晰。她的声音现在更清楚了一些,不过还是有些含混不清。我皱了皱眉,朝她的卧室门走去。她又安静了,我等待着,屏住呼吸,直到——是的。我可以听见她在说话,可是那些话很模糊。时间一秒一秒地过去,我越来越沮丧,然后我想起了在客厅见到的那个电话,它就藏在沙发后面。我没有犹豫,生怕错过这一小会儿就会错过她整段对话。

我拿起话筒,另一只手死死地捂住嘴,确保他们听不见我的加入。她们突然不说话了,那一瞬间我担心自己被发现了。但是,没有——我发现那个人是莫德——她在用一种悲戚戚的语气和她的侄女说话,问她有什么不对劲,发生了什么事情。

我听着,迫不及待地想要听听爱丽丝是怎么回答的。

约翰失踪了。接下来，她说了这么一句话，我有些蒙，我跟不上她们的叙事了。爱丽丝知道了，她已经通过某种方式知道了，这件事让我陷入了冥思苦想。然后，她提到有人来找约翰，一个站在门口的男人。我赶忙瞥了一眼门厅，仿佛他还有可能待在那里似的。什么男人？我沉默地怀疑着。虽然我早上的大多数时间都在床上度过，但是我的睡眠总是很浅，一点动静就会把我吵醒。那天没有任何声音吵到我，没有任何声音警告我公寓里还有另外一个人。我想起那天早上我发现爱丽丝时她的样子——眼睛睁得大大的，头发乱糟糟的——她在翻约翰的书桌抽屉，显然在找什么东西，不过我没敢问她在找什么。

　　然后，我听到她小声说道：我知道是谁干的。我听见她提到索菲·特纳，我立刻就明白她意识到了什么，也明白了她想要做什么——因为我了解她，爱丽丝，比她自己更了解她。我可以在她什么都没做的时候就预料她的行为和反应。

　　我的身子不断下沉，一直跪到了地板。我的手指抓住了身下的柏柏尔地毯边缘，手指甲变得苍白。我还待在那里，无法动弹，不过在某一时刻我突然意识到有人关上了大门，爱丽丝离开了公寓，而接线员还在我的耳边说着话。

　　"小姐？您还在线上吗？小姐？"

　　我依然跪在那里，感受着、享受着这地毯对我膝盖的灼烧。

　　"是的。是的，我还在。"我回答道，我的嘴巴很干燥。

　　"这里是信息台。还有什么可以帮您的吗？"

我犹豫了一下，只一下而已。

"是的，你能否帮我重拨刚刚呼叫的那个号码？"

"同一个号码吗，小姐？"

"是的，麻烦你。"

我等待着，听着拨号的声音，想象着接线员在忙碌着，把爱丽丝客厅的电话联到了千里之外。那些线被插上、拔下。我专注于这个画面，努力把它保留在我的心中，不去想别的。要是能再久一点该多好。

响铃一次、两次，然后是——"爱丽丝？"

我已经知道接电话的人是莫德了，我在几十秒钟前还听到了她的声音，不过现在情况有一些不同。这举动的结局让我颤抖，尽管下午很热，我的身体还是在打寒战。

我准备把电话挂上，但我突然停住了，我将听筒重新拿到耳边，略带试探性地说："希普利小姐？"

一阵沉默："嗯？"

"我是索菲·特纳。"

"索菲？"她的声音中出现了一丝惊讶。

"是的。我非常抱歉通过这种方式联系您，但是我亟须跟您说话。"我顿了顿，屏住呼吸，在脑中盘算着，"是关于爱丽丝的事情。"

这一次，她毫不犹豫地接了我的话茬："一切都好吗，索菲？"

我希望能让我的声音颤抖一些、听起来很不稳定,我对着电话轻声说:"不,不。恐怕不太好。"

我得快一点。还有一件事要去做,在爱丽丝回来之前,我还得打一个电话——这个电话不能在公寓里打,万一他们追踪起来就麻烦了。我不知道他们是怎么运作的,但是我知道有记录可查,接线员负责的小卡片上会记录着谁从哪里打了什么电话、打了多久,等等。如果我的计划成功,接下来的这一通电话将无迹可寻。

我走了出去,我的步伐沉稳坚定,我希望计划成功。

刚刚,我在绝望中想到的这个计划应该是有用的。毕竟,我没有料到会出现这样的局面,没有预见这个转折——这很要命,这个变化我并不想看到。我已经如此完美地走到了现在,而她居然就这么走了,把一切都擦得干干净净。

公共电话亭就坐落在街角,和我记忆中一样。一走进去,我就等待着听拨号音,等着接线员在我说话前向我问好。我故意模仿着爱丽丝的口音说道:"请帮我转地方警察局。"我顿了顿,说,"好的,好的,我会等的。我的名字吗?爱丽丝·希普利。"

完成了。没有回头路了。

我挂上了电话,我的思维已经扭曲了。这一小时里,一切都变了。一个人的全部人生居然会被几句话转变,这似乎是不可能的，甚至很荒谬。我的心试图跟上事态发展，试图理解现在的情况，不过失败了。但是，不，我提醒自己，不是我——是爱丽丝。她才是那个人。

我转身离开电话亭，一个人站在那里，挡住了我。优素福。

"哦，拜托，让我一个人静一静。"我小声说道，我突然感受到这个小玻璃亭里有多么闷热，我的衬衫贴在后背上，"我们之间没什么好说的了。"

他笑了："但我只想聊一聊，我想让我们之间的事情再一次回归正常。"

我看着他，知道他说的话并不代表他的真正所想，知道他另有所图。他今天来还有别的原因，他那天晚上来找我也是别有目的。我知道我们的相遇不仅仅是巧合。他想从我这里得到些什么——不，不只是这样。他觉得自己可以得到的东西——也许是他应得的东西——被亏欠了。我想知道这个东西是什么，鉴于已经发生了这些事情，我好奇它到底会有什么影响。警察很快就要来了。我的时间不多了，我必须回到公寓去。但是我停住了，希望有那么几分钟、那么几小时可以让我假装一切都和一天前一样。即使我知道这不是最明智的决定，我知道我应该赶走面前这只蚊子，继续完成我的计划。但我还是重重地倚着电话亭，我答应他了。

"我想是吧。"我说，没有理会他脸上那危险的笑容。

我把他那晚在街上跟我说的恶毒的话抛到了一边，跟着他一起去了哈发咖啡馆和别的地方。当地住家的小门千千万，我们走进其中一扇。我甚至答应了他最后的荒谬提议——给我画像——那一刻我渴望且需要知道他的笑容背后到底藏了什么心思。那一天我感到疲惫，也感到愤怒，他居然是我生命中遇到的第二个决定要骗我的人。

一走进去，我就看见十几张画陈列在屋内，我在它们之间无言地穿行，好奇这些作品中有没有优素福自己画的，还是说这些也只是他做的表面功夫而已。也许那些颜料和画笔只是舞台道具，画完全是别人画的——可能是约翰还是爱丽丝曾经提到的那个姑娘，不过我想不起来是谁说的了。那些画即使不起眼，却也还不赖。日落、海洋、忙碌的集市。我发现画中全是丹吉尔的日常，不过色调很明快，让人觉得这座城市中没有不幸与麻烦。所有污秽、肮脏的踪迹全都一扫而空。我突然很想哈哈大笑。

不过，有一幅画让我停下了脚步。画上是一系列的屋顶，没什么特别引人注意的东西，但是颜料的活力让我很受震动。也许是豪放随意的笔触，或者是大胆的配色——我能看出，那是晒衣绳，一条纤细的绳子将所有建筑连接到了一起。它们乱成一团，简直无法辨认这根绳子始于何处，终点在哪儿。从某种程度上来说，这很可怕，这与他们在课堂上教给你的东西都不一样——但是，这并不是问题所在，那些事物让我想到了丹吉尔，仿佛我已经离开了。无论是因为什么，我都放慢了速度，我的手指轻轻地放在画框上。

"这一幅很美。"我说。

优素福点了点头,他带我朝他放在房间中央的凳子走去,一束自然光照亮了这块地方。他的画架和画布就在几步之外。"请吧。"他说。

我坐下了,我很感激他的提议,感激他给我这样一个机会,让我可以放松心绪,任思绪漫游,不去纠结过去几天发生的事情,以及将要发生的一切。我的眼睛在房间里的这片静谧中忽闪着。温暖的阳光照到了我的脸上,我叹了一口气,身体十分放松。

"你知道。"优素福说,他的声音割断了空气,"我看见了你。"

我皱皱眉,高温仍然让我的心脏运转得很慢。我没有料到他会如此迅速地开始说话。"你看见了我?"我重复了一遍,睁开眼睛看着他。

他的脸从画布后面出现,他的眼睛亮得很诡异:"是的。那天我看见了你。在墓地附近。"

我怔住了。我的手在腿上抽搐,但我稳住了自己。"你是说我和朋友一起去的那次吗?"我回答道,努力让自己小声一些,让自己的声音听起来很轻松——不过我现在清醒了,"没错,我带她去了哈发咖啡馆。我想她会喜欢那里的景色。"

"是的。"他点点头,"那次我也看见了。"

啊!看来这才是事情的真相——他一直在跟踪我、尾随我,就像烂片里的某位极具英雄色彩的侦探。看来我没有充分考虑到优素福这个人。他一直融于背景中，像一只即将被弹走的蚊子。但是现在，回想他在那天晚上被我推到一边时的表情——厌恶。是的，但是还有一些别的情绪。我感受到了他在暗中的回应，愤怒。就是这样。这种愤怒很宽广，也很深刻，我知道他愤怒的对象绝不仅仅是我。我的心越跳越快。如果他一直在跟踪我，就意味着——一口气卡在了我的喉咙里，我这才意识到，他知道了。他知道了，而且他已经决定利用这件事来引我上钩。

"是的。"他继续慢慢地说，充满自信和从容——他确认了我的怀疑。"我看见你和他在一起。"他接着说，"我看见你做了什么。"看来我们之间已经非常坦诚了。

我没有动。"我有钱。"我平静地说，好像这不是什么光彩的事情。虽然我说了这话，但我也想到，我的账户上数字几乎为零。

优素福点了点头，不过他的脸很扭曲，仿佛我的话侮辱到了他——但是他其实就盼着我说出这些话。我觉得自己理解他的厌恶之情，他的怨恨。考虑到他的现状，我愿意宽恕他，愿意忽略这个事实：他企图骗我——他唯一的支持者和守护者。毕竟，我理解绝望的心情，理解这种绝望会让你怎么样，理解它会逼迫你做出怎样的事情。优素福和我，我们两人并非完全不同。这时，我想起了钱。我把手紧紧地扣在一起，指甲嵌入我的肉里，我感觉很痛。我的皮肤上出现了鲜红的血液，我没有理会。付一次款是不够的，我怀疑给他多少钱都不够。

不行——我需要逃出去。

突然，我想起来。距我们在里夫电影院外面第一次见面已经很多天了，当时优素福以为我的名字是爱丽丝。

这不是我故意做出的决定。当时我初到丹吉尔，告诉他的名字是她的而不是我自己的。我这样做只是因为对面前的这个男人有所顾虑而已。他戴上了面具，我也戴上了自己的面具，我以前这样干过很多次了。我最初出于直觉做的决定本没有他意。但是现在，现在我发现了其中的好处。我不想这样，我感觉自己全身都在排斥这个想法。但是，我提醒自己，没有别的办法了。我已经被困住了，被逼到了角落，唯一还有意义的一件事就是活着——我自己活着。他们——爱丽丝和优素福都让我无路可走。

13. 爱丽丝

在与莫德姑妈打完电话后,我感觉释然了,甚至觉得充满了士气。我知道她马上就要来丹吉尔,她会让一切回到正轨。然而,当我站在客厅,当我看到每一样属于约翰的小物件时,我就为自己几小时前的想法感到愧疚。我居然还在想要不要留在丹吉尔,要不要继续和他在一起。这就像是一种背叛,比他承诺的任何事都危险得多。然后,我离开公寓,我迫不及待地想要远离这个密闭的环境,这里面全都是他留下的痕迹。我走过一条又一条街,经过我们一起去过的市场,皮革和肉类的气味是那么冲鼻,但我无动于衷,不过这味道的确令我有些反胃。我经过一家咖啡馆,我想起刚来的时候,我们还坐在这里开怀大笑。我加快了步伐,我走得太急,把自己绊倒了。我没有方向,漫无目的,我意识到这座城市的每一个角落都沾染着我对约翰的回忆。无论我去哪里,都逃不掉这些回忆。

在某一刻，我意识到自己被人监视了。

他很聪明，藏得很隐蔽，所以我第一次只是用余光看见了他，他的帽檐很宽，遮住了他的脸。我摇了摇头，坚定地告诉自己，不要凭空想象，但就在此时——他又出现了，和那天上午是同一个男人。那个带着伤疤的男人。他就在我边上，一开始在我右边，忽而又到了我的左边，有时在我前面几步远的地方。他很小心，不愿让我看见他——但也没那么谨慎，他很聪明。但是，我提醒自己，如果他和约翰一起为政府工作，我猜他必须这样。我感觉自己的心脏开始加速跳动，我好奇他究竟想要什么。他觉得我会有什么样的答案呢？我加快速度，走进一个小巷，然后又转到另一个巷子里，但这些都毫无作用。

我无法摆脱他。

我回到公寓的时候，已经上气不接下气。我的心脏跳得很剧烈，笨拙地开锁，手在不停颤抖。不知何时，我的头发散开了。走向客厅的时候我可以感受到发丝在不停地蹭着我的双颊，于是我把它们梳了起来。我的动作很快、很专注，试图把自己从它们令人恼火的触碰中解放出来。

突然，我停了下来。

露西在那儿，她就坐在沙发上——但是她并非孤身一人。露西的两边各站着一名警察，他们穿着熟悉的褐色制服，戴着那顶独特的帽子。那帽子与其说是戴在头上，不如说是盖在头顶。我看见他们的步枪就支在其中一个书架边。我眨眨眼，想知道他们是不是真的在这里,想知道这一切是不是只是我的幻想。

"爱丽丝。"露西开了口,她的声音充满关切,"警察已经来问了关于约翰失踪的事情。他们想和你谈谈,但是我跟他们说我不确定你在哪里。我猜你是在集市那里吧。"

我觉得自己看起来一定很生气,我绝望地抓住身边的书柜。那一刻,我只想让手指有一些触碰到实物的感觉。"对不起。"我喃喃地说,我甚至都不知道自己在跟谁道歉。

一个警察站了起来,他用法语说:"一切正常吗,女士?"

"是的。"我挣扎着回答。我感觉自己的呼吸十分急促。

"她看起来好像病了。"另一个警察观察后用法语说。

他仿佛要过来,但我举起了手。"不。"我坚定地说,"我没病。"

一阵短暂的沉默,两位警察都心不在焉地看着我。"我们接到了你的电话,希普利女士。"其中一位警察终于说话了。

"电话?"我在房间里看了一圈,看着他们的脸,他们充满期待地看着我,"但我没有给任何人打过电话。"

还是那位警官,他皱起了眉头,翻找着两手之间的笔记本。"我们接到一位名叫爱丽丝·希普利的女士的报警电话。她说今天上午早些时候,她的丈夫失踪了。"他顿了顿,"这不是你吗?"

"不。"我说,我的眼神一直在往露西坐的地方滑,我想知道警察来多久了,以及在这段时间她可能和他们说了什么。我的思路跳到了那个有伤疤的男人身上，还有他坚称不要联系地方警察。

"那么你的丈夫没有失踪？"

"什么？"我问道，我重新把自己的注意力放在那位警察身上，"没有——我是说，对，对，他失踪了。"

"你的丈夫失踪了，而你却不报警吗？"

我点了点头，脸一下就红了："对，对，是这样的。"

两位警官的眉头都皱了起来，他们沉默了，接着露西说："我当时在想……"仿佛在我进门之前他们正在对话，而她现在要把那段对话继续下去。她的目光在这个房间里到处游走，最终落到了我的身上。只是一眨眼的工夫——一、二、三——我不知道具体有多久，但是我已经明白了她在干什么。我了解她就跟了解我自己一样。我知道当她感到尴尬的时候，她的嘴会噘成一个O形，知道她在受到惊吓时会发出什么声音，或者当她觉得开心时她的瞳孔会如何变大。我了解她。我还知道如果她有了什么想法，那么在她看向我这边的时候，这些想法就已经形成了某种结论。

"有个男人。"她说，"优素福。"

我的眉头蹙了起来，感觉有什么东西开始在我的脖颈后方引起刺痛。

"优素福？"警察暂停片刻，不断地翻着他的笔记本，"他是谁？"

露西耸了耸肩。"他只是个当地人,实际上是一个骗子。他有时也用约瑟夫这个名字。"她摇了摇头,似乎在清理思绪,"我甚至不知道自己为什么会提起他。"

我觉得这是句谎话。

她转过身来看着我。"我觉得爱丽丝认识他。我记得好像在我刚来这里的时候,她提起过他。我总觉得这很奇怪,她居然会认识他那样的人。但是现在,我发现丹吉尔是一个小城市,认识每一个人并不难。"她顿了顿,接着说,"他戴着一顶软呢帽,上面有紫色的缎带。大多数人就是通过这个标志认出他的——他去哪里都戴着这顶帽子。"

她的声音中没有谴责,她更聪明一些。但是警察——我看见他的眼中有光在闪烁,虽然很模糊,但是足以让我知道他的兴趣已经被激发起来。他的身体似乎在不断膨胀,要填满整个房间。

我也可以看透她做了什么——她把我和优素福联系到了一起。这是一条撒着面包屑的小路。

"非常感谢。"警官轻轻点了一下头说,"我们会进行调查,如果有新的发现会通知你。有可能他只是和大多数丹吉尔人一样——在哪里喝醉了,睡着了,或者……"他拖长了尾音。

"或者什么?"我问道,我的声音没有我想象的那样充满质疑。

他只是耸耸肩:"在这段时间里,女士,如果有关于你丈夫的任何消息,也要让我们知道。"

我点点头,这话听起来像是批评,仿佛约翰的消失都怪我,不过我不在乎他的说话语气。我在想他不辞而别的其他原因。也许与当地赌徒打架,被刺中了。也许在一家夜总会里与拉皮条的发生了争执。我摇了摇头,不是这样的。但是就在我可以告诉他们的时候,他们走了,厚厚的衣服和沉重的皮靴摩擦着。

"你去哪里了?"露西问道,她的声音打破了沉默。

我看着她从沙发上站起来,然后走到窗台边坐了下去。她穿着黑裤子和一件朴素的浅色衬衫,我看见她拿起一根点燃的香烟放到嘴里,我的脑海里突然产生这样的想法:这就是她。颀长优雅的线条,没有装饰,没有蝴蝶结。她还是我见过的最美的女子——但是在某种程度上却让我害怕,让我瑟瑟发抖。

"太黑了。"我看了看。我发现在警察走后,太阳已经开始下山了,房间里的光线越来越暗。突然,我绝望地走向一盏灯,想得到一点光明。

"不要。"她的声音坚定而果断,"我想看日落。"

开始叫板了,我想忽略她的话,想不管三七二十一去把灯打开,让我们两个暂时瞎了的人进入光明。但我克制住了,我想起了莫德姑妈,她正在来丹吉尔的路上。我的手指再次抽搐起来,我等不及想让她赶紧到来。

"这和家里一点都不一样,不是吗?"她突然问道,还不嫌麻烦地转过头来看着我。

我看向窗外,天空中布满粉、白、蓝色的条纹。是的,的确不一样，我想。也许甚至可以用极其美丽来形容。但是在那一刻，我只能看到不祥和警告，我只能看到那是一个我可能永远都无法逃脱的威胁。我已经答应姑妈不把警察牵扯进来，但不知为何他们还是出现在了我的家门口。虽然我确定自己没有打电话给他们，我不是那个把他们召集过来的人，但我也记不清挂掉给莫德打的电话之后究竟发生了什么。我过度紧张了，我被这个完全属于约翰的地方包围。这栋公寓、这座城市以一种我无法理解的方式属于着他。在这个时候，如果能回到童年黑暗、阴雨的天空，我可以付出一切。

她跟我说："你永远出不去了。"

她的声音中没有责难。她就像那些在陈述事实的人一样——而我觉得这确实是一个事实。曾经，我一直没有出去。曾经，我害怕有什么东西潜伏在小巷的角落，潜伏在酒吧和咖啡馆的密室。我想告诉她，那是以前。在她来之前，在约翰消失之前，在一切都变了之前。而我开始怀疑、开始记得，真正的危险并不完全存在于我的内心。

"你去哪里了？"她问。

香烟的烟雾围绕着她的脸弥漫开来，我很好奇她是不是已经知道了，有没有可能她问我这些只是想看看我对她是不是忠诚。"我去了市场。"我撒谎道。

她环视四周："那你买了什么？"

"什么都没买。"我耸耸肩，不过我不确定在这将我们笼罩的黑暗中她能不能看到我的动作，"我只是想去看看。"

"那个时候去市场已经很晚了。"

我的语气很固执，回答道："我先到了那里，然后又去别的地方走了走。"

她点点头，然后盯着我的眼睛说："我很惊讶你居然没有告诉我。我是说，关于约翰的失踪。"

我迎视着她的目光，尽管我的声音在颤抖，但我还是问道："我需要这样吗？"

这个问题，这个暗示，在我们之间久久徘徊，没有答案。

她面向窗户说："我们还是可以走，你知道的。我们两个人，一起走。我们可以去西班牙、去巴黎。"她顿了顿，慢慢地转过身来看我，我可以听见她的裤子摩擦的声音，"现在还不算太迟。事情并不需要以这种方式结束。"

她的眼神中闪烁着绝望——我看得到。虽然我知道这样很荒谬，知道这样是错误的，但我还是有些许答应她的冲动。如果我就这么闭上眼睛投降，让我们之间的距离更近，把这噩梦抛在脑后，可能事情就会简单一些。也许她也感觉到我心软了，因为她伸出了手，似乎要来抚摸我。但突然，我想起了汤姆，想起了约翰，想起她是最大的嫌疑——不，我严厉地小声对自己说，绝对是她做的——我觉得自己十分无力。我把她的手推开，那股力量把我们两个人都吓了一跳。我看见了——震惊、失望，还有愤怒。"你不能勒索我让我爱上你，露西。"我喊道，无法停下来，

"这样是没用的。"

她的脸僵住了,似乎在抽搐变形。然后,虽然周围一片漆黑,我还是看到她的一边嘴角开始上扬。似乎她的嘴唇翘起,被人往上拉拽。她的表情就好像是一只猫在玩弄一只老鼠一样。

我的皮肤开始发痒,我知道又有事情要发生了。我已经感觉到她接下来的话会很危险。

"你准备什么时候告诉警察?"她问道。

我怔住了。

"把你知道的告诉他们。"

"我知道什么?"我小声说,我的身子在不停哆嗦,我努力不去理它。

现在她笑了——一个掩饰不住的发自内心的笑容。"萨比娜的事啊。"

我双臂抱着腰。我不想再待在这里。不想待在这个房间,待在丹吉尔,不想在非洲大陆的任何一个地方待下去。这里不是我的家。这里从来都不是我的家。我只是建了一个包围圈,然后把自己困在里面罢了。我制造了一把锁,但是我又把钥匙给了露西。我的胃一阵抽搐,我突然觉得自己病了。就在这里,在客厅,周围都是约翰的东西和露西如同猫咪的露齿笑,在这样的环境下,我病了。

"萨比娜?"我重复道。

"是的。"她转过身来,"警察想知道那天发生了什么,在哈发咖啡馆。"

我觉得自己在退却,觉得自己陷入了恐惧之中——不,不是恐惧,是惊骇。我记得那一天,那个女人,那个碎裂的玻璃杯——楼梯上的鲜血在下午阳光的照射下闪闪发光。我觉得她有些熟悉,虽然我想不起来在哪里见过她。第一天晚上她的脸,在我晕倒之前的那几秒,约翰的真相,我们之间关系的真相,全都暴露出来了。我动弹不得,言语不得。我一动不动地站在那里。

"你在说什么呢,露西?"

她轻笑一声:"爱丽丝,我知道你推了她。"

我感觉自己的血液上涌,感觉耳中嗡嗡作响,耳膜被激得一跳一跳:"我没有,露西。我没有推那个女人。"

"你是说萨比娜吗?"她问道。

一听到她的名字,我的胃陡地沉了一下,但我压住了这股恐慌。

关于那一天,我一直在苦苦思考。我对发生的事情怀疑了十几遍,我百思不得其解。我的心里在不断重演那段情节,一遍又一遍。有时候想象我在她摔倒前看到了她的脸。她的脸上全都是恐惧的表情,明知发生了什么却无法阻止。我很享受吗?我很想知道,试着找回那种感觉。我知道当时我已经意识到她是谁了。我看着露西,为不会说出口的话而战。

"我不怪你,爱丽丝。"她从窗边走开说,"我也会做同样的事情。毕竟,如果有人像那样背叛你的话……"她把尾音拖得很长，她的眼睛在黑暗中闪闪发光。

我觉得自己的脉搏越跳越快，感觉角落里的黑影越来越大。

"我现在要去睡觉了。"我一边说，一边感觉自己的声音在身体里回响，"我怕我的头疼得厉害。"

那一晚，我锁上了卧室的门。我把那个很重的木制梳妆台挪到了门边，木头腿刮擦地板的声音令我十分愉悦。我思考着现在的情形有多荒谬，思考着整个不幸的循环。我花了大半小时的时间——推推拉拉——但我没有停下来，直到最后它形成了一个障碍，将我的房间和走廊隔开，将我和露西隔开。我低头看了看，地板上刻下了数条深深的小溪。这些印记让我高兴，我行动的耐力也让我高兴，这记录了我的反抗。莫德姑妈来以后，我会把它们展示给她看，这样她就会明白我为了逃离露西的掌控所做的一切努力。

那时她就会明白了——然后，我们会一起找到一条出路。

14. 露西

　　我等了好几天，才回到了藏他尸体的地方。

　　我之所以来这么一趟，一方面是为了让自己相信这件事是真实的——这件事真的发生了，约翰确确实实死了。他不会再莫名其妙地重新出现，成为来纠缠我的幽灵——一方面是确保优素福没有掺和进来。我一直等到爱丽丝睡着，等到这座城市最终进入梦乡，才潜进了黑暗之中。我头昏脑涨，又开始耳鸣，似乎我每走一步，那湿气就增加一点。我就这样一步一步，不可避免地，离他越来越近。

　　然而，虽然我知道我会在最后抛下他的地方找到他——他的尸体挤进了一座巨石之下，与悬崖绝壁靠得很近，即使是当地人也不敢在那里徘徊——看到他我仍然很震惊，这是对我的愤怒出于本能的证明。我歪了歪头。在这破碎的月光下，他会被误认为是在丹吉尔月色中安静入眠的游客。在这件事发生以后，时间转瞬即逝,于是我发现自己十分凌乱,我很惶恐,努力去移动他,移动他的尸体,移到我事先安排好的地方——那个地方之前似乎很完美,但是那一刻它看起来却很不隐蔽。

我站在那里,低头看着他——我曾经的敌人现在被打败了,被征服了。他再也构不成威胁。我的耳鸣开始缓解,耳朵也不那么涨了,仿佛随着我来丹吉尔以后一直折磨着我的担心和焦虑一起消失了。

我走得更近了一些。我转过我的脸,开始拉扯——我现在在努力把我前几天才塞进去的东西拖出来。我猛推了一下他,他的身体已经僵硬腐烂了。我的眼睛没去看他的头骨,我想象着那里有一个窟窿,那个洞是我当天晚上用藏在背后的石头砸的。石头的边缘很锋利,我的意图很明显。

石头落到他的头顶时,发出了一声闷响,为了做出这个动作,我不得不让自己的身体挺得很直——不断往上、往上,似乎超出了我的正常身高——在这个过程中我扭伤了肩膀,之后我踉跄着后退了几步,担心让他占了上风。但是没有,他已经跪了下去——惊讶、痛苦,我不知道,我想不起来了。那持续不停的嗡嗡声在那时已经变得震耳欲聋,即使他说了什么,我也很有可能什么都没听见。他的临终遗言——如果有的话——也都随风飘散了。只有丹吉尔知道他说了什么,我猜她会守口如瓶的。

之后,我看了看手中的石头,看着这个冷冰冰的、沾上鲜血的石块,好奇这究竟是一块石头,还是一个曾经埋过死人的坟墓。我强忍着没有笑出来。

约翰动了一下,他反应过来发生了什么,愤怒让他的脸十分扭曲,他的情绪很激动。不知怎的我们两个人都摔倒在地,石头从我手中滑了出去。也许他在这个时候说话了,但不是什么值得记住的话——他的发音含糊不清,似乎他喝了太多酒。

他夺走了石头,把它高高举过头顶,此时的他看起来像是一位怪异可笑的舞者正试着用脚尖旋转。他开始向我这边走来,摇摇晃晃。他前额上的伤口流了很多血,那些血顺着他一边的脸颊流了下来,将他笼罩在光滑的黑暗之中。

一切都发生得很突然。我起身,从他的指间把石头撬了出来——他没有一丝反抗,仿佛已经知道这样做只是徒劳。我把石头砸了下来,这一次我下手很重,他没有再动弹了。

现在,我推着他的尸体,我的双臂因为用力而颤抖,我想知道这一切都是为了什么。我在悬崖边停了下来。

我们来到了终点。

我弯下腰去,最后推了一下,我浑身上下都使出了一股劲儿,每一块肌肉都用上了力,仿佛只有这样我的罪行才能得到赦免。我静静站着,一身尘土,我等着听下面传来水花飞溅的声音,等着听终结的传令。

什么都没有。

之后,我站在悬崖边,看着下面的海洋,试图看清我的未来。我知道爱丽丝不会和我一起走。我们不会去西班牙,不会在落日余晖中吃着小食喝着酒。我没精打采地想,巴黎之旅也许永远都不会实现了。也许这是我第一次看透,我为我们俩规划的生活永远不会发生。此外,我还看到了原因——原因出在爱丽丝身上。她是逃到丹吉尔来的那个人,她离开了我,让我在纽约寒冷的街头孤身一人,支离破碎。是她的选择、她的决定让我们落得这般下场。我所做的唯一一件事就是试图做最有利于我们的事情,去创造她口中的理想生活。只是她其实并不是很想要这种生活。不久前的一个夜晚,我在酒吧里想到了她之前说的话,我意识到了这一点,极受打击。于是我听到了真相的轰鸣,尝到了真相铜制品一般的金属味道。她从未想过要跟我在一起。

我转了过去,背朝大海,背朝我做过的事。

我不是那种必须做最终祈祷的人,我知道没有什么是诚实和善良的。离开第一束晨光,我所能想到的就是他和他爱过的女人在一起。不管怎样,不管那种爱对他来说意味着什么,他都会和她——丹吉尔——在一起,一直到海枯石烂。

就这一点来说,约翰是我们当中最幸运的人。

15. 爱丽丝

我上气不接下气地走到门口。那天早上，我在银行，准备在永远离开丹吉尔之前取出我和约翰放在账户里的钱。一开始，当我发现约翰挥霍了多少钱之后，我十分震惊。那个数字让我开始感到困惑，他究竟拿莫德姑妈每个月汇来的钱做了什么。一开始我想到了萨比娜，我很好奇我父母的钱是不是也花到了她的身上。这想法让我觉得恶心，但突然间我想起了她在倒下之前的那张脸——想到了露西说的——她那么年轻、那么惊恐，我不再担心她拿到或者没有拿到多少钱了。

我把钥匙插进锁孔，我的动作很快，希望确定公寓已经在莫德姑妈到来之前被收拾整洁。就在昨天，我收到了她的电报，虽然我打算去码头接她，但她已经坚决地回绝了我。莫德姑妈坚持不让我自找麻烦，她说叫一辆出租车就可以，她会直接和我在公寓见面。

我只希望露西可以出去。

我们在过去几天里达成了一种默契。露西起床很早，下午基本上都不在，她在我每晚锁上卧室门、确认自己安全以后才回来。我一开始很担心，我不知道自己应不应该感到警惕，她现在不要我陪她了。以前她一直想让我陪她，但现在却在逃避，每天都这么急切地躲着我，我应不应该感到担心。这很奇怪，太不像她了，但最终我决定，最好还是把时间花在打扫和打包上。一方面准备迎接姑妈的到来，一方面准备之后离开丹吉尔的事宜。到那时，我将永远不会再把自己和露西·梅森联系在一起。

我走进走廊，停住了脚步。客厅里传来了声音。一阵笑声，然后偶尔有人匆匆说一两个词，我听出来了，那是莫德姑妈的声音。我赶忙走了过去，我的胃突然抽搐了一下，我想知道露西究竟是怎么知道的，我还想知道她做了什么，她说了什么让莫德姑妈笑成了那样——我认识她这么多年，完全不记得她这样笑过。

她们两个一起坐在沙发上，仿佛这是世界上再自然不过的一件事，面前摆着一个托盘，上面有茶和饼干。

"怎么了？"我问道。

莫德姑妈吓了一跳，她抬起头来，说："爱丽丝，你来了。"她站了起来，向我走来，给了我一个简短而敷衍的拥抱。"我来早了，不过索菲在这里，她让我进来了。"我的表情使她皱起了眉头，我知道，我一定是怔住了，脸上写满了恐惧——发现莫德在这里，和她在一起，还有这个简单的事实可能带来的所有影响,我很害怕。"爱丽丝,发生什么事了?你的脸惨白惨白的。"她向我走过来说,"看来警察已经告诉你了?"

我看着露西,她坐在那里,窝在沙发边上。我注意到,她就穿着来那天穿的那件系腰带的黑色连衣裙。我现在看透了她的伪装。"她不是索菲·特纳。"我没有理会姑妈的问题,只是这样回答道。

莫德皱起了眉头。"你究竟在说些什么?"她转过去看着露西,"你知道是怎么回事吗?"

露西的脸上充满担忧。"我觉得可能是她现在压力太大了。就像我在电话中说的那样,约翰消失后,她就跟丢了魂一样。"

"她在撒谎。"我打断了她的话,于是莫德惊讶地转过来看着我,"露西说的全都是谎话,她一直在撒谎。"

"爱丽丝。"莫德淡定地说,"我觉得你犯糊涂了,亲爱的。我感觉你把约翰的事情和之前汤姆的事情搞混了。"

"不,没有,我没有。"我摇着头说。

"你搞混了,亲爱的。"她的手抓着脖子,在感到焦虑时我们有着相同的姿势,这是我们的共性,这是我们有血缘关系的明证,"就在几天前,你还跟我说索菲跟你在一起。你不记得了吗?"

我摇了摇头,在那一刻,我找不到一条出路来走出我自己的谎言。然后我记起了她刚刚说的话,问道:"警察已经告诉我什么了?"

她一脸狐疑:"我猜这就是你看起来如此沮丧的原因吧。你刚从警察那里回来吧。"

"发生了什么?"我问道。

露西站了起来。"爱丽丝,警察之前来这里了。我已经跟你的姑妈说了他们来找你是为了什么——一群渔夫找到了他,就在港口那里。我是说,约翰。"她顿了顿,一脸关切的样子,"他们一直在找你。"

"找我?"我问。

"是的,爱丽丝。"莫德回复道,"他们需要你去辨认他是不是约翰。"

看来,我猜对了。约翰死了,就像汤姆一样,死了。

我上前几步,不理会姑妈脸上的惊愕,还有露西脸上愉悦而诧异的表情。

我抓住她的手提包,把它夺了过来。

"爱丽丝!"莫德叫道,"你在干什么?"

我没有理她,我翻遍了那个包,我寻找着那个肯定在里面的东西,我知道就连她也料不到我还有这一手。"她的护照。"我说,最后我终于拿到了那本小册子。我把手提包扔到了一边,包哗啦一声落到了地上,我看着露西往后退了退,一枚银色的小粉盒面朝下掉了出来,里面的粉已经碎了,盖住了瓷砖地面。"给。"我一边说着,一边把那本小册子递给我的姑妈。我的手在颤抖,不过只有一会儿,我记得我在本宁顿的时候也是这样拿着那个手镯和那些照片的。我的额头出汗了,一绺头发固执地黏在上面,我把它们捋了上去。我提醒自己说,这不重要。那是不同的时间,不同的情况。这次露西是有计划的,她每一步都策划好了,所以我无计可施,只能落入她事先给我设下的圈套。现在,她只是凭直觉表演。她在应对我拒绝屈服的做法,这种背弃让她卸下了防备,完全没有反应过来。她的表情明明白白地透露了这一点。

"打开。"我向我的姑妈下达了命令,"打开看看,你就会明白她在撒谎。你就会明白她不是索菲·特纳。她完全是另外一个人。"

"那她是谁呢?"莫德问道。

"我已经跟你说过了。"我说,我的声音充满恳求,"露西·梅森。"

她发出失望的声音。"噢,爱丽丝。"她摇摇头,"我们怎么又回到这里了?"

"不。"我不听她说的,"你会明白的,这一次你会明白我是对的。打开它。"

莫德姑妈叹了一口气,用手指夹着那本护照,仿佛她害怕打开它,甚至连碰都不敢碰。为什么,我想大叫。为什么,这明明可以证明她的侄女是对的,会让那个女人、让那个坐在她旁边的陌生人原形毕露,而不是让与自己有血缘关系的人蒙冤。

"姑妈,求你了。"我小声说,那一刻,我恨她,她居然逼我求她选择相信自己的侄女。

"好吧。"她叹了一口气，打开了护照。

我等待着——等她困惑地皱眉，等莫德发现她也被坐在我们面前沙发上的看起来纯良无害的女孩欺骗之后发出难以遏制的怒火。

是的，的确如此。我宽慰地笑了——我看见她的表情被蹙起的眉头代替，她双眼之间的褶皱折了起来，变得更深了。我看着她把那个小册子递给露西——我知道，她想要一个解释。我的身体屈向了她们，我等不及想听露西会编一个怎样的借口，我知道她将无话可说。这一次，神仙也救不了她了。

但是，露西只是把证件放回裙子口袋里，莫德又坐到了沙发上。

"怎么了？"我问道，"她做了什么手脚？"

莫德摇摇头，仿佛很失望。"索菲什么都没有做，爱丽丝。"

我费劲地吸了一口气。"为什么你还这样叫她？"我摇摇头，努力想要搞明白现在是什么情况，"你看了她的护照了，你刚刚看了。"

莫德点了点头："是的，爱丽丝，我看了。"

我看了看莫德，又看了看露西，我的视线在她们两人之间来来回回。这两个人坐在那里盯着我，她们的表情如钢铁般冷酷无情。她们太像了，这让我很受打击——她们都很强硬，有时很淡漠，很冷酷，总是很执着。我奇怪自己以前怎么从未发现这一点。突然，一个想法从我的心中闪过，即使我知道这个想法很荒谬、很绝望、很疯狂。但是，我看着她们两个人，还是觉得这个想法是有可能的——她们俩是不是同一条船上的人。这件事，所有这一切是不是只有一个目的，就是把我逼疯，让我永远离开。露西如果知道我将永远不属于别人，知道我被藏起来、不被任何人触碰的话一定会很开心。至于莫德呢？我想起了那笔将要划归到我名下的钱，现在正由她保管着，因为她是我的监护人。这样想很疯狂、很愚蠢，但是我无法让自己不去这么想，这样解释完全合理。

"为什么你们要做这种事？"我小声说，我的声音冰冷而平静。

"哪种事？"莫德姑妈问道。

"这种。"我说，我希望自己的声音依旧保持着沉着冷静。"那本护照上有什么？"我质问道，我意识到没有亲自看看它，没有看看照片旁边到底写了什么。

莫德冷静地看着我："你觉得上面有什么呢，爱丽丝？"

我不确定是她看我的方式——如此冷淡，仿佛我们不再有血缘关系了——还是她低沉而充满质疑的声音在那一刻让我觉得她在威胁我。或许只是因为我认识到这个我一直信任的女人、我唯一真正的亲人抛弃了我，背叛了我。知道这一点后，我仿佛要窒息。于是，我发出了一声奇怪、疯狂的叫声，然后再一次冲向露西——这一次，我的目标是她口袋里的小册子。

我告诉自己,我必须知道真相。我推开她举起来保护自己的手。我必须知道护照上写了什么,我的姑妈是仅仅不相信我,还是与露西狼狈为奸——她惦记的究竟是我还是我的财产。于是,我拉拉扯扯。我不断抓着,然后感到有血——她的血——在我的指甲缝里。我什么都做了,直到我尝到了痛的滋味,直到我感觉到两只有力的胳膊拉住了我。

"爱丽丝。"莫德叫道,她的脸上失去了血色。

我停了下来。我抬头看着姑妈的脸,她的脸上满满都是恐惧。她的头发乱了,有几绺落到了脸旁。我转过去看着露西,她也一样,用发饰别好的头发现在披散在肩膀上。她的裙子被扯歪了,袜子也破了,她全身上下都是我施暴的证据。一句抱歉的话就在嘴边,但我没有说,她的护照还在我的手中,沉甸甸的。我必须知道真相。于是我匆匆瞥了一眼夹在我指尖的护照。索菲·特纳。我费力地喘了一口气。

我有一种不安的感觉,她还是领先了一步。

16. 露西

想让莫德·希普利相信她的侄女疯了很简单。

打完开始的那通电话之后,我们在她到丹吉尔之前又聊了好几次。我一直在向她汇报她侄女的动态、她的心理状态,我一直记得爱丽丝曾经跟我说过的话——关于父母死后的那种恐惧,还有她的姑妈想把她关起来之类的。她怕她的姑妈以为她疯了,她害怕姑妈可能是对的。

爱丽丝说的这些事情在那天下午起了作用。我几乎都要同情她了。看看她,多有自信,她相信自己要打败我了。她站在我们面前的时候,眼睛睁得大大的,但很茫然的样子。她的手指来回翻着那本护照,一遍又一遍地翻着,仿佛这样会让上面印的字发生改变一样,我都有点儿禁不住想冲过去抱住她,原谅她所做的一切。不过,我只是挪开了视线,驱散了这种本能。

她不可能知道我已经换了护照。在优素福想要敲诈我的那一天，我坐在优素福的工作室里想到了这个主意。我在那里坐了一会儿，一动不动，我害怕一动就暴露了我的软弱。最终，在我心里有数之后，我终于允许自己露出微笑，允许自己稍稍动了一下。然后，我用很强硬的态度说："在我给你钱之前，我需要你先给我办一件事情。"

优素福眯起了眼睛，他无疑被我大胆的要求给惊住了。

我迎着他的目光："我需要一本新护照。"

"我为什么要这样做？"他大笑起来，"这样你就可以不给我钱远走高飞了？"

"你会拿到钱的——而且是预先拿到。但是如果我得不到新护照，那么，给你钱让你闭嘴又有什么意义？警察迟早会发现问题。拿到新护照是我离开丹吉尔唯一的方法了。不然我也可以把钱挥霍掉，享受一下最后的时光。"我保持着微笑，不过我知道我的嘴巴一直在颤抖，触碰到我的牙齿。

优素福没有说话，他在考虑我的话。看得出来，他在仔细掂量着，我就知道他会的。毕竟，只要他先得到东西，我离不离开丹吉尔对他来说又有什么关系呢？是的，他更想要设一个长久的骗局，可以让他继续随着时间推移赚点东西。但是，如果被迫在一无所获和小恩小惠之间选——他很聪明，我知道他会怎么选。

"好吧。"他让步了，"我知道一个人，他也许可以帮上忙。"他用画笔指了指我，"但是我得先获得补偿。"

我点了点头："我同意。"

他眯了眯眼："你要是敢耍花招，我们的协议就作废。"

"我明白。"我向他伸出手，"我们要不要握手成交？"

他笑了，他的笑声很愉快，也很刺耳，他沉溺于自己的胜利之中，他的对手是一个无助的美国女孩。在我接下来做出不得不做的事情之前，我已经想要给他了。他的手在我的手中，感觉很粗糙，但我紧紧扣住，摇了摇——仿佛我很不知所措，仿佛他赢了，仿佛这个手势是我承认失败的表现。

后来，在大街上，我开怀大笑。我感到惊讶，我居然怀疑过他的价值。

我等待着，一直等到莫德说服她的侄女去休息，等到她把爱丽丝哄上床，就像哄一个孩子。过了一会儿她出现了，看起来很不安、很疲惫。

"你是对的。"她的身体陷入沙发中，我坐在她的旁边，"谢谢你给我打电话，索菲。谢谢你让我知道发生了什么。我害怕爱丽丝一直倾向于这种——事情。"她伸出手，把她的手放在我的手上。

她的手很干燥，也很冰冷，仿佛她完全不受沙漠高温的影响，仿佛即使是自然因素也无法对她产生威胁，无法压垮她。她是不可安抚的那种人，四平八稳。我不禁想到，她是一个被爱丽丝拖累的女人。我想象了一下如果命运选择给我这样一段关系，让我和我面前这样的女人产生联系，我会是什么样，我会有什么样的成就。

我赶紧驱散这种想法。

"当然。"

"我承认,我曾希望约翰只是和朋友一起出游,去搞一个什么愚蠢的小探险之类的东西。了解他这个人的话,其实这种事情并不出人意料。"她盯着我说,"他失踪的时候,你也在这里。你觉得发生了什么事?"

我在回答之前仔细地斟酌了一下我的话,抛掉了那些没用的信息。"我不知道。一开始的时候,他们看起来还不错,但是后来,事情明显出现了问题。然后爱丽丝对我倾诉,说了关于另外一个女人的事情。"我摇了摇头,"上一次我看见约翰的时候,他们吵得很厉害。我不知道在那之后又发生了什么。我不知道。"我小声说,逼迫自己把所有情绪都灌注在最后的那些话里。它们萦绕在心里,听起来有股不祥的气息,我们两个人都可以感受到它们不愿散去。

她点了点头:"我想,现在的问题是,需要做什么事。"

我假装很惊讶:"您是说,对爱丽丝吗?"

"是的。"她叹了口气,"我承认,一牵扯到爱丽丝,我就完全不知道该怎么办了,也不知道正确的事情是什么。从这一方面来说,她就像我的兄弟一样。我也是从来都不知道该跟他说什么。"她摇摇头,一片阴影掠过她的脸庞,"这似乎有点过分了。这样的不幸这么多次降临在一个女孩身上。先是她的父母,然后是在佛蒙特的那个男孩。现在又是这样。"她摇了摇头,"还有这种拿她以前的室友来说的蠢事。我完全搞不懂。你知道的,她非要说那个女孩与本宁顿的那次事件也有关系。我花了全部的精力来劝说那里的警察相信她失去了理智,她只是对这一切感到混乱不清——那次事故,还有那个女孩的消失。"

我感受到了她言语中的分量——关于爱丽丝的指责——搅在我的胃部深处。"是不是警察跟她这么说的?"我问道,看到莫德困惑的表情。我继续说着,无法回头了,"我是说,关于她室友的事情。我想如果需要的话,他们是很能说服人的。"

莫德摇摇头。"不,完全是爱丽丝。你为什么这么问呢,亲爱的?"

我眨了眨眼,我的视线似乎突然变得很朦胧——我想,是模糊。但突然,不——我摇了摇头,耳朵里的震颤很强烈,很固执。决定了,是不屈不挠。"只是听起来太捕风捉影了。"我迅速地说,"太不可思议了。几乎像——"我顿了顿,眼睛向下看着。"原谅我这么问,希普利女士,不过爱丽丝有没有被关起来过呢?"

莫德直勾勾地盯着我,她的眼神凌厉又有些迟疑:"没有。你为什么这么问?"

"她似乎特别——脆弱。您也提到了那些事情。"我微微动了动身子,"我知道我们并非一直是最好的朋友,但是总有人说她非常脆弱。"我继续说着。我回想着第一次见到她的那一天,努力让这些话听起来真实可信,"我为她担心,我担心她啊。"我顿了顿,"我有一个姑妈,她身体不好。她以前——嗯,她以前会说一些假的事情是真的。她说有人进了她的房子,摸了她的灯,有人动了她的家具。我的父母最终决定把她送到可以照顾她的地方,他们觉得这才是更善良的做法。"

莫德现在看着我,她的眼神很犀利,什么都逃不出她的眼睛。"我考虑过这个问题。"她打破了沉默,"那时候她的父母刚去世。你知道的,她非常非常伤心。远远超出了正常的悲痛。"她匆匆瞥了我一眼,于是我知道她接下来的话将会十分重要。"她一直觉得,她是造成父母死亡的始作俑者。"

我依然保持着静默,让这个想法在我们之间的灯光下膨胀:一个可怜的孤女的形象,她带来了那么多的死亡。然后,虽然我无法解释原因,但是我觉得有什么事情已经尘埃落定。仿佛莫德已经用那段时间,用那段沉默来质疑、沉思,然后做了决定。她转过来看着我。我看到的不再是一个迷失而困惑的女人,而是一个有所企图、有所计划的人。

她眯起了眼睛:"听说你家里的不幸,我很遗憾。我本来打算早点告诉你的。"

"哦?"我扬起眉毛问道。我迫不及待地想要看看她做了什么决定——以及索菲·特纳要在其中扮演什么角色。

"是的。"她顿了顿,"你看,我有一个主意,但是需要一些帮助。"我没有提出反对。她接着说:"如果你觉得你能办到的话,我需要你在西班牙为我做点什么。当然,你不会白费时间。爱丽丝每个月会从被托管的财产中得到一小笔生活费,我可以把这笔钱转给你。银行会处理所有的细节,所以你不需要有任何顾虑。"

"是的,我明白。"我说,不过我其实还不是特别明白。但是我知道,我很快就会搞清楚。莫德完全相信我,她相信坐在她面前的这个女人——索菲·特纳——为人善良、正直且值得帮助。虽然我的确已经有了一个计划,但我也很好奇,我想看看莫德打算怎么办,她的计划在这段长跑中会不会让利益更大一些。

我权衡了一下风险,考虑了一下机会——我突然想到那座寄宿公寓里悲哀且千篇一律的房间——然后快速答应了。

莫德感谢地点了点头:"她今天的行为让我确信,必须要做点什么了。"她把视线移开,看向了窗户,"很久以前就应该这样做了。"

17. 爱丽丝

第二天早上,警察很早就来了。

当然,我预料到了。我知道,他们敲我的门与我被留在平静之中,我仍然可以假装可怕的事情没有发生,一切只是我在做梦而已——这两个时刻之间的时间正在一点点互相逼近。

约翰死了。他们前一天就告诉我了——莫德和露西——不过我的内心并没有把这件事当作事实。我没把它当作什么实实在在、不可动摇、不能挑战、无法改变的事情。我躺在床上,莫德给我盖好被子,好像我还是一个小孩子一样,好像我是她永远也没能摆脱的一个病人、一个麻烦。我感觉到那个词一直在我的心中回荡——死亡。这一切都太熟悉了,又有一些陌生。不可能是真的,我想告诉我的姑妈,我感受到她在用力拉扯着被单。约翰不可能走了,他不可能死了。我想要跟她解释,他应该是那个让我振作、让我走出抑郁和黑暗的人。那片黑暗自从佛蒙特的严寒之夜以后就一直笼罩着我,甚至在那之前就已经有了。他不可能走了,不可能死了。

我的心完全无法接受这件事。后来他们在验尸官办公室刺眼的灯光下给我看他的尸体,我往后退了退,面无血色。我很吃惊,我一直想着身边的莫德姑妈,想着警官的眼睛盯着我的每一个动作、每一口呼吸。我感觉他们——他们所有人——都在等待,等着看我掉眼泪,看我歇斯底里。他们在等一场表演,而我似乎并没有那个精力。

我转过身,面若冰霜。

"女士?"

我仰视着两名警官,他们的表情很犹豫、很迟疑——我觉得,他们仿佛很害怕。我当时想要大笑,他们究竟怕我什么?我想知道。我不禁去问他们——但是那一刻的重要性、我应该感受到的情绪、他们希望我展现的情绪……这一切实在是让我喘不过气来。我对他们点了点头——这个省略了一部分的小动作有点儿像鞠躬——然后我开始往后退,向门走去。这种感觉我在哈发咖啡馆也体验过,在生命中其他无数个瞬间也体验过。我体内的恐慌开始升腾,那种陷入绝境的感觉威胁着要压倒我。在这一刻,我最需要的就是可以离开这个限制住我的空间。尽管如此,我还是停了下来,向左看看,向右看看,确信有些东西不见了,有些东西被我忘记了。

是露西,我突然意识到。

我一直在找露西。

这一次，我真的笑了。

"女士。"我听见警官又说话了，我可以感受到莫德姑妈锐利的眼睛在盯着我。但是，我还是无法回应。除了转身离开验尸官的办公室，走进到处都是门的走廊，我无法做任何事情。不过那些门中没有一扇看起来像是通往我寻找的出口。我推了推其中一扇，然后是另一扇，每一扇都不让步。无路可走——我被困住了，我陷在了这个迷宫一般的走廊。

我的面前出现了一个人："麦卡利斯特夫人吗？"

从来没有人用我丈夫的姓氏叫过我。我想了想这种荒谬性：这是我第一次听人这样喊我，而我丈夫的尸体就在离我几步远的地方。"希普利。"我小声说，我的声音在颤抖，"我的姓氏是希普利。"

那个男人皱了皱眉。"好吧，希普利夫人。"他顿了顿，指了指身旁的那扇门，"请跟我来。"

那个站在我面前的男人块头并不大，他的眼睛只比我的高一点，但是他还是让我有所顾忌，让我的心开始恐惧地怦怦直跳。他的级别显然比刚刚跟我说话的那两个警察高，我想知道他有什么目的。我看着他指的那扇门，很惊慌地思索门后面可能藏着什么。我的心底某处模模糊糊地感觉自己应该问清楚他是谁，他想要什么，但是我所能问出的唯一一个问题就是："我们要去哪里？"

"去我的办公室。"他简单地回答,没有给出更多解释。

我感觉有一只手拍了拍我的肩膀,我转身一看,是莫德姑妈,她嘴唇上方那里沁出了一层汗珠。"你听见这个男人说的话了,爱丽丝。"她说,她的声音听起来很干练,"我们进去吧。"

那个人皱了皱眉,看起来对她要陪我一起有点儿失望。

他的办公室很空旷,墙上薄薄地涂了一层黄色的漆,没有什么装饰物,角落似乎要剥落了。他的桌前有两把椅子,我坐了上去,莫德姑妈坐了另外一把。

我们坐下以后,警官也坐到桌后自己的椅子上,身体前倾。"希普利女士。"他开始说,"你知道为什么一个叫优素福的男人会有你丈夫的东西吗?"

我摇了摇头,这个问题让我感到有些惊讶,我预想了很多问题,但没想到这个。突然有什么东西在拨动着,我记起了露西那天晚上跟警察说的话,关于优素福的事情。

"不。"我小声说,我的声音低沉而嘶哑,"我不知道。"

他皱着眉头看着我:"你还好吗,女士?"

我在考虑要不要告诉他。关于露西的事情,关于她是如何故意向警察提到优素福,以及她对他们谈论的一切都负有责任。我在考虑要不要告诉他这件事,还有发生的其他事情——然后我注意到他看我的样子,他的表情犀利而刻薄,于是那些话到了嘴边又被我给吞了下去。

"请给我倒杯水好吗?"我说。

我的这个请求似乎使他很恼怒，不过他还是向站在门外的一位警官示意。我们沉默了一会儿，然后一杯温水摆在了我的面前。

"谢谢。"我讷讷地说。我把杯子放回他的桌上，看着玻璃杯下形成一圈水，那一圈水最终浸入了木头中。我知道莫德姑妈在看着我，但我无法回望她。还不能。

"抱歉，您说您的名字是？"我拖长了音节，向那个男人提出疑问。

他坐回椅子上，叹了口气。"抱歉，女士。我是阿尤布警官。"他说，"现在，据我了解，你认识那个男人。"

我皱皱眉头，把一只手放到了太阳穴上，想知道其他人有没有注意到这个办公室有多闷热、多狭小。"谁？"我问道，那时我都不知道他说的是谁。

"优素福。"他回答道，他简慢无礼，这三个字发得特别重，"或者，也许他跟你说他叫约瑟夫。他应该对你丈夫的死负责，女士。"

"不。"我回答道，这不可能，我摇了摇头。不是的，他们弄错了。莫德姑妈在我身边微微动了动。

"不？"阿尤布抬起了眉毛，"你是说你不认识他，还是说他没有责任？"

"不，我不认识他。"我说，其实我也想说他没有责任，但终究没有说出口。

"我的下属可不是这样跟我汇报的。"阿尤布的眼睛眯了起来,"他们说你们很熟。"

"不,那不是真的。"我抗议道,我担心已经往这方面发展了——从认识他到很熟。这两者之前是有差异的,我非常清楚这一点。"我知道这个人,但不认识他。约翰——"我停了下来,犹豫了一会儿,他的名字让我没办法把话说利索,"他跟我警告过,让我注意这个人。"

"警告你——为什么?"阿尤布问道。

我摇摇头:"我不知道。约翰让我提防他。我猜。如果只有我一个人遇到他的话,就得注意了。"

警官似乎在考虑这个问题:"看来你的丈夫见过他了?"

我摇摇头:"没有。"不过我突然想到了萨比娜,想到了他过的另外一种生活,"我不知道。"我发现自己承认了,"我是说,我不这么认为。他从没提起过。"我再次伸手去拿那杯水。

警官看着我,他的表情很平静,什么都没有表露出来:"女士,我有些搞不懂了。如果你从没有见过优素福,你的丈夫也没有见过他,那你们为什么都这么怕他呢?"

"我们没有害怕过。"我迅速回答道。

"没有?"他皱起了眉头。

"没有。"我重复了一遍。现在的我有些沮丧,"我不知道。约翰跟我说了一些关于优素福的故事,关于他是怎么骗游客钱的事情。"

"所以你怕他也对你做这样的事情——骗你的钱？"

我再一次摇了摇头："不，也不是。只是——"

"只是什么，希普利女士？"他打断了我。

我感觉我的胸前红了一片，即使在如此糟糕、黑暗的房间里，那片红也还是那么明显。我清了清嗓子，但是在我张口说话之前，莫德姑妈微微动了动。她身体前倾，一只手放在警官的桌子上。"请问，这是要干吗？"

阿尤布歪了歪脑袋，显然姑妈打断他让他有些不知所措，不过他在尽力掩藏这种情绪。"什么都不干，女士。"他最后说道，嘴上挂着一个很勉强的微笑，"我们只是试图理清这位年轻的女士、她的丈夫还有犯罪者之间的关系。"他看着我，"那么你从没见过优素福？"

我摇摇头。"我已经跟你说过了。我从来没有见过他。"

"这就很有意思了。"他靠着椅背，先前没有表情的脸上浮起了一丝微笑，"你看，我们已经跟犯罪嫌疑人谈过了，他声称与你非常熟悉，希普利女士。"

我无动于衷："你什么意思？"

"他说你们互相认识，说你们是几周前在里夫电影院外面的一家咖啡馆遇到的。"

"但是我从来没有去过里夫电影院。"我抗议道，我说这些话的时候便意识到——是露西。他描述的人是露西。她才是那个想点子布下圈套的人，所以我现在才会落到这步田地，被带到这个办公室里。"露西。"我吸了一口气。

阿尤布的眉头在不经意间皱了起来："对不起女士，你说什么？"

"是露西。"我又说了一遍。这一次我的嗓门大了一些。

"我不明白。"阿尤布瞥了一眼莫德姑妈，说。

我犹豫了，我感受到了姑妈冰冷的眼神和她的不以为然，但我没有理会这些。我再也无法保持安静，一切都变得扭曲了，一切都变得乱七八糟。他们需要我的帮助来搞清楚事实，这样事情最后才能捋顺。莫德还没有明白，她现在不可能明白——但是她终究会明白的。

"露西·梅森。"我说，不过我的声音在颤抖，"她是我以前的大学室友。"

他的眉头依然皱着："然后呢，这与现在的事情有什么关系？"

"露西最近才来丹吉尔。"我说，"我相信与她有关。"

阿尤布摇摇头："也许我没有搞懂。她具体与什么有关呢？"

"与所有的事情都有关。"我的身子向警官那里探了探，"与约翰的死，与我认识优素福、我参与了这件事这种愚蠢的想法有关。"

阿尤布沉默了一会儿，然后笑着说："你提到了这个，这很有趣——关于你参与了这件事的想法。是的，你看，优素福也说要负责任的另有其人。一个丹吉尔人，一个女人。"他顿了顿，"他的好朋友——爱丽丝·希普利女士。"

"你什么意思？"我质问道。

"我的意思是，那个男人说他是无辜的。"阿尤布耸了耸肩。"他说你——希普利女士——去找到他，问关于一个女人的问题，那个女人和你的丈夫有一腿。然后，过了一阵子，他说他看到这位女士袭击并且谋杀了她的丈夫。你的丈夫，希普利女士。"

我的身边响起一声冷笑，姑妈质问道："你相信他说的话？"

阿尤布回答道："我们了解优素福，我们已经观察他好几年了。他以前只是搞搞小偷小摸。他的那些小阴谋都不怎么成气候。"他顿了顿，"这件事非常令人惊讶，可是——"

"什么？"我问道，我的声音在颤抖。

"我可以想象。"他尖锐地说，"也许有一种可能，这么说吧，有一种劝诱的力量。"他顿了顿，"希普利女士，你……"他把最后一个字拖得很长，"知不知道你丈夫有外遇？"

我怔住了，但是在我能回答这个问题之前，莫德姑妈把一只手放到了我的肩膀上。她身子前倾，用一种低沉而有力的语气轻声说："先生，您今天是要指控我的侄女吗？"

他似乎在仔细思考她的话："女士，现在并不会。这只是一次不正式的聊天而已，是让希普利女士把知道的所有事情告诉我们的一个契机罢了。"

"但是我刚刚跟你说了。"我说，"我跟这个男人没关系。他跟约翰也没关系。是露西干的，不是他。"

"不是吗？"他从口袋里掏出好几样东西，把它们放在我们之间的桌上。我看见约翰在露天市场买的皮夹，这个钱包带着这座城市的气味，让我想起了那些被我丢弃的回忆和画面。买这个钱包的那一天，我和约翰在集市中走失了。我变得很生气、很迷茫，也很害怕——但突然，我意识到，不是这样的。根本就不是同一天，这两件事是分开的，是有区别的。我摇摇头，把注意力集中在我的眼和我的心中，不去管阿尤布拿出来的那些物件。

首先，是一块银色的小东西，我想不起来在哪里见过了。然后，我听见了它熟悉的声响，看见了它的形状和细节。我知道它是什么了，只会是那样东西。

我妈妈的手镯。

警官充满期待地看着我——一种胜利的表情已经在他的脸上扩散开。"你认出来这些东西了，对吗？"

房间很热，令人窒息。"是的。"我回答道，"这个手镯是我妈妈的。"但是即便我说了这些，我还是在努力思考它是怎么跑到他手里的，是在什么样的情况下，曾经被我妈妈握在手心、戴在她玲珑的手腕上的手镯跑到了离我上次见到它的位置千里之外的一个陌生人粗糙、长了老茧的手中。

"但是最近这个手镯还在你的手里，对吗？"警官逼问道，"在你把它送出去之前。"

"是的。"我继续说，然后我摇了摇头，"不，我是说，它现在也是我的，我没有把它送出去。"我的声音低沉而沙哑。

他看着我:"如果这是真的,女士,那么你认为我是怎么碰巧拿到它的?"

我挣扎着想说点儿什么。"我不知道。"我说。最终,我望着我的姑妈,我跟她说的话比跟这位警官说得多。"我没有线索。在本宁顿的时候,我就把它弄丢了。我起初以为是露西偷的,但是她否认了。从那以后我就没见过它。"

警官靠在椅背上。"要不要我告诉你我是在哪里找到它的?"他眯起了眼睛,"不过,我猜你已经知道了。"

"我不知道。"我说,"姑妈。"我抓住她的手,"我发誓我不知道。"

莫德姑妈什么都没说。

"我们发现,这手镯在你的好朋友优素福手里。"他顿了顿,"这是报酬。"词尾被他拖得很长。

我吃了一惊,看着他:"能请你再说一遍吗?"

"报酬。"他重复了一遍,"这是你给他手镯的原因,他亲口说的。"他短促地笑了一声,"他似乎不知道这东西一文不值,只是拿金属粘的而已。"

莫德微微动了动身子:"具体是因为什么给的报酬?"

警官看着她:"证件,女士。优素福说,希普利女士暗示说警察会知道她迟早做了什么。她想保证自己可以离开,不被警察发现。"

证件。露西肯定是从什么人那里拿到的新证件,而且几周之前，与优素福交朋友的那个人正是露西。也许——不过我不知道为什么——露西策划了这一切。但是，不对啊，为什么这个男人已经进监狱了还同意做这些事情？现在没有理由说假话了。或者，也许他并不知道这是假话，也许他相信这些是真的——相信她是我，她的名字就是爱丽丝。

我震惊了。

"女士？"警官皱了皱眉。

"名字。"我喘了一口气，"证件上的名字是什么？"

"请你再说一遍好吗？"

"新的护照。"我着急地说，"新护照上的名字是什么？"

警官低头看着他的笔记本，冷静而仔细地翻了一两页，我还前倾着身子，手牢牢握紧椅子扶手，直到我的指关节变成了白色。

"爱丽丝，怎么了？"莫德姑妈问道。她低头看着我颤抖的手指，我赶紧松开了手。

"证件。"我很小声，不想惹恼警官，"是证件，您不明白吗？"她皱着眉头，我赶紧解释，"露西。她做了新的证件，名字是索菲·特纳。"

"爱丽丝——"她眉间的皱纹更深了。

"不。"我摇着头打断了她的话，"我是对的，我知道我是对的。这样就说得通了。这是唯一的理由。"我望着警官，"你找到了吗？证件上的名字？"

警官抬起头："他不知道名字是什么。他说女士坚持自己与伪造证件的人联系，所以没有继续连累到他。"

我重重地靠到了椅子上。

"女士。"警官又说话了，不过他的声音现在很冷漠，"我们也去了你丈夫的情妇那里，准备找她谈话。但是，她人不在。似乎这个人已经离开这个国家了——或者不如说，是逃走了，不想提心吊胆地过日子。似乎她是在你丈夫的帮助下逃跑的，就在他失踪的前一天晚上。据我们了解，他本来打算最后和她在欧洲会合的。"

我摇着头，感觉这些话一点一点地沁入了我的身体。"我没有推她。"我小声说，突然我意识到，我说了不该说的话。

阿尤布和莫德迅速向前探了探身子，他们急急忙忙地说了一些话，说得很大声，不过我没有听见，没有往心里去。我感觉我的脸上已经没有了血色，这打击到了我——既锐利又精准，似乎我已经无法呼吸了。然后，我第一次意识到发生了什么——为什么这个男人一直在问这些问题。我转过去看着莫德姑妈，想看看她是不是也意识到了。从她无情的举止来看，我知道，她已经知道了。我开始疑惑她知道多久了——她是不是从一开始警官让我们进这扇门的那一刻起就明白了。我的皮肤如针刺般疼痛。"我需要请求宽恕。"这句话我说得很平和，我都没有意识到这是自己说的。

警官用坚定的眼神看着我，他的善意早已消失得无影无踪。

"还有一件事。"他说。

我有些迟疑:"嗯?"

他看着我的眼睛。"为什么你在知道丈夫失踪后不去找警察?"我没有说话,他接着说,"或者也许你找了,这也不易了解。你看,我的手下说有个叫爱丽丝·希普利的人给警察局打电话,但是当他们去找她的时候,她却否认打过电话。"

我眨了眨眼:"不是我。而且我一开始真的不知道。"

他皱了皱眉头:"你不知道你的丈夫失踪了?"

"不。"我摇摇头说。我知道这话没有多少信服力,我怎么解释都说不清了。但我还是赶紧解释道:"他应该是去了什么地方,和朋友一起。"

"什么朋友?"

我有些踌躇,猜想着他的下一个问题会是什么。"他的名字是查理。"我回答道。然后,他确实又问了我怎样才能联络上他,我摇摇头回答道:"我不知道。"

"你不知道你丈夫朋友的联系方式?"他问道,声音中充满了怀疑和猜忌。

我的心脏开始怦怦直跳,我承认道:"我不知道,我只见过他几次。我是说,查理。"

"但是这仍然没有解释你是怎么知道的。"

"知道查理吗?"我困惑地问。

"不,女士。"他摇了摇头,"知道你的丈夫失踪了。"

"一个男人过来告诉我的。他是约翰的同事。"我顿了顿,知道他的下一个问题还会围绕一些我无法提供的细节信息展开,"我不知道他的名字。"

"他没有跟你说吗?"

"没,他没说。"

他挤出来一个痛苦的表情:"原谅我这么说,但是似乎有很多东西你都不知道,女士。似乎很多问题你都没法回答。"

我一边考虑,一边站了起来。我转过脸去,不再看着那位警官。我感觉莫德姑妈在我身边站了起来,然后走到我的身后。我打开门,终于,我们来到了走廊。

"女士?"那名警官的声音又一次响了起来。

我停下了脚步,但是没有转身。

"我们已经发现你近期关闭了当地银行的账户。鉴于这一点,请你在今天离开警察局之前上交你的护照。"

我僵硬地点了点头,让我们身后的门关上了。

莫德姑妈坚持让我陪她回到洲际酒店。

这是丹吉尔最老的酒店之一,一栋白色的建筑,看起来很广阔,它比周围的建筑都要高,仿佛为了突出它的重要性。我总觉得它看起来像是童话里的建筑,不过这里没有护城河,只有海港;没有柱子,只有几十棵棕榈树;没有皇室,只有艺术家和作家——那些名字在丹吉尔以外的地方都很有名。很奇怪,我发现自己已经无法想象摩洛哥以外的世界了。那个世界现在同时存在着。似乎我生活中的一切、牵着我的每一根线都连在这个地方，我将一辈子和这个地方捆在一起，不管我们之间有多么遥远。我试着回想在离开本宁顿之前是不是也有这样的感觉，但是那似乎太久远了，仿佛那些事情在丹吉尔强烈的阳光下已经荡然无存。仿佛这座铄石流金、满是尘埃的城市有一种力量，可以擦去那翠绿的森林、起伏的山脉，还有脚下潮湿的落叶香。在那一刻，我很确信，我永远都见不到那些东西了。

"你是不是觉得不舒服？"姑妈的声音打断了我的思绪。我们面对面坐在俯瞰着海港的露台上，中间摆着精心冲泡的茶。直到此刻，我们还是保持着沉默，我们没说出口的话就像一条分水岭，我不知道如何跨越。

"不，我只是在思考。"我哗啦一声把茶杯放下。

她抬起一只手，止住了我的话："没事，爱丽丝。你什么都不用说。我们会找到解决办法的，就像以前一样。"

我蹙起眉头，知道她说的是本宁顿。"莫德。"我又说道，听到自己的名字，她惊讶地抬起头，"露西的事情，你必须相信我。"

"爱丽丝——"

"不。"我打断她的话，我不想听，"你必须相信我，你必须信任我，我跟你说，她就是这一切的始作俑者，像之前一样。你必须相信我。"

她摇摇头,恼火地叹了一口气,将手中的茶杯放下。"够了,爱丽丝。"她勒令道,不过她的声音没有我想象的那么严厉,反而有点悲伤、疲惫——仿佛这样的对话已经进行了一辈子。"别再说这个露西·梅森了,我求求你。"

"但是如果你听我说——"

"不,爱丽丝。"她打断我说,"我不能。我不能再回到那个局面了。"她摇摇头,"毕竟,在佛蒙特发生不幸的时候,你开口闭口全是露西。你就好像鬼迷心窍了一样。"她顿了顿,"之后有一些女孩过来。她们说那天晚上听见你们争吵,你还说了一些话。"

我努力回想:"我说了什么?"

莫德姑妈看向了别处。"你说希望她消失。"她顿了顿,"然后她就真的消失了。"

"这是——"我开始辩解。

"爱丽丝。"她又打断了我的话,"你必须看看现在是什么情况。"

我摇摇头,不明白她在说什么:"是露西干的,她是应该负责任的人——就像从前一样。"

"爱丽丝。"她放低声音说,"你这样说没有证据。根本没有证据来证明谁应该负责。只是一起事故,没有人应该负责。那是一场悲剧。是的,我也能看出来你还在与不公正做斗争,这完全可以理解。但是责怪别人,责怪一个没人见过的女孩,自从——"她没有再说下去。

我皱起了眉头,想再一次努力搞清楚她对这个话题有多么厌恶。我想搞清楚,为什么她不听自己侄女的实话,完全不让我提露西。

然后,我记起了她在那次事故后的话。我会把一切都处理好的。我匆忙吸了一口气。这就是事情的真相吧。真相一直都在,但我一直不肯识破。直到那一刻,我抬头看着姑妈,四目相对,我盯住了她的眼睛。"莫德。"我说,我的声音很平静。然后,我问了一个问题,现在我才意识到,这个问题过去一年一直悬在我们之间:"莫德,你以为我做了什么?"

她的脸色白了。我等着她予以否认,跟我说我太荒唐,甚至情绪太激动了。但是她没有再看我,而是看着港口,看着远处的海,轻声说道:"我不知道,爱丽丝。"她转过头来看着我,"另外,我也不知道你有没有做过。"

突然间,我感觉那些黑影又来了。我记得,那些天,在我父母死后,一切都变得很高很高,同时也变得阴暗、遥远。时间不可思议地过去。几小时就像几天,几天就像几小时。大多数时候我都是在床上度过的,我的心不仅疲惫,而且跳得很快,缺觉让我不断眨眼。我既干涩又疲劳的眼睛努力辨别着什么是真的,什么是实在具体的,什么只是我躁动的心想象出来的幻影。

事情不能就这样结束了。

我不再去想我的父母和他们的死。我忽略那些可以用余光看到的黑色空间。随着时间一分一分地过去，它们似乎也在变大。

我一定还能做些什么，一定还有什么可以让这可怕的事情回到正轨，清理掉露西又一次制造的混乱。

我站了起来，撞翻了我的茶杯，浅棕色的液体从桌边流到了地上。"很抱歉。"我讷讷地说，"请原谅我，姑妈。"

我走出了洲际酒店，留下莫德一个人在那里——我的匆忙离去似乎让她很难堪，也很困惑——我想起了警官在警察局里说的话。是的，有很多问题我都回答不上来，这没错。

但是我知道，有一个人攥着问题的答案。

18. 露西

　　我脱掉在我来丹吉尔的第一天穿的那件华丽的束带黑色连衣裙。最近为了莫德，我又穿了一次。我想象不到索菲·特纳那样的女孩会穿裤子。这条裙子被汗黏在我的背上，仿佛不愿意离开我的身体。几分钟过去了，我还在暴躁地脱着裙子，突然我听到一声布料被撕破的声音，然后裙子脱掉了，我自由了，落败的裙子堆在地上。我叹了一口气。我有点儿想把它留在这里，把它扔出窗户，扔到垃圾堆里去。但是我还是把它塞到了箱底，希望很快就不需要做这种虚伪的事情。

　　现在差不多是时候离开了。

　　那天上午，我走进了优素福空旷的工作室。我有一点犹豫，也有一点内疚。他等了一辈子，想看丹吉尔摆脱殖民统治，他很快就要实现这个愿望了——只需要再过几个星期，到那时候，丹吉尔就会完全获得独立。我把约翰沾上血渍的钱包放到了优素福某幅画后面,此时此刻,我意识到了这种不公正。那个手镯已经放在附近某个地方了,那是我为表感激给他的定金。我知道,这不公平。他今后的生活都要在狱中度过了,只是因为他做了我自己一直在做的事情——张牙舞爪,奋力斗争,只为在这个不愿意给予的世界中获得自己应得的东西。优素福和我之间竟然如此相似,我再一次被震惊了。我们都被同样的力量压制着,被约翰这样的人压制着。我们本应该成为盟友,把约翰击败本应让我们成为伙伴,成为共谋,然而我们现在却只是敌人。

看到放在画架上的那幅画时,我的手悬在了半空。上一次在他的工作室里,我没有要求他给我看那幅画,也懒得去看它。后来,我有一点儿想知道他是否真的在画画,他的画笔下是否真的是我的画像。但至少,这一次,他是诚实的。

一团幽幽的蓝色混合在一起,那一片片阴影不可名状,我的脸被这幅画展现得惟妙惟肖。我想,这幅画说明了在过去几周他把我观察得有多透彻——在我坐在这里的那一时片刻里,他不可能看见这么多细节。有一些亲密的元素,它们暗示了画家本人和模特之间存在的关系。我对艺术知之甚少,但我觉得这幅画应该会让人感觉到这一点,应该会让人想到这一点。

夜幕即将降临,我在那一刻挣扎着,看着褪色的光线把它的光束投射在画上。我夹在想要逃离的绝望中,我想离开工作室,离开丹吉尔,但又犹豫不决。似乎太突然了,好像我没有时间准备,无法让自己哀痛。我有一点儿想要留在那里,作为一个提醒，证明我曾经来过。在那一刻，我曾经爱过丹吉尔，爱过爱丽丝。这一切都有一些意义。但是我突然想到那幅画还在那里，那幅被优素福欣赏的画。我相信，他已经将我打败——即使这个错觉只会持续一小段时间。这个想法让我动摇了。我还想到了警察，警察会找到它的，他们会驻足很久。尤其是如果优素福发现他的爱丽丝并不是真正的爱丽丝时，决心指出我……我意识到不能这样。

我伸出手，拿走了那幅画。

我停了下来，然后把衬衫从头上拉了下来，我眨着眼看着镜子。一个年轻的女人，足够潇洒，但是没什么特别值得注意的地方。我想起了优素福的画——想到了他捕捉到的机灵与聪敏。我的脸部放松了，我看着镜子里的自己，努力让脸部线条变得柔和，重新让自己变成那个叫索菲·特纳的女孩，虽然我已经开始怀疑她就快撑不下去了——我每走一步，她的价值和用途就小一些。

我伸手去拿我的手提箱，最后看了一眼公寓。

我悲哀地想，我们本来可以在这里开心地生活。

我关上门，向大街上走去。

我深吸一口气，吸进了丹吉尔的气味。我提醒自己，这可能是我最后一次走在这岸边了。我穿过集市，盯着那些堆得高高的香料，从南瓜色的姜黄根粉末到压碎的玫瑰花瓣，还有那快要溢出篮子的胡椒粒。我觉得,如果我是个画家、艺术家,我会一直待在这个地方,没有比这里更适合观察丹吉尔的地方了。

然后,虽然我知道这很蠢,这样做有多愁善感,甚至很危险,但我还是向老城区走去,向那边的墓地、悬崖与大海走去,最后一次。最终,我还是没能忍住。

站在悬崖上,我决心最后再看一眼丹吉尔,我被她的美丽和神秘深深触动。我想起了优素福曾经跟我说过的故事。关于那个美得不可方物的女人引诱男人,然后让他们丢掉小命的故事。我现在觉得,也许这根本就不是什么神秘的女人,也许她就是丹吉尔,廷吉斯。因为,从某种程度上,我也在她的岸上体验了一回死亡的感觉。来的时候,我是那个样子,现在离去却是另一副模样。这种变形似乎依赖于再生,死亡一定也是其中的一部分,这两样事物注定是相互依附的。

我把那幅画从胳膊下拿出来。我迅速环顾四周,确定没人看见,然后把它扔到了下面的水中。

露西·梅森终于没用了——我鄙夷地想,不过她从一开始就没什么用。生来贫穷,没有教养。家里没人管没人问,她活到10岁已经是一个奇迹。她找到了一条存活的路,在那个车库,和她的父亲,和其他男人一起生活。她看了一本又一本书,自己学会读写,获得一份奖学金,这让她相信会有更多更好的事情等着她——这些本来永远都不该发生的。她早就应该死了,就像她的妈妈一样,这是另一条被人遗忘的生命,另一场被人遗忘的死亡。没人留下来致以哀悼，没人记住她。我站了一会儿，想象着这些浪花是火焰，看着它们轻拍、淹没、吞噬露西·梅森最后的痕迹。

我离开悬崖，发现时间溜得很快，渡船很快就要来了。我向港口走去，同时眼睛也没有放松，视线不断转移，避免走到刚刚走过的地方。我急切、贪婪地渴望获得一件可以让我想起丹吉尔的纪念品。我想起了第一天，想起我碰到的那些小贩，他们朝我喊叫，想让我把钱给他们却失败了。向港口走去的时候，我又看见了他们，然后——是的，我知道是他——还是那只蚊子，那只在我第一天寻找爱丽丝公寓时追了我好几条街的蚊子。那一天，在他溜走后没多久，我便站在了她的阳台下，从远处看着她的身影。

他向我走过来，脸上浮现出一个微笑。"女士需要导游吗？"他急切地问。

我摇摇头，指了指前面的船。

他点点头作为回答，然后拉开夹克，展示隐藏层里便宜又亮闪闪的手镯和戒指，毫无疑问，戴上这些东西，几天后皮肤上就会沾上绿色的锈渍。"小饰品，女士。"他提议道，"纪念您的旅行。"我点点头，伸手去拿我仅剩的几法郎。"给。"我说着，递给他这些硬币。

他给了我一只手镯。

"一个纪念品，女士。"他笑着说，"纪念您在丹吉尔的时光。"

我谢了他,向港口走去。上船后,我让手中的那个小饰品掉进地中海,不过我懒得去看它沉入水中的样子。我发出一声轻笑,想起了我本想跟蚊子说的话。手镯,还有他的所有宝贝,都是多余的。我不需要任何东西来让我想起丹吉尔,让我想起她。

毕竟,我是丹吉尔人。

我永生不会忘记。

19. 爱丽丝

从某种程度上来说,玛拉巴塔监狱没有我预想的那么糟糕。

它坐落在这座城市的东郊,一座宏伟广阔的建筑在我面前矗立着,我立刻想到了洲际酒店。我感觉自己打了个冷战。两座建筑一点儿都不一样,不过它们还是有一些地方诡异地相似,都是那么雄伟壮观。

在监狱里,我经过了很多走廊,最后来到一间似乎是某种临时牢房的地方,这里与监狱的其他部分都隔开了。

我走进去的时候,优素福站了起来。"我现在太有名了,他们决定让我单独用一个房间。"他说着,指了指四周,就当作是和我打了个招呼。他微笑着,看我打量着这个小小的地方——他们给他打造的狱中狱。

我有气无力地笑了笑,算是回应,不过我猜他知道真相。丹吉尔可能是一个极其危险的地方,但我听约翰说玛拉巴塔监狱围墙里的大多数罪犯都是小偷和皮条客,最常见的过错就是从山里偷运毒品到城里。像优素福这样危险的罪犯和其他囚犯或者守卫都不会相处融洽。所以他们把他隔离起来,给他开辟了一个房间,让他与其他人分开,只有一扇窗户陪着他。

我清了清嗓子。"我想和你谈谈关于露西·梅森的事情。"

优素福坐在这房间里唯一的一把椅子上,他往后靠着,椅背抵着墙,看起来似乎是一个很难的平衡动作。"你不是第一个跟我说这个名字的人。"他看着我,轻笑一声,摇摇头,咔嗒一声,他让椅子回到地面,"很遗憾,要让你失望了,女士,我认识的人里没有叫这个名字的。"

"她是你见到的那个女人,几周以前,在大广场。"我说。他的头歪了歪,我觉得他是想让我知道他在听我说话,让我继续说下去:"你看,先生,我才是爱丽丝·希普利。"

听到这里,他的眼睛睁得大大的,眉毛抬高了一下。他保持着沉默,不过他的眼睛在寻找着什么,他在考虑着什么。最后,他说:"我明白了。"

"你遇到的那个女人……"我继续说着,急切地想把所有牌都摊出来,"她用了我的名字,不过我不大确定她为什么这么做。但我认为她从一开始就计划了这一切,所有的东西。"我等待着他的回应,他默不作声,"所以你看,你必须告诉他们。"

他笑了:"告诉谁,说什么,女士?"

"警察。"我回答道,我感到困惑,他居然不明白,"你必须告诉他们我刚刚跟你说的事情。"

"告诉他们一个丹吉尔人跟我撒谎？给了我一个假名字吗？"他耸了耸肩，"这不是新闻。"

我摇摇头："你必须告诉他们，我不是爱丽丝，或者说我不是你认识的那个爱丽丝。我不是你在那天晚上看到的人——约翰被杀死的那个晚上。"

"好，我可以告诉他们这个。"他顿了顿，"但是他们怎么会相信我呢？"

我气得咂了一下嘴，感到很困惑。他怎么会不明白呢？我很好奇，这不仅仅是我唯一的出路，也是他唯一的出路。这是他唯一一个洗清罪名的机会，可以摆脱她的谎言给他强加的镣铐。"他们必须相信。"我说。

他摇了摇头："女士，让我来告诉你警察会怎么说。他们会说，你来这里说服我撒谎。毕竟，为什么你会来监狱里看一个你不认识的男人呢？除了求他救你的命还能是什么理由？就连他自己都已经小命难保了。"

我站着，无言以对。

"他们会把黑的说成白的。"他继续说，"你的话、你的意图都会被扭曲，直到符合他们的意思。这就是他们的方法。这是无法改变的。所以你看，这是一个不可能的情况。"

"但是，这不是真相。"我说，不过这句话被我说得很无力、很温顺，"她不能逃避处罚。这个地方不会让她做了坏事却不受惩罚的。"

他抬起了眉毛:"这个地方?"

"我不是这个意思。"我匆忙解释。但是我突然沉默了,好奇我是否真的不是这个意思。丹吉尔。这个地方。这座陌生、无法无天的城市,这座属于所有人、却又不属于任何人的城市。

优素福靠着椅背。"让我告诉你我的一位朋友曾经跟我说的话吧。他在洲际酒店工作——你知道那里吗?"

"是的。"我回答道,提到这家酒店让我的脸有些红。我看着面前的这个男人,好奇他坐在那个地方喝茶的频率,或者他究竟有没有进去过。我突然产生了一种奇怪的想法,他属于这座城市,这座城市也属于他。但是那些地方,这座城市的那些地方就不是这样了。"是的。"我重复道,"我知道。"

他点了点头:"我的朋友是那家酒店的经理。他有一次告诉我一个关于一群来酒店住的旅客的故事,他说他们是美国人。一下渡轮,他们就问了好些问题,其中就有丹吉尔是否安全。"

优素福顿了顿,他盯着我,他的目光让我觉得很不自在。听了他的话,我能想到的只有约翰,想到他的尸体放在验尸官的金属台上。不,我想要说话,想要大叫。不,丹吉尔不安全。我所知道的一切都证明了这一点。优素福——丹吉尔之子——说的话并不会改变这一点。我看着他,他就这么坐在我的面前,因为一项他没有犯的罪行被囚禁在此。我觉得我无法把那些话说得那么大声。"我不知道。"我说。

"好吧。"优素福在椅子上微微动了动身子说,"他问了他们这个问题——在家乡的时候,如果一个陌生男子正在向你靠近,这个人脸上有一个锯齿状的伤疤……"他说了起来,还指了指自己的脸,仿佛那里有一个畸形的伤疤,"你会停下来看看他想要什么吗?"他向前探了探身子,"你会吗?"他逼问道,最后的那几个字听起来更加严苛。

"不会。"我快速回答道。

"不会。"他重复了一遍,"不会,当然不会。那么你为什么会停下来和一个这样的男人在这里说话呢,然后在发生了一些坏事之后还觉得很惊讶?"他悲哀地摇了摇头,"如果你在家都不聪明,"他轻敲着脑袋说,"你在这里也不会聪明的。如果你在家遇到了麻烦,那么在这里遇到麻烦也不要惊讶。你还是那个人。丹吉尔可能会很魔幻,但即便是她也不是奇迹创造者。"

我点了点头。在那一刻,我拒绝思考他的话有什么隐含意义,拒绝思考我怀疑那些话包含的真相,拒绝思考它们对我来说可能意味着什么——不,是关于我。

"但是你要怎么做呢?"我问道,我意识到其他的所有问题对我来说都没有意义了。

"我要活着。"他耸了耸肩,"没有什么是永恒的,爱丽丝·希普利。"

回到公寓的出租车本可以把我在门口放下,但我发现自己十分焦躁,无法下车——无法在新鲜的空气中行走,虽然这空气已经很厚重、很怠惰了。然而,它们无法与出租车后座的温度相比,窗户关得严严实实的,仿佛司机害怕空气。

我苦苦思考着优素福的话,不禁感觉到了其中的尖锐,仿佛它们是针对我的非难。毕竟,他是对的——我自己把问题带了过来,又怎么能责怪丹吉尔呢?它们没有从我周围人行道的裂缝和角落中冲出来;不,它们早就产生了,并在其他地方繁衍。它们跟着我来到这里,因为我忽略了它们。我让迷雾掩住我已经知道的事情。

这是我的错。在汤姆、约翰身上发生的事情——所有这一切。怪不了别人。只有我自己和露西。她从我这里夺走了一切——而我就这么放任她。

然后,我似乎想到了什么,于是我回到公寓,加快速度。我急切地想在最后独自面对她一次。那一刻,我觉得似乎这就是我们的方向,我们两个人,站在彼此面前,所有的秘密和谎言都暴露出来。我走得更快了,转过一个又一个拐角,与当地人擦肩而过,经过无数色彩缤纷的门——蓝色、粉色、黄色……我走走停停好几次,脑子里一团混乱。我的心怦怦直跳,我很快就发现,我迷路了。

而且,有人在跟着我。

我费力地呼吸着,心脏一阵狂跳。我加快步伐,眼睛扫过每一座建筑、每一个地标,搜寻着看起来熟悉的事物——那个叫家的地方。我想起几天前出现的那个有伤疤的男人,我确定那个跟了我几条街的人就是他。当时我很害怕,虽然我现在还是很害怕。但我累了,不想跑了。

于是我迅速停了下来,毫无征兆。

我感觉到一个人撞了过来。我挎在胳膊上的手提包被撞掉了,里面的东西散落出来,撒得到处都是:一管口红、一盒胭脂、几枚硬币。直到那一刻,我才想起了它们。它们掉出来的时候,我一直盯着它们,那明亮的银色光影就像叶子一样在我周围的空气中飘浮着。

我转过身去,以为自己会发现那个男人站在那里——但是,没有,那是一个女人,是她——露西。"你想干什么?"我一边质问,一边匆忙地抓起我的钱包和我的东西,然后与她隔了几米远的距离。我笨拙地行动着,我想知道她究竟跟了我多久,她是不是也知道警察局里的事情,知道莫德姑妈后来坦白的那些糟糕的事情。我想象她在拐角处听着、笑着,为我的不愉快感到愉快的样子。我把手提包挎回肩膀上,走了。但是我只能看到她那诡异的露齿笑——就像她那天晚上对我露出的笑容一样。我想到了我的父亲,他逗我的声音,我漫游仙境的小爱丽丝。"你为什么这样做?"我现在叫道,我感觉到我的静脉里流淌着愤怒。

但是当我抬头看她的时候,我不禁停了下来。我眨了眨眼。

我刚刚很确定这个人是露西。但是,不,现在我发现我错了。这是一个女人,是的,但她不是露西——就连长得都不怎么像露西。这个女人年纪更大一些,个子更高——她皮肤白皙,露西则黑一些。她关切地看着我,她的手摸着嘴,眼睛睁得大大的,脸上的表情我读不懂。

我摇了摇头。

"抱歉。"我讷讷地说,然后我又用法语说了一次,"对不起。"我觉得自己活动头部的方式很奇怪,但我又无法停下来,太有趣了,仿佛我在向她鞠躬。她开始说话,说了一些什么,但我走开了——不,是跑开了,我想象着她依然站在那里,用嘲弄的目光看着我,不管她是谁。我差不多可以听见她的笑声传到了我的后背,而我从一条街跑到下一条街,根本没有留意我在往哪里跑。我需要让自己迷失在人群中,让自己离那张露齿笑的脸越远越好。

等到我回家的时候,露西已经走了。

起初我不相信,以为她只是出去了,还在城里的某个地方待着。但是,当我走进她的房间——一开始我的动作很慢,仿佛预料到她会随时出现——我发现这是真的。她的手提箱、她的衣服、她的化妆品……所有东西都没了。好像她从来都没有来过一样。

我没精打采地感受到,她的离去真正意味着什么。这种意识慢慢地沉淀,一点一点,缓缓地滴流着。

优素福不会说实话了。莫德姑妈不会相信我了。更糟糕的是，她以为我才是那个该负责任的人。我想到了之前的那位警官——他的质问、他的失望和当他发现我有那么多问题无法回答时涌现出的愉悦。我知道不久之后，他们就会找上门。

我靠着墙，摸着口袋里的手镯。它是那么坚固，又是那么沉。

现在，它让我心生怒火。就在那一刻，那股怒火爆发了，如此剧烈，我都能感觉到它从我的毛孔渗了出去。

我先是把那些盘子从墙上扒了下来，我用力过猛，扭到了肩膀。我没去理会那疼痛，没去理会我颤抖的双手，我只想让它们立刻消失——想要，不，需要摧毁这个曾经承诺会很安全的地方。这里曾经被称为一个新的机会、一个新的开始。这是谎话。在那一刻，我什么都不想做，只想摧毁它。

我没了力气，于是跑到厨房，我的手抓住我能找到的最锋利的一把刀。我把它插进沙发上的垫子里，插到地上的皮垫子里。我用力握着刀柄，那些面料最终只能屈服，然后在我的坚持下破裂开来。我的手在颤抖，我的呼吸急促。我可以感觉到心脏在我的胸腔内怦怦直跳，我擦干了前额的汗水。

我的脑海中浮现出我现在的形象——表情狰狞，张牙舞爪。

我把刀扔了，瘫坐在地上。房间里乱七八糟，一片狼藉，残留的东西散在我周围，就像某种可怕的降雪。我等待着宽慰、胜利的感觉席卷我的全身。我低头看着被我弄出来的残局——但什么都没有。只有空虚——想到她已经离开，我不禁十分空虚。我无法确切地知道她在当时和现在都做了什么。我所拥有的只有自己的怀疑、自己的信念，这看起来似乎一点儿都不够。

还有一些别的。

这甚至有些荒谬、有些怪异，但是有一种类似身体上的疼痛，就在我的胸腔后面。我记得早先在警察局的时候，我曾转过身去找她。仿佛我是不完整的，只有露西的出现才能真正弥补这种不完整。虽然这个想法让我大吃一惊，但是以我的经验来看，如果没有她，我的决心会被磨光，我会哑口无言。我们之间的那个所谓的共生关系是切实存在的，并非毫无根据。而现在没有她在身边，我感觉这种共生关系没有了，而她仿佛是我个人的延伸。我意识到，她就是我糟糕、卑鄙的那一部分，应该被永远锁起来，用木板封起来——就像简的阁楼上的疯女人。她是未经过滤的版本，任何人都不应该看到那种阴暗。她是一个具象，她的身上集合了所有邪恶的想法和欲望。我举起手，看着皮肤上被皮革染脏的地方。我大笑着，对自己低语："看吧，你永远都不能摆脱她了。"我又低头看了一次，希望自己可以感受到什么，任何事物都行。

但是，没有。什么都没有。

我听见有人从另一边叫我的名字，那声音很含混。

我知道，是警察。他们最终还是回来了。

我看着公寓的墙，迫不及待地想要被它们吞噬，被那些潜伏在角落的黑影吞噬，从此一了百了。

我本应该知道我永远无法逃脱它们。

我永远无法逃脱她的掌控。

我从地板上站起来。一条条皮革、布料粘在我的胳膊上。我的脸上还粘上了一小块。我把它们弄了下来。我凝视着那些帆布条，突然坚信，这一切——汤姆的事情、约翰的事情，还有这之间的事情——都不重要。是的。一切都围绕着她，围绕着我，围绕着我们两个人。这些事情注定以这种方式结束。

我头疼了，于是把手指按在了太阳穴上。

敲门声变得越来越急。

我想到了上一次听人这样敲门的时候还是约翰消失的那个早晨。不，不是他消失的早晨，是我从那个有伤疤的男人那里得知他消失这件事的早晨。我很好奇他是谁，为什么他如此不愿意联络警察，这已经不是我第一次有这样的疑问了。他是不是那天在街上跟着我的那个人？警察说约翰和萨比娜一起离开了，是不是真的？这让我意识到自己其实一直都不了解约翰，我只看到了我们第一次见面的那个夏天他呈现给我的朦胧幻影。在我最黑暗的时刻，他化身闪着微光的希望之塔，指引着我。我转向大门，某个人正在笨手笨脚地拧着把手，我循着那个声音看去。门被锁上了，他们不会这么容易就进来。

我快速向卧室走去。

他们最终还是来找我了。我的那些看不见的影子，露西把它们变成了真实存在的东西。但是我知道这一次，他们不会走了。毕竟，警察相信我对约翰的死负有责任——就算真正动手的人不是我，至少我也是共谋。我是传播流言蜚语的麦克白夫人，必须接受惩罚。

我想到了约翰的尸体，好奇他们会不会在这里将他火化，还是会把尸体运回英格兰。我想到了他的眼睛，空洞洞的——至少我是这么想象的，最后一次见到他时，他的眼睛是闭上的。把他运回出生地似乎很奇怪。他以前那么热爱丹吉尔，她也曾那么爱他。让他们分开似乎不妥。不，他要留下来，永远和她在一起，这样才对。我希望他们意识到这一点。

我抓着之前从地上捡起的那把刀。

从许多方面来说，这也似乎有一点道理。似乎在我父母死后的这些年，我只是一直在等着这一刻。最终我注定要经历那一晚，如果那诡谲的奇迹没有出现，我也许会屈服。或者，也许根本就没有奇迹。也许只是一个错误。也许我就不应该活着，那些影子只是警告，它们监视着我，等着我垂死挣扎。

也许我一直在独自一人朝着这一天前行。

想到这里，我得到些许安慰，于是坐到了床上。我蜷缩着身子，把羽绒被拉了过来，然后钻进被子里去。

现在听起来像是有一具庞大的身体在撞击着木框，一遍又一遍。我担心这个声音再也不会停下，会一直这样响下去。

但是，我突然记起了什么。我看着自己的手，它会停下来的。

所有这一切。很快。

面前的一切,都将不再重要。

20. 露西

她前面的队伍终于动了。"请出示船票。"那个男人要求道，他张开手，满怀期望。在那一刻，她考虑回头。她推开已经排了近一小时的队，穿过港口，走到了城市的中心，就像她来的第一天那样。原住居民区的热情在推搡着她，她几乎可以感受到那股贯穿这座城市的狂热，仿佛一条让这座城市维持生命的血管——抽动着，奔跑着，持续不断地运转着，于是丹吉尔剩余的部分才能存活。她渴望再次处于其中，但是她怀疑——不，也许已经知道——她永远不会了。丹吉尔从今以后就会和她变成陌生人。好吧，也不能完全算是一个陌生人，但是只能算是她的一段过往了。这段过去，她可能会时不时拿出来回味一下，对着光审视一番——但是她永远回不去了。不可能了。

如果爱丽丝没有打电话给莫德就好了。

如果优素福没有敲诈她就好了。

露西把她的票交给侍者，然后在后面找到了一个座位，远离尖叫的孩童。他们的脸上洋溢着幸福，他们的父母脸上却已经挂上了得知败局已定的那种顺从的表情。无疑，他们都带着这样的表情——露西也知道，这是她的结局，也是爱丽丝的结局。她们之间不会再有任何可能了。

她动了动，感觉到了身下的布料。她半转过身，打量着坐在旁边座位上的那个人。那个女人年纪更大一些，至少比露西大个10岁，但是她的微笑和颔首饱含着温柔与魅力。只是微微点头，一点儿都不具干扰性，但是露西发现她自己也回了同样的一个简单的姿势。她发现自己突然渴望把沉重的想法抛在脑后。

那个女人大声叹了一口气："这是一个安慰吧，对吗？"

露西皱起了眉头："什么？"

那女人对着露西边上的窗户示意了一下，下午的热量已经让这窗户变热，变得模糊。她的脸颊已经感受到那股力量了。

"永远离开这里。"那女人说。她又叹了一口气，接着又往垫子里靠了靠，"当然，我不是说我不爱丹吉尔，但是在回家的时候人们总会觉得很安慰。就像我，哦，我不知道，像是在蜕皮之类的。好像我突然又可以呼吸了。"她看着露西，"关于这个，有什么俗语吗？"

"俗语？"露西重复了一遍。她现在更加专心地盯着这个女人。她的动作有些特别——露西觉得有些夸张——她挥舞着戴着手套的手。那个女人的声音中有一种坚定，露西被她的自信迷住,她发现自己开始好奇这个女人是不是经常这样和陌生人说话,仿佛这是这世上再自然不过的一件事。她的语气很自信,仿佛她已经确信的确有这个俗语,确信她向露西提出的问题是有效的、实际的。

露西也曾一度如此有把握——一切似乎都很简单,各归其所。但突然,这世界颠倒了。当它最终回归正常之后,她已经站在了燃烧的残骸面前,对一切都失去了把握。这一次,需要进行更多改变,仅仅重新安置、编造简历是不够的。她想到了丹吉尔和它众多的名字以及它们的变更。想到这么多个世纪以来称这里是家的人们——他们来自不同民族、说着不同的语言。丹吉尔是一座变革之城,它为了存活而不断转变。人们来到这个地方,是为了获得改变。从某种程度上来说,这里也改变了她。那女孩去了。那个年轻的女人曾经爱得如此肆无忌惮、一无所求。她愿意做任何事情来保留那份爱。虽然她还相信爱丽丝曾经爱过她,但她已经无法精确地在心里找到那个时间了。

露西转过身去面对着那个女人——面对着此时此刻——她微笑着。"我觉得我不知道那句话是怎么说的。"

那女人抬起了眉毛。"不知道?好吧,可能只是我想象出来的。"她伸出手,手套还没有摘掉。"我是玛莎。"

露西握住她伸出的手,手上的汗浸到了那挺括的布料上。"爱丽丝。"她说,稍微捏了捏嗓子,那个"爱"字发音更高、更饱满。

玛莎皱了皱眉。"现在,是不是我搞错了,我居然听出了一点英国口音?"她靠过来问道。她的发音很拖沓,就像是盘旋在头顶的那些懒洋洋的苍蝇,于是露西想象着闷热的天气、灰蒙蒙的天,还有赭石色的泥土。

露西笑了。"我妈妈是美国人,但是我爸爸是英国人。"她顿了顿,感觉到船上的齿轮终于转动了,"我是在伦敦被姑妈养大的。"

"被姑妈养大的?"玛莎问道。

"是的。"露西说。她感觉到这艘船已经离开,不过她遏制住了自己转头看向窗外的欲望。她已经和丹吉尔说过再见了。"我的父母在我很小的时候去世了。"

玛莎的手捂住樱桃色的嘴唇:"哦,亲爱的,这太糟糕了。"

露西低垂着眼帘。"是啊,是啊,是很糟糕。"她深深地叹了一口气,那口气在她全身上下过了一遍,她感到身体在颤动,她不确定这是因为宽慰的惊叹还是源于那隆隆作响的机械,"但那是很久以前了。"

"当然。"玛莎说着,热切地点点头。她开始说话了,但还是犹豫着。露西感觉她可以读出那种矛盾的表情——不失礼貌的同时又颇感兴趣,这两种情绪在那个女人心中进行搏击。露西背靠着窗户,不肯向后看,她等着瞧哪一方会赢。

然后这艘船起伏了一下,那女人的身子突然倾斜,轻轻撞到了露西的肩膀。"我想到了!"她大声叫道。

露西皱了皱眉,受到了惊吓:"什么?"

"那句话。"玛莎回答道,她摇了摇头,仿佛她不敢相信露西不知道她在说什么——仿佛她们已经很快成了好友,"当地有一句俗语是这么说的——或者是别的地方的俗语。"她说着,指了指露西肩膀上方,那里是丹吉尔后退的景象和它的海滨。玛莎顿了顿,充满期待地看着露西。然后她说,"抵达时你流泪,离去时你哭泣。"

尾声

西班牙

在她的梦里,她正坐在哈发咖啡馆中。她的面前摆着一杯薄荷茶,是刚刚才送过去的。那颜色令她惊讶不已,顶部是饱和的森林绿,底部是泛金的琥珀色。她觉得,这是完美的丹吉尔之旅的其中一天。天空是湛蓝色的,云朵白得令人心悸。她不止一次地希望可以把这些都记录下来——也许是在纸上写一段话,或者是在画布上用画笔描绘——这样她就可以一直把它留在身边了。

她醒来后,大海并没有变成桑田。太阳还在蔚蓝的天空中闪耀。只是,她的面前不再是蓝宝石般的地中海,而是一片山——在初春萌生着绿意。

今天是星期二,是她一周中最喜欢的一天。

在周二,她会早起,往杯子里舀一些咖啡粉——只够泡一杯,她还要去别的地方。之后,她爬上楼梯,在可以俯瞰街道和这座城市其中一个陡坡的阳台喝着咖啡。她站的地方很高,可以看见那陡坡是如何伸展的，还可以看到远处的山——在夜里，这座城基本上已经一片寂静，她可以观察那些仍然醒着的地方。那里灯光闪烁，如若不然，这座山城就将陷入一片黑暗。

今天，有人搬到了街对面的公寓。从她的有利位置可以看到他们搬进去的样子。他们把家具上的布抽掉，把灰抖向窗外、抖到下面的街道上。其中有一件家具是一架老旧的钢琴，他们把它推到了房间最里面。她喝完了咖啡，音乐开始从窗户里飘出来。两个流浪的人，想看看这世界。这世界是如此广阔，有太多值得欣赏的事物。她坐着，听着，微笑着，沉浸在这一刻。

今天是她在这个房子里的最后一天。

她在巴士站耐心地等待着，向其他已经混了个脸熟的人点点头。有一对夫妻是城里三家餐厅其中一家的老板，他们给她上了一份啤酒和小食。她没有认出那是鱼，总是油乎乎的，很咸，但很好吃；有一个流浪汉，在废弃的棚屋里住着，那棚屋就在医生房子的后面；还有很多其他熟悉的面庞。她对他们点点头，但是没有说话。似乎这个小镇子里的人都不懂英语或法语，所以她和他们之间总有一定的距离。她很高兴存在着这样一层屏障。

她爬上巴士，在司机面前停下。"马拉加。"她说着，按要求递过去一枚硬币。

路程需要一小时的时间，但是很舒适。她独自坐着，看向窗外，看着群山起伏，一闪而过——星星点点的花朵，紫色的、黄色的，点缀着绿野。她的头靠在窗户上，有时候她真希望这旅途可以就这样持续到永远。她的眼皮颤动着。此时,她觉得非常满意,心境几乎已经十分平和了。

在马拉加,噪声似乎影响到了她——她已经习惯了小山城的静谧。这里人太多了,他们火急火燎地从一个地方赶到另一个地方。这里不知为何还特别燥热,虽然温度极有可能并没有发生什么变化。这里让人不舒服。于是,在她走了一两个街区之后,衬衫就黏上了后背。她的呼吸变得越来越急促。她把太阳镜顺着鼻梁往上推了推,试图让自己免受日晒。

然后,她发现她一个人坐在房间的角落里。

她知道,莫德愿意让爱丽丝待在英格兰。但是,到目前为止,医生都不建议这样,所以她应该对派过去一位私人护士的做法感到满意。那是一位年轻的红发女孩,看起来对她可能将无限期待在西班牙感到有些恐惧。莫德在几个月前摇着头说,至少这里不是丹吉尔。她告诉她爱丽丝现在所处的状态,莫德最终让警察相信,对她的侄女来说最好的地方是位于马拉加的一家机构,而不是丹吉尔的监狱。一切都在她的命令下被安排好了,出面的是爱丽丝的朋友——一位名叫索菲·特纳的年轻女人,她能力出众。最终他们心软了。对他们来说,这件事变得太复杂、太烦乱了。独立已经到来,他们渴望重新开始,把精力放在自己身上,将外籍人士的问题留给他们自己的国家。他们非常乐意最终将这个英国女孩赶出他们的海岸。

她站在床边,低头看着那个曾经认识、曾经爱过的女孩尚存的残骸。她在过去几个月里照顾爱丽丝时经常想,这是一件奇怪的事情。她曾经有过的感情就这么溜走了、蒸发了。于是她知道,最后是时候离开了。

床上有一张字条,她伸手去拿,看见她自己的名字写在上面。关于这个,护士在几个星期之前就已经警告过她,爱丽丝对这个名字的强迫症状越来越强了,房间里四处藏着撕碎的纸片。

她把这字条塞到口袋里。

她俯下身子,在那个女孩的额头上吻了一下,然后便离开了。她没有往回看。这将是她们最后一次看见彼此。

她向马拉加银行走去,她的脚步很沉重。

柜台后的出纳员被她的外貌惊呆了——通常生活费是送给爱丽丝·希普利的,由索菲·特纳转交。她摇了摇头,微笑着,解释说她现在已经好多了,照料她的人已经回到了英格兰。而现在,她前一天刚过生日,已经可以完全接手那些资金了,因此想把钱取出来。面对着他们微蹙的眉头和困惑,她一只手撑着面颊,问道:"哦,亲爱的,我的姑妈难道没有留下一张写着指示的便条吗?"

"没有,小姐,什么都没有。"他们红着脸说。

他们不怎么会说英语——但这对她有利。

他们在她周围走来走去,对着这个甜美的说着英语的外国女孩微笑着。她的眼睛睁得大大的,充满信任的样子。于是他们意识到她有多孤单、多脆弱，在这样一个不属于她的国家，甚至她都不会说当地的语言。他们担心地想到了自己的女儿。最终，他们心软了。毕竟，这个女孩有护照——爱丽丝·希普利——和那位开户的女士有着同样的姓氏，那位女士年龄稍长，给人留下了深刻的印象。这种联系不可能是巧合。那位女士为她住院的侄女设置了支付账户，虽然他们没有问她得了什么病，但现在可以看出来，她已经痊愈了。

那笔资金也是以她的名字建立的，所以没有理由拒绝她。

在街上，她笑着，手提箱沉甸甸的，让她觉得很舒服，觉得未来充满生气和悸动。她说服自己，她不是一个贼，因为她没有把一切夺走，只是拿走了她应得的。就冲着爱丽丝做出和打破的那些承诺，冲着她在凉爽秋夜的喃喃低语，冲着她在严寒中点燃的火焰。

后来，她去了林荫大道和警卫故居，在那里她尝到了马拉加泪酒的滋味。她决定了，最后要再品一下这种酒，以示庆祝。于是她闲庭信步，看着一家一家人的和一对一对的情侣走在街道的中心。这条路贯穿整座城市，是充满活力的脉搏。他们在一个卖花的摊前停了下来，另一个摊子也不远，他们在成交之前检查着货物，讨价还价。

在酒吧里，她的心情很放松。

她看着酒吧侍者留在她面前的粉笔记号从一变成二然后变成

三。在过去，在糟糕的日子里，她会点一小桶酒带回家。在最坏的日子里，她花钱住在城市中的一个酒店房间里。今天她感觉到了行李的重量，知道这样的日子不会再有了。

她向侍者示意。她的巴士在半个多小时后出发，她不能错过。这座城市的名字印在车票上，她不能再让希望和梦想延期。她递过去几枚硬币，侍应生数得很快，然后把手伸进口袋，递给她正确数额的零钱。她摇了摇头，让那个男人把零钱留作小费。她知道现在她付得起小费了。那个男人感激地点了点头。

露西看着那个侍应生从口袋里掏出一块布，擦着木制工作台面，记录她喝了几杯酒的数字消失了。直到最后，柜台终于干净了，就仿佛她从来没有来过一样。